典型的な政略結婚をした俺のその後。 2

登場人物紹介
ユリウス
ドルマキア王国の近衛騎士団長であり、王太子の異母弟。ジェイドに想いを寄せ、彼を守りたいと願う。
ジェイド
誰にでも成り代わる「身代わり屋」の青年だが、その正体は亡国リンドバルの王子ジェラリア。実はドルマキア王家の血を引く。

characters
ルイード
ダンガイト王国の王子。なぜかジェラリアに異様な執着を見せる。
クラウス
ドルマキア王国の王太子。ジェラリアの書類上の夫だった。王座に対し複雑な思いを抱いている。
アルベール
ジェラリアの義兄でエルネストの兄。常に冷静で、感情に流されない。
エルネスト
ジェラリアの義兄。弟を心底愛し、なにより大事にしている。
キリク
『氷の秘書官』と呼ばれるユリウスの秘書官。その過去には秘密があり……？

目次

典型的な政略結婚をした俺のその後。2

第一章　またしても王宮

「ここがしばらくのあいだ、君に滞在してもらうことになる王太子宮だ」

なんだかどこかで聞いたことのあるような台詞だな、なんてぼんやりと思いながら、薄暗い廊下をドルマキアの王太子であるクラウス・ネイサン・ドルマキアと肩を並べて歩く。

その三歩ほど後ろにいるのは、近衛騎士団の白い制服を身にまとったユリウス。

すっかり仕事モードになってるせいなのか、それともここに来ることになった事情のせいか。最近一緒にいる時に見せてくれていた柔らかい表情や甘い雰囲気は微塵《みじん》もなく、出会ったばかりの頃のような険しい表情のまま、ピリピリした空気を醸《かも》し出している。

王太子殿下にしても、穏やかな笑みを口元に浮かべてはいるが、そこに疲れの色が見え隠れするのは気のせいじゃないだろう。

かくいう俺も、あまりに急すぎる展開と、最悪としか言いようのない状況のせいで、愛想笑いすらする気になれない。

もともと王宮に足を運ばなきゃならない事情があったとはいえ、まさか王太子宮なんていう滅茶苦茶プライベートな空間に足を踏み入れることになるとは、数時間前の俺には想像もつかなかったことだ。しかもこんなところまで来てるのに、本来の目的がいつ達成できるかわからないっていうオマケつき。

正直言ってこの状況、マジで憂鬱《ゆううつ》でたまらないし、できることなら今すぐにでもなかったことにしてもらいたい。

——まあ、そうできない事情があるからこそ、俺は今ここにいるんだけどさ……

◇

俺、ジェイドことジェラリア・セレナート・リンドバルは、今はマレニセン帝国の一領土となっている旧リンドバル王国の第三王子だった。

王子と言っても国王の実子ではなく、国王の妹ファウスティーナ王女が未婚のまま産んだ子供。そのファウスティーナ王女は、俺を産んですぐに、女神が生まれたという伝説が残る湖に身を沈めて自ら命を絶った。

俺が生まれた旧リンドバル王国は古い慣習が残る、閉鎖的な風潮がある国で、婚前交渉は忌避《きひ》されることであり、未婚のまま子供を産むことは罪とされていた。

さらに父親が誰かもわからなかった俺は、妹姫を溺愛《できあい》していた国王にとって罪の塊《かたまり》のような存在だったらしく、表向きは国王夫妻の実子として公表されたものの、その存在はないも同然のものとして扱われていたのだ。

そんな生まれた時からケチがついたような俺の人生は、平穏なんてものとは縁がなく、常に波乱がつきまとうものだった。

十三歳の時。俺は祖国リンドバルを守るために、大国ドルマキア王国の王太子の側室として差し出された。

しかしドルマキアで待っていたのは愛のない結婚生活どころか、人間の扱いすらしてもらえない過酷な生活。

結婚相手である王太子とは顔を合わせることもなく、俺は俺の存在が気に入らなかったらしい王妃の手によって、常に死と隣り合わせの生活を強《し》いられた。

そんな日々が一年半ほど続いたある日。ほとんど死にかけていた俺は、突如侵入してきた何者かによって、監禁されていた場所から連れ出され、過酷を極めた結婚生活に終止符を打った。

その時、虫の息で森の中に放置された俺を発見し、介抱してくれたのが、『グリーデン歌劇団』という旅芸人一座。

彼らのおかげで一命を取り留めた俺は、ジェラリアという名前も過去も捨て、『ジェイド』と名乗り、グリーデン歌劇団の一員としての人生をスタートさせたのだ。

それからの約五年間。俺は人気劇団として大きく成長したグリーデン歌劇団のいち劇団員であるジェイドとして生きてきた。

ジェイドになった俺は、舞台で華々しく活躍する役者ではなかったが、グリーデン歌劇団が裏でやっている『身代わり屋』という仕事を担当し、天才とまで言われるほどの演技力を発揮しつつ、普段は母親譲りの優れた容姿を活かしてヒモ紛《まが》いの生活を送りながら、俺という人間にしては穏やかな日々を過ごしていた。

身代わり屋の仕事は、時に危険と隣り合わせ。

でも俺は、スリル満点の仕事にも、他人から見たらいい加減としか思えない生活にも満足していたし、なによりもう二度とジェラリアに戻ることはないということに安堵《あんど》すら覚えていた。

ジェイドとしての生き方が定着し、そろそろジェラリアの影も薄れてきたある日。

いつものように適当な暮らしをしていた俺のもとに、ユリウス・ヴァンクレールと名乗る男が現れた。

なんとユリウスは、天才身代わり屋として名を馳《は》せていた俺に、王太子の行方不明になった側室ジェラリア王子の身代わりを依頼してきたのだ。

身代わり屋として、過去の自分を演じることになってしまった俺は、なんとか本人だとバレずに依頼を成功させようと頑張った。

でも結局、過去の幻影に囚《とら》われ身体に不調をきたした上に、肝心の依頼も達成できず。しかも最初から身バレしてたっていう恥ずい事実まで発覚し。

挙げ句にドルマキア国内の陰謀渦巻く宮廷事情に巻き込まれて大ケガを負い、俺は意識のないまま、かつてのリンドバルの王子であり今はマレニセン帝国で要職に就《つ》いている兄たちに連れられて、ドルマキア王国を去ることになったのだった。

そんなわけで俺はまたジェラリアに戻り、兄上たちと一緒にマレニセン帝国で暮らしながら、ジェイドの時とあまり代わり映えしないダラダラした生活を送っていたんだけど……

兄上たちの上司であるマレニセン皇帝ブルクハルトに発破をかけられ一念発起。

自分の出生にまつわる真実を知り、気持ちに整理をつけるために訪れた旧リンドバルで、なぜか俺を迎えに来たというユリウスに告られ。

俺はこの時になって初めて、自分がユリウスのことをどう思ってるのかということを真剣に考えはじめて、今に至る。

……ちなみに答えはまだ出ていない。

告白される前に成り行きで身体の関係を持ったことはあったし、気持ちはハッキリしないままでも、なんやかんや現在進行系でセックスしちゃってるし。

まだぼんやりとしたものしかないけど、俺の中で徐々に育っていっている（であろう）ユリウスへの気持ちを大事にしていきたいな、なんて思いはじめた矢先だったんだけどさー。

正直、それどころじゃなくなったっていうか。そんな場合じゃないっていうか。

もともと二度と戻ってくることはないと思っていたドルマキアを、ユリウスと一緒に訪れることになったのは、ドルマキア王族の血を引くことが判明した俺に、王太子殿下が王位継承権なんてものを勝手に持たせてくれちゃったから。

その放棄の手続きのためにわざわざドルマキアまで来ただけで、ユリウスとの関係云々《うんぬん》はともかく、それが終わり次第、俺はまたマレニセン帝国に戻るつもりでいた。

なのに、その手続きを行う直前になってそれどころじゃない事態が起こり、俺も無関係ってわけにはいかなくなって。

解決の目途がつくまで下手に身動きがとれなくなってしまったのだ。

なんでこんなことに……

やっぱり俺の人生っていうのは、波乱ってヤツと縁が切れないものなんだなと、思わずにはいられない。

◇

深夜に近い時間帯。不自然すぎるほどに静まり返っている王太子宮。

次代の国王が暮らす場所だけあって、豪華な造りの建物ではあるものの、俺が以前滞在していたウィステリア宮同様、どこか寒々とした印象が拭えない。

これも旧体制の弊害《へいがい》だと思うと余計に嫌な感じがして、俺は勝手に震え出しそうになる身体を必死に誤魔化しながら、なんとか平静を装って歩いていた。

これまでさんざん権勢をふるい、王宮内で好き勝手してきた王妃と、その後ろ盾となっていた王妃派と呼ばれる一派に対し、実の息子である王太子殿下は大規模な粛清《しゅくせい》を行った。

その結果、王宮内はだいぶ風通しがいい状態になったらしい。

ユリウスからも、無用な人員を一掃できたことはよかったが、今度は深刻な人手不足になったとは聞いていたから、ある程度は覚悟してたけど……

正直ここまで閑散としているとは思わなかっただけに、この状況を実際目の当たりにすると、あの王妃の影響力の大きさを目の前に突きつけられた気がして、さっきから寒気に似た不快な感覚が止まらない。

すんでのところで勝手に漏れ出そうだった溜息は堪えたものの、めっきり重くなった足取りはどうにもできなかった。

そんな俺の様子を見て、王太子殿下が気遣わしげな視線を向けているのがわかったが、俺はそれに気づかなかったふりをして真っ直ぐに前だけを見据えた。

――俺はもう、あの頃みたいな無力な子供じゃない。

無抵抗のまま理不尽な暴力に耐え続けなきゃならない理由もないし、ヒステリックなオバサンのひとりくらい、やすやすとねじ伏せるだけの力もある。

でもかつてさんざん味わった恐怖や痛みの記憶は、身体と心の奥底に染みついていて、ふとした拍子に顔を出しては、いつまでも俺を苛《さいな》み続けるってことが、今回のことであらためてよくわかった。

一歩進むたび、なにかが足元から這い上がってきて、俺の身体を雁字搦《がんじがら》めにした挙げ句、意識さえも奪い取っていきそうな錯覚に襲われる。

俺は慌てて素の自分の感情に蓋《ふた》をすると、最近めっきりご無沙汰だった『虚構の自分』を演じることに思考を切り替え、以前王太子殿下と対面した時のように、いかにも王子様らしい表情と口調を心がけながら、当たり障りのない言葉を口にした。

話すことで少しは気が紛《まぎ》れることを期待して。

「……あらかじめ伺ってはおりましたが、本当に静かですね」

「驚いただろう？　普段私は王宮にある自分の執務室のほうで寝泊まりしているから、今のところ特に不自由は感じていないいんだけど……。たまにここへ戻ってくると、ちょっと思い切りよくやりすぎたかなと思わなくもないよ」

王太子殿下はさりげなく気を遣ってくれているのか、あくまでも自然な調子で答えてくれたことに少しだけホッとする。

初めて会った時は、笑顔が胡散臭《うさんくさ》くていけ好かないとまで思ったし、目的のためなら非情な判断も下せる人だってことは、以前俺を遠慮なく囮《おとり》に使ってくれた経験からもわかってるけど、今俺に対して向けてくれている気遣いは本物だと思いたい。……信用したわけじゃないけどな。

王太子殿下は基本腹黒だからさー。なんて思ってたら。

「それにね。ここはじきに私の住まいではなくなるわけだし、体面だけを取り繕って無能な人間をそろえても無駄なだけだから、『次に住む人』が決まってから、あらためて人員をそろえても遅くはないと思ってね」

やっぱりというか、なんというか。

『次に住む人』なんて、さりげなく含みを持たせたような言い方をしてきたのだ。

俺はそれにあえてなにも答えず、口元に形ばかりの笑みを浮かべておいた。

王太子殿下もこれ以上この会話を掘り下げる気はないらしく、すぐに口調をあらためて、話を再開する。

「そういうわけだから、君が滞在するのにもってこいの環境だと思ったんだ。人の出入りはほとんどないから、君がここにいることを外部の人間に知られる危険は少ないし、城下にいるよりも警護がしやすいからね。外部との接触を制限させてもらうことになるから多少不自由かもしれないけれど、基本的には君の好きに過ごしてもらって構わないよ」

「……お気遣いいただきありがとうございます」

「礼には及ばない。むしろこちらは君に謝らないといけないことばかりだし。今回のことも完全にこちらの不手際が招いたことだから」

ほんの一瞬だけ王太子殿下の表情が悔しそうに歪《ゆが》んだ気がした。それだけ今回のことは不本意だったたってことだろう。

俺もいろいろと思うところはあるけれど、事情はわかってるつもりだし、今のところこれが最善の対策だっていうのはわかってるから、ほかに言える言葉はない。

今俺にできることは、王太子殿下とユリウスの枷《かせ》にならないよう、息を潜めながら自分の身を守りつつ大人しく過ごすことだけだ。

それが難しい状況だってことはわかってるけどさ。

本当は誰も住んでいないんじゃないかと思うほど生活感のない空間を抜けた先にあったのは、凝《こ》った造りの装飾が施された豪華な扉。

最奥にあるこの場所が、王太子殿下の部屋であり、俺がこれからしばらくのあいだ過ごす場所らしい。

——他人の部屋って絶対落ち着かなそう……

なにも考えずダラダラ過ごすのは得意だけど、緊迫した状況がすぐ近くにあるのに、その緊張感を持ちながら自分だけなにもせずに過ごすって、嫌なことばかり考えてしまいそうで、逆にキツいんじゃないかと思うんだ。

前回ウィステリア宮で過ごした三カ月も精神的にキツかったけど、今回は別の意味でキツそうな気がする。

せめてなにか役柄を演じてないと、さっきのように得体の知れない闇にあっさり呑み込まれそうで……。正直不安でたまらない。

さて、どうするかな……

「じゃあ、私はこの辺で。あとはユリウスに任せるよ。なにかあったら、後から来る侍従に言って。自分の住まいだと思って気楽に過ごしてくれていいから」

ひとり思案していると、王太子殿下に声をかけられ、我に返る。

そして、今思いついたばかりのことに考えを巡らせつつも、なにごともなかったかのような顔で王太子殿下に礼を述べた。

「……ご案内いただきありがとうございました」

「ユリウス、後は頼んだよ。護衛はほかの者に頼んであるから、しばらくここでゆっくりするといい。夜が明けたら息つく暇もないくらい忙しくなるだろうからね」

「……ありがとうございます」

ユリウスが恭《うやうや》しく頭を下げながら王太子殿下を見送る。

俺も笑顔を保ったまま王太子殿下を見送った。しかし。

「ああ、そうだ」

踵《きびす》を返したはずの王太子殿下が、歩みを止めて俺たちのほうに振り返る。

え？　なに？

「好きに過ごしてもいいとは言ったけれど、絶対に無茶はしないでね。君になにかあったら、今度こそ本当にドルマキア王国が滅んでしまうから」

俺のほうをしっかりと見据えながら、優しく諭《さと》すような口調で釘《くぎ》をさしてきた。

まだなにをすると決めたわけじゃないのに、こんなこと言われるなんて……

俺ってそんなに無茶する人間だと思われてるってことなのか、それともよほどマレニセンにいる兄上たちが恐ろしいのか。

俺はあえてハッキリした返事はせず、曖昧《あいまい》に微笑むだけにとどめておいた。

王太子殿下の姿が見えなくなるまで見送ってから、ユリウスに扉を開けてもらって室内に足を踏み入れる。

扉がパタンと音を立てて閉まった直後。

「ジェイド」

不意に名前を呼ばれたと思ったら、そっと後ろから抱き締められた。爽《さわ》やかな柑橘《かんきつ》系の香りが俺の鼻孔をくすぐる。

しばらくこの香りを感じることもないんだな……

ほんの数時間前までこの香りに包まれてまどろんでいたのが嘘みたいだ。

そう思うと急に寂しさが込み上げてきて。俺はユリウスの腕の中で身体を反転させると、向かい合わせの体勢でそっと背中に手を回し、鍛え上げられた男らしい体躯に身体を預けた。

「こんな時に、そばにいられなくてすまない」

表情は見えないものの、その声からは後悔のようなものが滲《にじ》んでいるのがわかる。

ユリウスは王位継承権こそ放棄したもののドルマキア王国の第二王子で、近衛騎士団の団長でもある。

国の大事だというのに俺のことばかりにかまけているわけにはいかないし、なにより俺自身がそんな真似されたら戸惑ってしまうから、そんなことは端から望んでない。それにさ。

最近ユリウスと一緒にいることに慣れつつあったけど、王位継承権の放棄の手続きが終われば、俺のドルマキア滞在も終わるわけだし。

……ずっと一緒にいられないことくらいは、わかってたから。

「俺は大丈夫。だってこの部屋にいるだけじゃん。状況的には宿にいる時とあんまり変わんないし。ユリウス様のほうがはるかに大変な状況なんだから、俺のことは気にしないでいいよ」

胸の中に渦巻く不安を隠すように、なるべく自然な口調でそう告げた。

◇

なんで俺が王太子宮で過ごす羽目になったかというと、事の発端は数時間前に遡《さかのぼ》る。

王位継承権放棄の手続きのために再びドルマキアに戻ってきて一週間が経った頃。

ようやく旅の疲れやらなんやらによる体調不良から脱却し、そろそろドルマキア訪問の目的を達成しなきゃな、なんて考えていた矢先のことだった。

そもそも、俺がもう二度と足を踏み入れることはないと覚悟していたドルマキアに来ることになったのは、ドルマキア王弟の血を引く俺に対して、王太子殿下が勝手に王位継承権なんてものを持たせてくれたせい。

しかも知らない間にユリウスが継承権の放棄を宣言していたせいで、現在俺は王太子殿下に次ぐ王位継承権第二位というまったく嬉しくない地位にのぼってしまったのだ。

俺はその事実をリンドバルまで会いに来てくれたユリウスから聞かされ、すぐにでもそんな厄介なものから解放されたいという思いから、ユリウスと一緒にドルマキアを訪れたわけだけど……

すっかり体力が落ちていた俺は、マレニセンからリンドバル、リンドバルからドルマキアという長距離移動に身体がついていかず、ここ一週間、ユリウスと出会った時に連れ込まれた高級宿のあの部屋に宿泊し、体力の回復に努めていた。

でも本当に旅の疲れでヘロヘロだったのは最初の一日だけで、後はほとんどユリウスとの情事に由来するものだったりする。

ユリウスに対する俺の気持ちが完全に固まったわけじゃないし、ユリウスにもそう話してはいるけれど、セックスは別物っていうか、むしろこんな風に肌を合わせることで、今まで知らなかった感情が少しずつ芽吹いていくような気すらして興味深いっていうか。

とにかく、ユリウスに抱かれることで、快感だけじゃないなにかを得られる気がするし、そういうことをしなくてもユリウスの肌の感触と香りを感じていると穏やかな気持ちで眠れる自分がいることに、ちょっと喜びを感じていたりするのだ。

これまでの俺は、他人と接する時は常になにかの役柄を演じていて、心の底から安心感を得られたことなんてなかったはずなのに……

早く本題を済ませてマレニセンに戻らなければ、という気持ちはもちろんある。

でも最近。なんとなく離れがたいと思ってしまう自分もいて。

これってちょっとマズい傾向かもなって思いはじめている。

ベッドに横たわり、浴室から濡《ぬ》れ髪のまま寝室に入ってきたユリウスを見つめる。

日がな一日部屋でゴロゴロしてるだけの俺とは違って、ついさっきまで王宮に出仕していたユリウス。

わざわざ毎日ここまで戻ってくるのは手間だろうし、疲れてないはずはないのに、一緒に過ごす間は俺のことを第一に気遣ってくれる。

それになにより、リンドバルで再会して以降、本当はよく似た別人なんじゃないかと疑いたくなるほど優しいし、言動がいちいち甘いのだ。

だからこそ、本格的に自分の気持ちに結論を出す前に、一度距離をおいてこの気持ちを冷静に見つめ直してみるべきだと思っているんだけど……

――ちょうどタイミングよく、離れなきゃならない理由もできたことだしさ。

「どうした？　そんなじっと見つめて。なにかあったのか？」

無造作に髪を拭きながらそう尋ねてくるユリウスに、俺はちょっとだけ後ろめたい気持ちになりながらも、不意に話を切り出した。

「あのさぁ。実は俺、そろそろマレニセンに戻ろうかと思ってるんだけど……。今日の昼間、兄上たちからも早く帰国するようにっていう手紙が届いたことだし、ちょうどいい機会かなって。例の手続きの件、どうなってんの？」

なんと今日の昼間、この宿にいる俺のもとにマレニセン帝国にいる兄上たちから手紙が届いたのだ。一体どこから情報を仕入れているのか。

そこには帰国を促す言葉とともに、気になる一文があった。

『ジェラリアがマレニセンを発ってすぐに、ダンガイト王国からジェラリアに関する問い合わせがあった』

ダンガイト王国はドルマキアの南側に位置する国で、国の規模としては大国とまではいかないものの、南側諸国の中では一二を争う国力を持つ国だ。

ドルマキアの大陸侵攻の際に真っ先に恭順の意を示し、南側諸国攻略の拠点となっていたことのある国だったりもする。

そんなドルマキアとは浅からぬ縁がある国からの問い合わせ。

実は俺、一年ほど前に身代わり屋の依頼であの国に滞在していたことがあるんだよな……

その時の人物の正体がジェラリアだとバレたわけじゃないとは思うけど、俺に関する問い合わせだなんて、なんとなく嫌な感じが拭えない。

——その部分をユリウスに話すつもりはないけど。

俺の問いかけに、ユリウスは難しい顔で黙り込む。そして。

「……お前の体調が万全になってから、と考えていたんだが、お前が望むのなら、明日出仕した際に兄上に伝えておこう」

まるで感情を無理やり抑えこんでるかのように平坦な調子でそう言ったのだ。

そんなユリウスの様子に、俺の胸はズキリと痛んだ。

ドルマキアに来た目的はあくまで王位継承権を放棄するためだし、べつに当たり前のことを言ってるだけなのに、まるで悪いことをしているような気にさせられる。

「気遣ってくれてありがとう。俺はもう平気だよ。むしろこれ以上ここで悠々自適な生活を満喫しすぎて、マレニセンに戻りたくなくなるほうが困るからさー」

本音を織り交ぜながら、わざと明るい調子で答えてみせる。

離れがたい気持ちはあるけれど、俺たちにはそれぞれの立場ってもんがある。いつまでもこうしてはいられない。そう思ってるのに。

「俺は、お前がマレニセンに戻りたくないと言ってくれたほうが嬉しい。もっと欲を言うなら、俺と離れがたいと思っていてくれたら、と」

以前のユリウスじゃ絶対に口にしなかったであろう言葉に、心が揺れた。

「……そんな顔するな。お前のおかげでドルマキアは国の存続を許されたようなものだ。恩を仇《あだ》で返すような真似はしない」

苦い笑みを浮かべたユリウスがベッドに上がり、横たわったままの俺にそっと口づける。

俺は腕を伸ばすと、まだ少し湿《しめ》りけを帯びているユリウスの黒髪に触れながら、それ以上の行為を誘うように薄く唇を開いた。

ユリウスはその意図をちゃんと理解してくれたらしく、すぐに唇が重なる。どちらからともなく舌を絡ませ、吐息さえも奪われていくような激しい口づけ。

ただ純粋にお互いを求め合う行為に、ここ数日ですっかりユリウスの手管《てくだ》に慣らされた俺の身体は顕著《けんちょ》な反応を見せはじめた。

「……俺、自分じゃ性欲薄いほうだと思ってたんだけど、ユリウス様と一緒にいると、ものすごくイヤらしい人間になったような気持ちにさせられる」

「それだけ俺を欲しいと思ってくれてるってことだろう？　離れていても俺のことを思い出してもらえるように、この身体に俺のやり方をしっかり刻みつけておかないとな」

「あのさ、そもそも俺はユリウス様のやり方しか知らないから刻みつけるもなにもないんだけど、ちょっと手加減してもらわないとさ、今後ひとりじゃ対処できなくなりそうで……」

思わず不安を口にした俺に、ユリウスはなにかを考え込む素振りを見せた。

もしかして、今の発言。誤解を招く言い方だったかな……？

ひとりじゃ対処できないってことは、誰かとしちゃうかもって宣言してるようなもんだし。

「かといって、誰かをユリウス様の代わりにしようとか思ってないから」

慌てて言葉を付け足すと、ユリウスはフッと口元をゆるませた。

その時。

たった今まで甘い雰囲気を醸《かも》し出していたユリウスの気配が一気に変わる。

なにかを警戒するような鋭い眼差し。

「ここから動くな」

そう言い残して寝室を出ていったユリウスは、さっきまでとは別人のように見えた。

扉の向こうから、誰かと話しているらしいユリウスの声が聞こえる。

内容まではわからないものの、かなり緊迫した状況であることだけは推察できた。

こんな時間にわざわざこの宿まで訪ねてくるような用事なんて……

——嫌な予感しかしない。

『波乱』というものが標準装備になってる俺の人生だけに、残念ながらこの手の予感はよく当たるのだ。

「ジェイド」

硬い表情をしたユリウスに、俺の察知能力の優秀さを思い知った。

「どうしたの？」

「王宮から緊急の知らせが来た」

「……うん」

「国王が亡くなったそうだ」

国王が病に臥《ふ》せっていて、もう長くはなかったのは周知の事実だ。とはいえ、こんなにすぐ容態が急変するような状態じゃないとも聞いていた。

だから驚きはしたけれど、ユリウスがこんな顔をすることに、ちょっと違和感がある。

なんて思っていたら。

「それだけじゃない。……ジェイド、落ち着いて聞いてくれ。王都から遠く離れたところに幽閉していたはずの王妃が、姿を消したという報告だ」

「え……」

「力を失った王妃に今さらなにかできるとは思えない。しかし万が一ということもある。――兄上からの要請だ。俺と一緒に王宮に来てほしい」

想像以上に深刻な事態を聞かされ、俺は勝手に浅くなっていく呼吸を必死に整えながら、なんとか意識を保っていた。

◇

そんな事情から、急遽王太子宮に滞在することになったわけだけど。

——正直不安でたまらない。

ドルマキア王国の第二王子として。そして王族を守る立場の近衛騎士団の団長としての役割を第一に考えなければならないユリウスとは、当分のあいだ会えないことくらい覚悟している。

ただでさえ大変な状況になってるユリウスに心配かけたくなくて、さっきはつい『大丈夫』とか言っちゃったけど、ひとりになるとやっぱり心細いっていうか、不安な気持ちばかりが込み上げてきて、自分の弱さが嫌になるばかりだ。

ユリウスが言う通り、今さら逃げ出したところで、権力も支持していた人間たちも、帰る場所さえも失っている王妃に、できることがあるとは思えない。

でも王妃は自力で幽閉場所から逃げ出したわけではなく、外部の人間により連れ出された可能性が高いって話だから、国王崩御の混乱に乗じて、その人間たちと結託してなんらかの行動に出る可能性も捨てきれないのが地味に恐い。

それにこの一件は、現体制の不手際とも言えるため表沙汰にするわけにもいかず、王太子殿下とユリウスは国王の葬儀の準備と並行して秘密裏にこの件を解決しなければならない。

なのにこのタイミングで俺がドルマキアにいて、もし俺になにかあったらマレニセンにいる兄上たちが黙っているわけがない、どころか今度こそドルマキア王国が完膚なきまでに滅ぼされるかもしれないわけだから、なにがなんでも俺を守らなきゃいけないっていう。

——まるで仕組まれたかのようにすべてが一気に重なっちゃったんだよな。

そこで万が一のことを考えて王太子殿下が俺のために用意してくれたのが、人の出入りが制限されていて、なおかつ警備が厳しい王太子宮だったのだ。

俺の滞在を公にするわけにはいかないので、表立って警護をつけるわけにもいかないし、ってことで苦肉の策だったんだろうけど……

王妃の支配の痕跡《こんせき》を感じる恐れがある王太子宮で過ごさなきゃならないのかと思うと、気が滅入る。

せめて少しでも嫌なことを考えずに済むように、気を紛《まぎ》らわせることができたらなぁ。

座ってくつろぐ気にもなれず、かといって後でこの王太子宮の侍従が来るとわかっているのに、隣の寝室で寝てるわけにもいかず。

俺はだだっ広い部屋の入り口付近に立ち尽くしたまま、これからの過ごし方について考えることしかできなかった。

ここに来てからどのくらい時間が経ったのか。

なんだか疲れたなぁ、なんて思いはじめたその時。

控えめなノックの後、俺の返事を待ってから、ゆっくりと扉が開けられた。

姿を現したのは、濃い灰色の髪の壮年の男性。先ほど王太子殿下の命令で俺たちを宿屋に迎えに来てくれた人で、名前はユーグ・ダリエ。かつて俺の本当の父親であるバルシュミーデ大公の部下だった人で、現在は諜報《ちょうほう》部のトップを務めているらしい。

ユーグは一見穏やかで人好きのしそうなタイプに見えるけど、諜報《ちょうほう》部なんていう国の秘密機関でトップにまで上り詰めただけのことはあって、どこか油断ならない感じがして、つい無意識に身構えてしまう。

苦手じゃないけど、緊張するっていうの？

なんかそういう感じの雰囲気。

それがなんとなく、ボスが持っていた雰囲気に似てる気がして。ちょっとだけ懐かしいような、複雑な気持ちにもさせられるから、余計に身構えちゃうのかも。

俺がかつてボスと呼んでいた、グリーデン歌劇団の団長リヒター・グリーデン。

瀕死《ひんし》の俺を拾って介抱し、行くあてのなかった俺を劇団員として置いてくれた、いわば命の恩人。

ジェイドである俺の保護者代わりで、俺を『身代わり屋』という裏稼業専門の役者に起用した人でもある。

ボスも人当たりがよく見えて、その目の奥にはいつも鋭い光が宿っていたし、懐が広い人だとは思うが、時に薄情にも思えるほどの冷徹さも持ち合わせていた。

――この人もそんな感じの印象を受ける。

まあ、ボスは表面上だけは、もっと軽い雰囲気を装ってたけど。

「失礼致します。王太子殿下よりジェラリア殿下の護衛の責任者に任命されました、ユーグ・ダリエでございます。あらためてご挨拶に伺いました」

「わざわざご丁寧にありがとう。ジェラリア・セレナート・リンドバルです。いつまでになるかわからないけど、しばらくお世話になります」

王子様モードで言葉を返した俺に、ユーグは穏やかな笑みを見せた。

「殿下の護衛の任に就《つ》く者は、有事の際を除き、基本的に私以外殿下の御前に姿を現すことはございませんのでご安心ください」

ってことは、陰からこっそり見守ってるってことかな？

笑顔でサラッと言われたけど、なんか嫌だ。

もともといる王太子宮の護衛のほかに、俺個人にも護衛をつけてくれたのはありがたいけど、これはこれで、ずっと監視されてるみたいで落ち着かなそう。

ウィステリア宮にいたときのクラウドみたいに適度な距離感でそばにいてくれるほうが、心の準備っていうか、そういうもんだと思える分、自分なりに対応のしようがあるんだけど。

「いかがされましたか？」

「……いえ、先ほど王太子殿下から、なにかあったら後から来る侍従に聞くようにと言われたことを思い出しまして」

本当のことを言うわけにもいかず、思いついたというか、思い出したことを口にする。すると。

「殿下付きとなる侍従も、護衛同様すでにこちらで待機しております。ご紹介させていただいてもよろしいでしょうか」

「……お願い致します」

王太子殿下が侍従も俺専用の人を用意してくれたらしいことが判明した。

侍従か……。ハウルさんどうしてるかな……

以前この王宮にいた際、暴漢に襲われた俺を庇《かば》ってケガをしたハウルさん。ユリウスからは大丈夫だって聞いてるけど、叶うならドルマキアに滞在しているうちに、ほんの少しの時間でもいいから会ってお礼を言いたいと思っている。

そう簡単にはいかないだろうけどさ。

「失礼致します。殿下にお仕えする侍従を連れて参りました」

ユーグの声に思考を中断し、扉のほうに視線を向ける。

そこにいた人物を見て、俺は完全に固まった。

「本日よりジェラリア殿下付きの侍従となりました、ハウルでございます」

たった今、脳裏に思い浮べていた、よく見知った姿が目の前にあることに驚きを隠せない。

「ハウル、さん……？」

「はい。お久しぶりでございます、ジェラリア殿下。どうか、『ハウル』とお呼びください」

俺はこれを現実だと実感したくて右手を伸ばし、深く頭を下げるハウルさんの肩にそっと触れた。

温かな感触に目頭が熱くなる。

ユーグが一礼して静かに部屋から退出していくさまを視界の端に捉えながら、俺はさっきまでの不安も忘れて、ただただ、ハウルさんとの再会を喜んだ。

「顔を上げて。ケガは……？　もう身体は大丈夫なの？」

「おかげさまですっかり回復しております」

「そう、……よかった。…………本当によかった……」

心から出た呟きに、顔を上げたハウルさんが泣き笑いのような表情を見せる。その顔を見た瞬間、俺もつられて泣きそうになった。

「これもすべて、ジェラリア殿下をはじめ、マレニセンの方々に過分なるご恩情を賜《たまわ》りましたおかげにございます。本当に、本当にありがとうございました」

「俺のほうこそ……、ずっとハウルさんに、ありがとうを伝えたいって思ってた。――あの三カ月間、ずっとそばで支えてくれて……、俺を守ってくれて……、本当にありがとう……」

ずっと伝えたくて、でも絶対に口にすることはできないと諦めていた言葉。ちゃんと本人に言えてよかった。

今の状況がよくないことに変わりはないけれど、ハウルさんのおかげでずいぶん気持ちが上向いた気がする。

信頼できる人が近くにいてくれることは、こんなにも心強いものなのだと、あらためて実感した。

「――また俺のところに来てくれて本当に嬉しいよ。しばらくのあいだよろしくね、『ハウル』」

さっきより明るい声でそう言うと。

「はい、ジェラリア殿下に快適にお過ごしいただけるよう、精一杯努めさせていただきます！」

頼もしい言葉が返ってきて。

俺はここに来てから初めて、作り物じゃない笑顔になれた。

第二章　新たな問題

俺が王太子宮で引きこもり生活を送ることになってから三週間が経過した。

国王の葬儀は一週間前に無事に終わり、王宮内は王太子殿下の戴冠式に向けて本格的に動きだした。

国王の死は、亡くなった翌々日には国民に公表され、葬儀当日は国全体が喪《も》に服すための休日となった。国内の貴族はその日に合わせて王都入りし、葬儀に参列したらしい。

国交がある諸外国にも知らせがいき、近隣の国の中には葬儀のためにわざわざドルマキアを訪問する国もあったとか。

でもほとんどの国はドルマキア国王の葬儀よりも、三カ月後に行われる戴冠式のほうを重要視してるために、葬儀に直接参列する国は少なかったみたいだ。

マレニセン帝国も弔慰《ちょうい》を表す文書を送りはしたものの、葬儀への直接の参列はなかったと聞いている。

もしかしたら、葬儀のついでに俺をマレニセンに連れ帰ってくれたりするのかな、とか思ったりもしたんだけど、そんな話は微塵《みじん》もなく。

その代わりと言ったらなんだが、マレニセンの皇帝陛下であるブルクハルト・ヴァルター・マレニセンから俺あてに手紙が届いたのだ。

そこには。

『今、こっちはゴタついていてお前のことにまで手が回らない。戴冠式には誰かしらが行けると思うから、それまでそっちで預かってもらえ。王太子殿下にも頼んでおく。お前の兄たちもそれで納得してるから心配すんな』

と皇帝陛下からの手紙とは思えない文体で、必要事項だけが簡潔に書かれていた。

兄上たちが納得してるなら俺に否やはないし、俺は一応マレニセンの人間だから、皇帝陛下の指示には当然従うべきだと思う。

でも、あと三カ月もここで過ごすのかと思うと、ちょっとどころか、かなり気が滅入るんだよなぁ。

今のところ。ハウルが一緒にいてくれる安心感からか、想像以上に護衛の人たちが気を遣って気配を消してくれていたおかげか、ウィステリア宮にいた時みたいな精神的な負担は思ったよりも軽い。

実際、意識を失って倒れることもないし、食事もまあ、わりと普通にとれてるし。演技をしてないと自分を保っていられないってこともないから、俺的には前回よりはずいぶん楽に過ごせてると思ってる。

……ただひとつ問題があるとすれば、ここに来てからというもの、ちょっと不眠ぎみになってるってことくらい。

そのことに気づいているらしいハウルは、俺が少しでも快適な睡眠をとれるように工夫してくれてはいるものの、不眠の原因が環境の問題じゃないってことがわかってる俺としては、いろいろさせてしまうことが申し訳なくてしょうがない。

不眠の原因は、…………たびたび見る悪夢。

過去にあったことを夢で見て目を覚ますこともあれば、その経験から来る不安が見せる悪夢もある。

最近その頻度が上がっていて、眠るたびに同じような内容の夢を見ては目を覚ますことの繰り返し。

このままじゃさすがに体力的にもちょっとヤバいかな、とは思ってるんだけど、この悪夢がなにに由来するものかわかってはいても現状どうすることもできない。

だから起きてる時はなるべくそのことを考えないようにしてるんだけど……

原因はおそらく、三週間が経ったというのにいまだに所在どころかその足どりすらもわからない王妃の存在。それがずっと俺を苦しめ続けていて、俺の精神をじわじわと追い詰めている感じ。

王妃と直接対峙《たいじ》したらどうなっちゃうんだろうという恐怖は、ここに来た当初からある。

でもそれよりももっと恐れているのは、ハウルのお兄さんのように、理不尽な暴力でハウルが傷つけられる可能性があるかもしれないことだ。

俺さー、自分が傷つけられることに対しての耐性はわりとあるほうだと思うんだ。自分が我慢してりゃどうにかなることだったら、無駄にあがいたりせずに、最悪じっと嵐が去るのを待ったっていい。

でも目の前で誰かが酷い目に遭わされる姿を見せつけられるのは、自分が傷つけられる以上に辛いし、できることならもう二度と体験したくない。

王妃の仕業ではないけれど、ハウルも俺の目の前で、勝手に押し入ってきた人間によって傷つけられたことがあるだけに、その光景がリアルに夢に出てきてしまう。

また突然あの扉が開いて、俺がなにもできないうちに誰かが犠牲になるなんてことは真っ平だ。

それなのに、なにもできないまま自分の無力さだけを思い知らされ目が覚めることの繰り返し。

最近じゃ起きてる時でも、それが現実として起こる可能性をつい考えてしまうため、常に警戒しながら過ごしていたりして、まったく気が休まらない状態になっている。

◇

「ジェラリア殿下、王太子殿下とユリウス様がお見えになりました」

『久しぶりに時間が空いたから、そちらを訪れてもいいかな？』

という確認を受けたのが一時間ほど前。

ここはもともと王太子殿下の住まいだし、丁寧にそんな先触れなんてしてくれなくてもいいのにな、と思いつつ、もちろん『お待ちしております』という返事をしておいた。

あの王太子殿下のことだ。ただ時間があいたっていう理由だけで俺に会いに来るとは思えない。

一応マレニセンの皇帝陛下に頼まれてる手前、気にしてくれてんのかなー、とも思わなくはないけど、なんか用事があるから忙しい合間を縫ってここへ来たと考えたほうがよさそうだ。

「やあ、なんだか久しぶりな気がするね。ずっとバタバタしていたせいで、なかなかこちらに来ることができなくてごめん。これからはもっと頻繁に会えるように鋭意努力するよ。不自由はない？必要なものがあったら遠慮なく言って」

「ごきげんよう。王太子殿下、ユリウス様。お忙しい中、気にかけていただきありがとうございます。おかげさまでなに不自由なく過ごさせていただいております」

「そう。それならばよかった。君の滞在が当初の予定より長くなってしまったから、少し心配していたんだけれど……」

王太子殿下はそこまで言うと、俺の顔を見ながらわずかに表情を曇《くも》らせた。

もしかしたら睡眠不足が顔に出てるのかも。

「お気遣いありがとうございます」

俺は王太子殿下が言葉を続ける前にニッコリ微笑み、暗に大丈夫だということをアピールしておく。

ユリウスがさっきからずっと俺をガン見してきてるのがわかるけど、俺はあえてそちらを見ずに、王太子殿下だけに視線を固定した。

だってさ。今、ほんのちょっとだけユリウスの顔を見て、微かに香ってくるアイツの爽《さわ》やかな柑《かん》橘《きつ》系のフレグランスの匂いを感じただけで、ホッとしたような、妙に泣きたいような気持ちになっちゃったし。今、ユリウスと視線を合わせたら、なんか俺自身の情緒がヤバくなりそうな気がしたから。

ユリウスの前だけならまだしも、王太子殿下の前で素の感情をさらす気にはなれない。っていうか、さらしたくない。

まあ、裸の付き合いまでしてるユリウス相手でも、まだ全部をさらけ出すのは難しいからな。

――こういう感情ならなおさら。

俺は不自然にならないよう、そっと目を伏せる。そうしてこっそり感情のリセットをはかってから、再び王太子殿下に視線を戻した。

◇

王太子殿下の勧めで、リビングスペースの中央に置かれている立派なテーブルセットの豪華な椅子に着席する。ユリウスはあくまでも護衛という立場なのか、王太子殿下の斜め後ろに立ち、俺たちの会話を見守るようだ。

ハウルは俺と王太子殿下の分のお茶を用意した後、静かに部屋を後にした。

扉が閉まり、少し経ってから王太子殿下が口を開く。

「今日ここを訪れたのは、君の様子を見に来たということもあるのだけれど、一度君とじっくりと腹を割って話したいと思ってね。人払いはしてあるし、ユリウスがいるから護衛も外している。安心して本音で話してくれていいよ」

　本音で、ねぇ……

　やっぱりこれは単なるご機嫌伺いじゃないらしい。

「まずは私のほうから話をさせてもらってもいいかな？」

「もちろんです」

　即答した俺に王太子殿下が苦笑いする。

　だって、特に俺から話したいことなんてないし、世間話をするような間柄でもないんだから、仕方なくない？

「君がすぐにでも手続きしたがっている王位継承権の放棄についてだけれど、戴冠式が終了するまでのあいだ、王位継承権に関係するすべての手続きが一時凍結されることになった。だから、あと三カ月はこのままになる」

　これはある程度予測していたことだから特に驚きはない。宿屋であんなにまったりせずに、すぐにでも王宮で手続きしてたら、と思わなくもないけれど、今さら過ぎたことをアレコレ言ってもしょうがないしな。

「……わかりました」

「もう少し猶予《ゆうよ》があると思っていたから、ユリウスにも君の体調を優先するようにと言っていた。配慮が足りずに申し訳ない」

「いえ。国王陛下のご容態があまり芳《かんば》しくないという話を伺っておきながら、すぐに行動しなかった私にも非がございますので」

　そもそも王太子殿下が余計な真似をしなければこんなことにはなってないんだけど、さすがに責任を全部押しつけようとは思っていない。

　宿屋にいる間、ユリウス相手にさんざん他人様に言えないような爛《ただ》れた生活を送った挙げ句に、体力の回復を遅らせてたの俺だし。

　なんて考えていたら、話の雲行きが怪しくなってきた。

「……確かに侍医からは、もう長くはないだろうと言われていたんだけれど。――でも亡くなった時の様子にどうも不自然な点があってね」

　王太子殿下は神妙な顔つきで深い溜息を吐いた後、ひどく言いづらそうな様子で言葉を続ける。

「何者かが意図的に国王の死期を早めた可能性があるんだ」

　思いも寄らない話に、俺は思わずユリウスのほうに視線を向けた。

　ユリウスは俺たちの会話に口を挟むつもりはないらしく、厳しい表情のまま黙り込んでいる。

　まさか、国王の死が病死ではなく、誰かの手によるものかもしれないなんて……

　イグニス公爵にいいように操られていたとはいえ、国王はずいぶんと自分勝手で傲慢《ごうまん》な性格だったみたいだから、恨みを持っている人間は、それこそごまんといるだろう。

　でも国王が健在だった時ならともかく、余命幾ばくもないとわかっている人間をあえて亡き者にするメリットって、一体なに？

　よほどの強い恨みがあって、絶対に自分の手にかけなきゃ気が済まなかったとか？

それとも、このタイミングで国王が亡くなるということになにか意味があったのか。

犯人の狙いがわからずに考え込んでいる俺を気にかけつつも、王太子殿下は話を続けた。

「これはあくまでも私の推論だけど、犯人の狙いは『国王自身の死』というよりも、『国王の死によってもたらされるもの』だったんじゃないかと思ってるんだ」

もたらされるもの……。もしかして。

「――国全体の一時的な機能の停止、でしょうか？」

「うん、そう。あの男は本当にろくでもない人間だったから人望なんてものはないし、最後にはあんなに固執《こしつ》していた権力すらも失っていたけど、国王という地位だけは死ぬまで失うことがなかった。我々国の中枢にいる人間にはもはやお飾りの存在でしかなくとも、事情を知らない人間にとっては強いドルマキアの象徴だった人だからね。それが崩御となれば、国をあげての葬儀になることくらいは予測がつくだろうから」

俺の言葉に同意しつつも、淡々と国王のことを語る王太子殿下。

その口調が、俺が自分の母親を語る時と似たような温度に感じられ、この人もまた親との繋がりが薄かった人なんだな、とあらためて実感した。

だからって、急に親近感を覚えるってことは絶対にないけど。

「もしかしてその機に乗じて、実際になにかが起こっていたのですか？」

俺の質問に王太子殿下が首を横に振る。

「いいや。一応様々な可能性を考えて警戒はしていたんだけど、特になにも起きてはいない。王妃に関しても、そこでなにか動きがあるんじゃないかと踏んでたんだけどね……」

王妃の話が出たところで、俺は気になったことを聞いてみた。

「王太子殿下は、国王陛下の死と王妃殿下の失踪に、なにかしらの繋がりがあるとお考えなのですか？」

「はっきりそうだとは言えないけど、偶然という言葉で片づけるのは危険だとは思っているよ」

明言を避けてはいるが、やっぱりふたつの出来事が繋がるなにかがあるんだろう。

まるで仕組まれたかのようにすべての出来事が重なったな、と思ったりもしたけど、まさか本当に仕組まれた可能性があるとは。

俺がドルマキアに滞在しているタイミングで起こった、ということまでは、さすがに偶然だと思いたいけど、それさえも相手の計算のうちだったりとかしたら……

一体ソイツの、ソイツらの目的はなんなんだろう？

これ以上ドルマキアの事情に深入りする気はないし、厄介事に巻き込まれるのも御免だとは思うけど、さすがに自分の身に降りかかるかもしれない火の粉を見て見ぬふりをして、誰かに払ってもらおうとまでは思わない。だからあえてここでハッキリさせておきたいことがある。

「この一連の出来事は旧王妃派によるもので、王妃の復権を狙ってのことだとお考えですか？」

「いいや。王妃や王妃派にそんな力は残っていない。それこそ徹底的に叩き潰してやったからね」

「ではやはり個人的な復讐《ふくしゅう》が目的なのでしょうか？」

「今回のことが王妃自身の意思で行われたことであったのなら、復権が目的というよりも、そちらのほうがしっくりくるね」

王妃が実際に国王の死を利用してまで復讐《ふくしゅう》しようと思うかは謎だが、過去に行った俺への執拗《しつよう》なまでの虐待行為を考えると、相当執念深い性格だってことが窺《うかが》えるから、最後の悪あがき的に捨て身でなにかを画策してたって不思議には思わない。

そう考えたところで、最近俺を悩ませている不安の影が色濃くなった気がして、気分が悪くなってきた。

「大丈夫。君の懸念《けねん》を現実にはさせない。だから君は休暇だと思って、ここでしばらくゆっくりしていればいいよ」

まるで俺の不安を見透かしたかのように、王太子殿下が優しい言葉をかけてくる。

「さんざん君のことを利用した私の言うことなんて信用できないと思うから、私がこの世で最も信頼するユリウスの名に懸《か》けて誓うよ。――もう悲劇は繰り返させないって」

どう答えたらいいのかわからないまま、再びユリウスに視線を向けると、ユリウスはなぜかひどくバツの悪そうな顔をしていた。

「私は今まで国王という地位になんの価値も見出していなかったけど、こんなに厄介なことになるのなら、さっさと覚悟を決めて国王になっていればよかった。王妃にしても、もっと早くに病死してもらうべきだったんだ。――今回の件で、つくづく自分の甘さを思い知ったよ」

王太子殿下はさっきとは打って変わったような低い声でそう呟く。

そこには、今までの自分の行動を後悔する言葉とともに、次代の王としての覚悟が強く滲《にじ》んでいる気がした。

◇

「そういえば、確認したいことがあるのだけれど」

お互いに若干冷めてしまった紅茶で喉を潤《うるお》し、ひと息ついた後。

先にティーカップを置いた王太子殿下が、そう切り出してきた。

たぶんこっちの話が本題なのかな、なんて思いつつも俺は特に構えることもなく視線を合わせる。

「……なんでしょう」

「あのさ、君、結婚願望ってある？」

「は？」

書類上だけで実態はないとはいえ、元夫からそんな質問をされるとは。

しかも、さっきまでの話題と方向性が違いすぎて脳の処理が追いつかず、思わず素で聞き返してしまった。

「そんなに驚くことかな？」

王太子殿下がさも意外そうな反応を返してくるが、そんな反応されることのほうが意外なんだけど。

ほら、ユリウスだってさすがにちょっと面食らった顔してんじゃん。

「なぜそのような確認をなさるのか、理由をお聞きしても？」

すぐに笑顔を張りつけ、なにげない風を装ってみたものの、室内の空気がなんとなく気まずい。

でもさっきまでの重苦しい雰囲気よりは断然マシか……？

「実は今回のことで、君が私に次ぐ王位継承順位の持ち主であるということを知り、君の結婚について高い関心を寄せはじめている者たちがいてね」

「え……」

側室だった時には、あんなに俺のこと嫌ってたのに？

男好きだとか、男と見れば見境なくベッドに誘ってるとか、好き勝手言われてて、ビックリするくらい評判悪かったじゃん。ちょっと変わり身早くない？

どうやらそんな気持ちが顔に出ていたらしく。

「君の言いたいことはわかるよ。人間って本当に現金な生き物だよね。でも君の身体に流れている血は、それほどまでに価値があるってこと。――君には迷惑な話でしかないと思うけど」

王太子殿下に慰めなのかなんなのかよくわからないお言葉をいただいてしまった。

価値があるっていうより、すでに確固たる地位を築きあげている王太子殿下やユリウスより、今はない国の名前と血統くらいしか持ってない俺のほうが、手軽に狙えると思われてるだけの話でしょ。でもさー。

「いくらドルマキア王家の血筋で王位継承権を持っているとはいっても、その継承権もしょせんは今だけのもの。それに、殿下は私に流れている血に価値があるとおっしゃいましたが、その血を次代に残すことができない私では、その価値を充分に発揮することはできません」

たとえ俺が自分の血を残したいと望む日が来ても、それが叶うことはない。

俺は王太子殿下の側室としてドルマキアに連れてこられたその日に、体内で子種を作る機能を失わせるっていう怪しい薬を飲まされている。

あの薬が本当に説明された通りの効能を持つものだったとしたら、彼らが最も価値を見出しているであろうこの血を次代に繋げることは不可能だ。

王太子殿下とユリウスは、俺の言葉に怪訝《けげん》そうな表情をした後、なにかに気づいたようにハッとする。

それがまるで示し合わせたかのように同じタイミングで、しかも似たような表情だったことに、あらためてこのふたりが兄弟だってことを実感した。

このふたりの反応を見る限り、あの薬の存在は知っていたけど、王妃が俺にまで使っていたとは思ってなかったらしい。

あきらかに気まずくなっている空気。それが嫌で、仕方なく俺のほうから話を再開する。

さっきの話を深掘りされても困るけど、あからさまに話題を変えるのも不自然だからさ。

「結婚といえば。殿下のほうのお話は進んでいらっしゃるのですか？　私のことよりも殿下のご結婚のほうが皆様の関心が高いと思うのですが」

かつて王太子殿下には五人の婚約者候補がいた。そのうちのひとりは投獄され、ふたりは修道院送り。残るふたりの家も相次いで不正の事実が発覚したため、今はその全員が候補から外されている。

そもそも俺が大変な目に遭わされたあのお茶会自体が、候補となっていた令嬢の家の力を削《そ》ぐためのネタ探し的な意味合いのものだったから、そもそも王太子殿下に婚約する気なんてなかったことは知ってるけど。

「あれからまったく進んでいない。でも最近では他国の姫君か王族の血を引く高位貴族の令嬢も含めて候補を探す方向で考えてはいるよ。私にとっては、結婚も次代を受け継ぐ者を残すのも、仕事のうちというか義務だから。そういう考え方をちゃんと理解してくれる相手が理想だけれど、さすがに難しいよね」

王太子殿下の微妙な表情から、結婚について決して前向きではないものの、努力しようとする姿勢は窺《うかが》える。

今現在、王位継承権を持つ人間が何人いるのかわからないけど、王族の血を残すという役割を担うっていう条件に当てはまる人物は王太子殿下以外にもいるわけで。

俺がターゲットにされてんのに、そっちがスルーされてるってことは絶対にないはず。

……だからたぶんユリウスも似たような状況なんだろうな。

今は俺のことを愛してると言ってくれているユリウス。

でもお互いの立場や状況を考えれば、愛だの恋だのっていう感情優先で生きていけるわけがないし、むしろそんな感情を貫き通すことでお互いを不幸にするかもしれないリスクさえある。

俺の知ってる愛というものは、莫大《ばくだい》な対価や犠牲を払わなければ守れないもの。

——それを忘れちゃいけなかったのに。

ドルマキアに戻ってきてから、ユリウスに感情が傾きかけている自分っていうのを自覚したり、俺の気持ちがユリウスに追いついたら自分がどうなっちゃうんだろう、とか。その時の自分が、『相手の望んでいた俺』じゃないことにガッカリされたらどうしよう、なんて考えたりしてた自分がバカに思える。

俺らの場合、それ以前の問題だったってことを、今あらためて目の前に突きつけられた感じだ。

——なーんか俺。ちょっと浮かれてたんだな……。大事にしてもらって、甘やかされて、愛してるって言われてさ。

マレニセンに戻って、正式にブルクハルト陛下の配下となれば、他国の王族であるユリウスと一緒の時間を過ごすなんてできなくなることくらい、簡単に想像ができたはずなのに。

そう遠くない未来の姿に、胸がズキリと痛む。

王妃のことで気持ちが弱ってるせいか、寝不足で脳がうまく働いてないせいか。いつもよりウダウダ考え込んでしまう自分が嫌になる。

軽く自己嫌悪に陥《おちい》りそうになったところで、まだ王太子殿下の話が本題にも入っていないことに気づき、すべてが面倒になった俺は、さっさとこの会話を終わらせることにした。

「それで？　殿下が結婚などという話題を出された本当の理由は？　仮にも婚姻関係にあった私の将来を心配して、などという親切めいたことではないのでしょう？」

ものすごく直截的で嫌味っぽい言い方になってしまったけど、最初に本音で話していいって言われたんだから問題ないだろ。

俺の問いかけに王太子殿下がわずかに目を細める。そして少しの思案の後。

「ジェラリア王子。君、ダンガイト王国のルイード王子、知ってるよね？」

さっきまでの話からどう繋がるのかさっぱりわからない人物について確認されたのだ。

断定的な言い方に、王太子殿下は俺が身代わり屋の依頼であの国にいたことを知っているのだと確信する。おそらくそれがどういう依頼だったのか、ということも。

「今朝、我が国の優秀な諜報《ちょうほう》部員が、彼に関する実に興味深い報告を持ってきたんだ」

興味深いと言いながら、王太子殿下の口の端が不愉快そうに歪《ゆが》む。あまり歓迎すべき報告ではなかったということか。

そういえば兄上たちからの手紙にも、ダンガイト王国から俺に関する問い合わせがあったって書いてあったな、なんて考えていたら。

「君と彼とのあいだに婚姻の話が出てるらしい」

とんでもない繋がり方を見せた話に、俺はその意味が理解できず、しばし呆然と王太子殿下の顔を見つめてしまった。

は……？　婚姻って、俺とルイード王子が……？　…………なんで？

「婚姻の話といっても、『ルイード王子たっての希望で、ジェラリア王子を伴侶として迎えたい』という内容の文書がダンガイト王国からマレニセン帝国側に送られたというものなんだけど。――君、ずいぶんとあの王子に気に入られたんだね」

やっと機能しはじめた頭で王太子殿下の言葉について考えてみるものの、どうしてそんな話が出てくるのかさっぱりわからなかった。

気に入ったから伴侶に迎えたい？

――いやいやいや。絶対にないでしょ。

そもそもあの王子が結婚とか、ありえなさすぎて、逆になにかの陰謀なんじゃないかと疑っちゃうレベルなんだけど。

ルイード・ファルム・ダンガイト。

ダンガイト王国の第五王子で、年齢は確か二十五歳。

王子という身分ではあるものの、第五王子ってこともあってか王位争いからは距離を置いていて、成人の祝いとして国王から下賜《かし》されたという領地に移り住み、王宮どころか王都にも寄りつかない生活をしていたはず。

銀色の長い髪、赤銅色の瞳、南国特有の浅黒い肌を持つ美丈夫で、俺が言うのもなんだけど、あまり王子っぽくないっていうか、パッと見の印象は裕福な家の放蕩《ほうとう》息子って感じ。

やや軽そうな言動と人懐こい性格。いつも人に囲まれて過ごしていて、その時が楽しければそれでいいっていう姿勢を前面に出していた。

実際俺が知る限り、本当に享楽的で自由奔放な生活を送っていたように思う。

流行りのアイテムを次々身につけるかのごとく、彼の隣に侍る人間をコロコロ変えていたし、気に入りさえすれば男女の区別なく寝室をともにしてたのも見たしな。

そんな人だから、結婚なんて絶対にしないと思ってたのに……

確かに、身代わり屋の依頼でルイード王子に近づいた時、王子本人から挨拶代わりのように愛の言葉を囁《ささや》かれたことはあったし、俺も役柄的に王子に夢中なふりをしてた。

でもそれは素の俺じゃなくて、あらかじめ王子が興味を持ちそうな人物像を徹底調査した上でガッチガチに固めた設定を演じてたからであって、俺自身、特別な感情は一切抱いていない。

王太子殿下のこの口ぶりだと、俺が身代わり屋の依頼でルイード王子と関わったことがあるのを知ってるんだろう。

前にユリウスが俺に身代わりの依頼をしてきた時、過去に俺がどんな依頼をこなしてきたのか全部知ってる的なことを言ってたし。

だとしたら、あれはジェラリアでもなければジェイドでもないまったくの別人だってわかってるだろうに、わざとこんな言い方してるってことか……

もしかしたら俺とユリウスの微妙な関係について、思うところがあるのかもしれない。

ふと気になってユリウスのほうに視線を向けてみると、ユリウスは眉間の皺《しわ》をいつもより深くして、じっと俺を見据えていた。

気にしすぎかもだけど、漂う空気が重い気がする。

なにかフォローするような言葉を言ったほうがいいのかもしれないと思いつつも、身代わり屋の仕事に関わることで、俺がコメントできることなんてあるはずもなく、結局当たり障りのない言葉を口にすることしかできなかった。

「なるほど。そういったお話があるのですね。まったく知りませんでした。先日皇帝陛下からいただいた手紙にも、戴冠式までこちらに滞在させていただくように、といった内容しか記されていませんでしたので」

あくまでもなにも知らないっていう態度を貫き通す。

ルイード王子のことだって、ジェラリアとしては面識がないんだから、今の俺がそのことに触れる必要もないし。

「まあ、そんな話があったとしても、絶対に君の兄上たちが許すはずがないだろうから、ブルクハルト陛下もあえて君に伝える必要はないと判断されたのかもしれないね」

あの内容を思い出す限り、兄上たち云々《うんぬん》というより、今は俺になんて構っていられないっていう印象だったけどな。

そんなことをわざわざ教えてやる義理もないので、あえてなにも言わずにいると、王太子殿下はこれ以上俺がこの話を続ける気はないことを感じ取ってくれたらしく、それ以降は無難な世間話だけをして、この部屋を去っていった。

第三章　心の変化

寝不足なのに王太子殿下との会話で気力を使い果たしたせいか。それとも思いも寄らない話を聞かされて気持ちがザワついたせいなのか。

部屋の外まで王太子殿下を見送った後、どっと疲れが出た感じがして、妙に身体が重かった。立っていることはおろか、座っていることさえもしんどくて、ちょっと寝室で横になったほうがいいかな、って思っていたのに……

王太子殿下なりの気遣いのつもりか。それとも単に俺たちのあいだに波風を立てたいだけなのか。今回もユリウスをこの部屋に残していってしまったのだ。

しかも、『戻りは明日の朝でいいよ』なんて言ってくれちゃったものだから、ユリウスがこの部屋に泊まることが確定してしまった。

久々のユリウスとのふたりきりの時間。

王太子殿下の話を聞く前だったら、自分の気持ちの変化についてアレコレ考えながらも、結局はユリウスの強引さに流されたふりをして、あの腕に抱かれていただろう。

そしてユリウスのフレグランスの香りと温もりに安堵《あんど》して、それまで頭の中にあったゴチャゴチャを、奥のほうに押しやることに成功していたかもしれない。

だけど今はユリウスと一緒にいることに居心地の悪さっていうか、気まずさのようなものしか感じないし、どの自分でいたらいいのかがわからなくて戸惑ってる。

最近やっとユリウスの前で素の自分を出せるようになってきたかな、なんて思えるようになったとこだったのにな……

——俺、こういう時どんな顔してた？

どういう行動をするのが素の俺の『正解』だったっけ？

考えれば考えるほどわからなくなっていく。

だったらいっそ、俺らしいと思えるキャラクターを演じたほうが手っ取り早い気がして、以前ユリウスと接していた時の自分を思い出しながら大急ぎで役柄を整えた。

「ジェイド」

「なにー？」

ユリウスの呼びかけに笑顔で応える。ちょっとチャラくなった気はするけど、許容範囲内だろう。

ところが、ユリウスは俺を呼んだにもかかわらず、そこからなにも話そうとしない。

スッゲー居心地悪いんだけど。

だったら俺から適当に話を振るか、なんて思っていたら。

「顔色が悪いな」

不意にユリウスが右手を伸ばし、俺の左頬に触れてきた。アメジストの瞳が心配そうに俺を見つめる。

「ハウルから最近お前が眠れていないようだと聞いて心配していた。大丈夫か？」

親指でそっと目の下を撫《な》でながら、そう問いかけてくるユリウスの声はひどく優しくて、さっきたてたばかりの演技プランが早くも揺らぎそうになる。それが表面に出てしまったのか。

「……ほら、俺って繊細だからさー。環境が変わると眠れないんだよね」

軽い調子で言ったつもりだったのに、想定していたよりもずいぶんと弱々しい声になっていた。

俺が他人に唯一誇れるものであったはずの演技すらもこの調子じゃ、俺は一体なにを拠り所に自分を保っていればいいのかわからず、不安だけが増していく。

最近すっかり現役を退《しりぞ》いていたせいでとっさの対応ができなくなってるのか、それとも演技に集中できないほど気持ちが弱ってるのか。

どっちにしてもこんな俺じゃダメだってことだけはハッキリしているのに、気持ちがままならない。

素の自分を見せるっていうのが、時には弱い自分や見せたくない部分をさらけ出すってことなんだと頭では理解してるものの、やっぱりユリウスに対してこんな姿を見せたくないと思う自分がいるから、なおさらかも。

これ以上視線を合わせていられなくて、そっと目を伏せる。

左頬に触れたままのユリウスの手からも逃れようと、足を引きかけたその時。ユリウスはまるでその動きを察知していたかのように、俺が動くよりも先に俺の身体を引き寄せ、抱き締めた。

俺はこれにどう反応していいのかわからずに、ただ身体を固くして、されるがままでいることしかできなかった。

「……俺はお前のすべてが欲しいと思っている。だけど、心の中まですべてをさらけ出してほしいなんて傲慢《ごうまん》なことを言うつもりはない。お前が自分の不安や苦しみを口にするのも、誰かに頼るのも得意じゃないって知ってるからな」

まるで俺のことを理解しているかのようなユリウスの言葉。

身体の芯から表面へ、痺《しび》れに似た感覚がジンと広がっていく。

「でもお前が苦しんでいることに気づけないような鈍感な人間ではいたくないし、いざという時頼りにならないような不甲斐ない人間には絶対になりたくない」

俺を抱き締めるユリウスの腕がほんの少し力を帯びる。

そんなに強い力じゃないはずなのに、なぜか胸が苦しくて仕方なくなって。

「……ッ、……ユリウス、様……」

俺は喘《あえ》ぐようにユリウスの名前を呼んでいた。

喉の奥が詰まったような感じがしてうまく喋れない。頭の中はグチャグチャだし、自分の気持ちもコントロールできなくて、これ以上なにか言おうものなら、ユリウス相手にみっともない姿をさらしてしまいそうだ。

そんな俺を、ユリウスは小さな子をあやすように、ポンポンと背中を叩いて落ち着かせようとしてくれている。

ゆったりとしたリズムで優しく触れてくる温もりとユリウスの鼓動。そして初めて会った時から変わらない爽《さわ》やかな香り。

深く息を吸い込んでから大きく吐き出し、身体の力を抜くと、自分ではどうにもならなくなっていた気持ちが少しほぐれた気がした。

途端にアレコレ考えていたこと全部がどうでもいいことのように思えてきて、俺はユリウスの胸に身体を預けながら、もう大丈夫という意味を込めて、背中に腕を回した。

顔はまだ上げられないものの、冷静さが戻ってきたことで、自分がさっきまでいっぱいいっぱいだったことに気づかされる。

そんな状態なのに必死に自分を作ろうとしていたことが滑稽《こっけい》で、妙に笑えてきた。

俺ってホント情けないよな。

「……心配かけてゴメン。確かにここに来てからあんまり眠れてなくてさ。……実はけっこうフラフラかも」

ちょっとためらいながらも正直にそう告げると、ユリウスは俺をギュッと抱き締め、触れるだけの口づけを耳に落としてきた。

「ひゃっ」

不意打ちすぎる唇の感触に、うっかりおかしな声が出てしまう。

「なに……!?」

驚いて顔を上げたその時。今度はその唇が額に触れ、目を閉じる間もなく俺の唇を捉えた。

でもその唇は、いつものように俺を翻弄《ほんろう》するほど深く重なることはなく、あっけないほどあっさりと離れていく。

「あ……」

軽い口づけに物足りなさを感じて思わず漏れ出た小さな声。

ユリウスと再会してからまだそんなに多くの時間をともに過ごしたわけじゃないと思ってたのに、あの高級宿での数日間で、すっかりユリウスの手管《てくだ》に慣れてしまった自分を実感する。

抱かれるのはユリウスが初めてだけど、俺だって立派な大人。こういう経験がなかったわけじゃない。

なのに、条件反射のように身体の奥がユリウスの熱を求めてしまうなんて。

誰に対してもそんな風になったことがなかっただけに、すっごい俗物になった気分。

でもこれもある意味、素の自分の素直な感情を出せるようになった結果だって言えなくもないのかな。

そう思ったら、なんだか気持ちが軽くなった気がした。

「お前が謝ることなんてなにもない。……俺のほうこそ、お前がつらい思いをしている時に一緒にいられなくてすまない」

ユリウスのアメジストの瞳が真っ直ぐに俺を見つめる。さっきはこの瞳を見つめ返すことができなかったけど、今はもう逸《そ》らしたりはしない。

「大丈夫。なんかさ、ここにいるとヒマすぎて、ついいろいろ考えちゃってただけ」

完全に強がりでしかない言葉でも、口に出せば本当のような気がしてくるから不思議だ。

気持ちが浮上しきるのに、まだちょっとだけ足りない分は、勢いっていうかその場のノリ的な感じで甘えてみるのもいいかもしれない。そう思えるまでになっていた。

……ユリウスがそれを許してくれるかどうかはわかんないけど。

「せっかく心配してもらったことだし、ユリウス様にお願いっていうか、わがまま言ってもいい？」

「いくらでも」

即答されたことが意外で、俺は思わずまじまじとユリウスの顔を見つめた。しかも心なしかちょっと嬉しそうなのも予想外だし。

こんな表情をされると逆に言いづらいなと思いつつもなにげない調子で話を続ける。

「あのさ。やっぱり俺、ひとり寝に向いてないらしくてさ」

なんて切り出そうか考えながら口を開いたつもりが、ろくでもない人間だってことをアピールしただけになってしまった。俺らしいっていえば俺らしい。

まあ、本題はここからだから。

「ユリウス様のつけてるこのフレグランスの香りがあれば、ひとりじゃない気分で寝られるかなー、って。だから普段使ってるもの、俺にも分けてほしいんだけど」

深い意味はない。ただこの香りがあれば少しは落ち着いて過ごせそうだなって、思っただけ。俺的にはとっさの思いつきにしてはいいアイディアだと思ったのに。

ところがユリウスはなぜか俺のお願いを聞いて驚いたように目を瞠《みは》ると、すぐに口の端をフッと上げたのだ。

一瞬バカにされたのかと思いきや。

俺を見つめる瞳にある種の熱が灯っているのがわかり、身体が勝手に熱くなる。

「――俺の香りに包まれて眠りたいなんて、求められてる感じがしてたまらないな」

蠱惑《こわく》的な低い声が、明確な目的をもって俺の鼓膜を震わせた。

「俺もお前と離れている間ずっと、お前が醸《かも》し出す魅惑的な甘い香りを堪能しながら、お前のすべてを味わいたいと思っていた。――こんな風に」

「ん……っ……」

首筋に顔を埋められ、チュッチュッと音を立てて啄《ついば》まれる。

俺の弱いところばかり狙ってくるあたり、ユリウスは本当に俺の身体をよく知っている。

ユリウスの唇が触れたところから生まれるのは、甘やかな疼《うず》き。それはもどかしさを伴って、段々大きくなっていった。

いくら恥知らずな俺でも、王太子殿下のベッドでコトに及ぼうなんて思っちゃいなかったんだけど……。

――ユリウスに抱かれたい。

今までに感じたことのないほどの圧倒的な熱量で、そんな欲望が俺を支配する。

ユリウスの吐息が肌を掠《かす》める感触さえも、貪欲に快感を求めるためのスパイスに変わっていく。

もっと直接的な刺激が欲しくてたまらなくなったその時。ユリウスが顔を上げ、俺としっかり視線を合わせた。

「俺からもひとつ、わがままを言わせてくれ」

それほど余裕のない俺は、じれったい思いでユリウスを見つめ返す。

「俺のことは『ユリウス』と呼べ。お前に様付けで呼ばれると、距離を置かれてる気分になる」

なんてことない申し出にちょっと拍子抜けしつつも、すぐにその眼差しに渇望が混じっていることに気づき、喜びに似た感情が湧き上がってくる。

名前を呼び捨てにするくらいたいしたことじゃない。心の中じゃとっくに呼び捨てだし。

でもそれをユリウス本人から求められるのは、特別だって言われてるようで気分がいい。

「……ねぇ、もう一個わがまま言ってもいい？」

望む言葉を返さなかった俺に、ユリウスの表情が少し曇《くも》る。

俺は自分の中に渦巻く狂おしい気持ちをおくびにも出さずに、唇が触れ合うギリギリまで顔を近づけると。

「――ユリウスが欲しい」

ありったけの思いを込めて、今俺が全身で求めている素直な気持ちを言葉にのせた。

◇

当たり前のようにユリウスに横抱きにされ、寝室へ移動する。

こんな時まで自分の足で歩けるなんて可愛げのないことを言うつもりはないけど、こういうのはやっぱ気恥ずかしくて、ベッドにおろされるまでのあいだずっと、俺はユリウスの胸に顔を埋めたままだった。

「どうした？」

いつになくしおらしい態度の俺に、ユリウスが心配そうに声をかけてくる。ユリウスの顔をまともに見ることができずに顔を横に向けると、寝室らしく落ち着いた色合いの壁紙を見つめながら口を開いた。

「あれだけさんざんヤッといて、こんなこと言うのもあれだけど。……なんかさぁ、今さら恥ずかしくなったっていうか、どうすればいいのかわかんなくなったっていうか。……今まで通りにすればいいだけだってわかってるけど、それが難しいなー、って思ってるとこ」

そこまで言ってから、つい反応が気になって横目でチラリとユリウスのほうを窺《うかが》う。

「……なに？」

「いや、こんなに照れた様子のジェイドは初めて見るなと思って」

わずかな沈黙すら耐えきれずに尋ねると、ユリウスは複雑そうな表情をしていた。

俺もさ、羞恥心なんてものとは縁がないつもりでいたから、まさか自分がこんな風になる日がくるとは思わなかったよ。確かにこれまでの俺からじゃ想像もできないから、反応に困るのもわかるけど。

「ひいた？」

俺に覆い被さっているユリウスを真っ直ぐに見上げそう尋ねると。

「まさか。ジェイドへの想いが増しただけだ」

意外すぎる答えとともにチュッと触れるだけの優しいキスが返ってきて、俺のほうが反応に困ることになった。

俺も変わったとは思うけど、以前のユリウスからじゃ到底聞くことのできないような甘さが散りばめられた言葉の数々。

リンドバルで再会してから、俺らのあいだに流れる空気が日に日に親密さを増していったのには気づいていたけど、今日のユリウスの言動はこれまでと比べても圧倒的に糖度が高い気がする。

こういう空気、慣れてなさすぎてムズムズするっつーか、妙に据わりが悪いっていうか。正直俺には不似合いな気がして、どうするのが正解なのかわからなくなるのだ。

こんな戸惑いを感じるくらいなら、もうさっさとわけがわからなくなるほどの快感に溺《おぼ》れてしまいたい。

そうすれば、ユリウスを求める以外のことを考えずに済むんだけどな……

ともすれば、息苦しささえ感じてしまいそうなほどに甘ったるい空気から一刻も早く抜け出したい衝動に駆られる。

俺はすぐにユリウスの首の後ろに手を回すと、今度こそ本能のままに今望むものを手に入れるため、軽く上体を起こし、ユリウスに口づけた。

「……じゃあその想いを全部ぶつけて、俺が恥ずかしいとか思う余裕もないくらい、ユリウスのことを感じさせてよ」

やや挑戦的とも言える口調でそう告げた俺に、ユリウスは獰猛《どうもう》さを感じさせるような不敵な笑みを浮かべた。

「望むところだ。お前の中に俺の想いと俺という存在が浸透しきるまで、何度でも感じさせてやる」

返ってきたのは、俺の理性を絡め取るための宣戦布告としか思えない強気な言葉。

甘さだけじゃない雰囲気に変わり、落ち着かない気分から解放されたことで、俺のやる気は俄然アップする。

我ながら現金だとは思うけど、やっぱり人間には向き不向きってもんがあると思うんだよねー。俺的には甘い雰囲気より、こういう駆け引きめいた感じのほうがしっくりくるんだから仕方ない。

俺は再びユリウスに口づけると、自分から舌先を潜り込ませ、快感を味わうべく積極的に舌を絡ませた。

ゆっくりと感触を確かめあうような深い口づけ。徐々に主導権がユリウスに移り、俺は段々と応えるだけで精一杯の状態に追い込まれた。

「ん……」

キスだけで気持ちいい。……でも、これじゃ物足りない。

無意識にもぞりと腰を動かすと、ユリウスは心得たとばかりに口づけをゆるやかなものに変えながら、俺が着ていたチュニックシャツを丁寧な手つきで脱がせていった。

少しだけひんやりとした空気が素肌に触れる。

でもそんなことを感じたのはほんの一瞬で。すぐにユリウスの手管《てくだ》によって、俺の身体は快感以外の感覚が鈍くなった。

俺の口腔内を蹂躙《じゅうりん》していたユリウスの舌と唇が首筋をたどり、俺の弱い部分のひとつでもある胸の先端を捉える。

「ぁん……っ……」

舌先で舐《ねぶ》られ、唇で吸われるたびに、じわりと広がる痺《しび》れるような感覚。

そのあいだもユリウスの手は俺を一糸まとわぬ姿にすることに余念がない。

乳首を軽く食《は》まれながら、ゆったりした作りのズボンを下穿きごとおろされる。

ユリウスの手が素肌を掠《かす》めるたび、身体がピクピクと反応した。

快感を知ってしまった身体は、実に本能に忠実というか、浅ましくて単純というか。早くもっと強い刺激が欲しいと訴えて、顕著《けんちょ》な反応を見せていた。

まだ触れられてさえいない自分の中心がゆるく勃ち上がり、存在を主張しているのがわかる。

でもそこよりもさらに貪欲に、この先の行為によってもたらされる、とろけるような感覚を知っている場所が、刺激を待ちわびて切ないほどに疼《うず》いていた。

俺を全裸にしたユリウスが、すかさず自分の服を脱ぎ捨てる。

鍛えられて引き締まった身体と、存在感を主張する性器が惜しげもなく俺の目の前にさらされ、勝手に喉がゴクリと鳴った。

同じ男として純粋に羨ましい体型だとも思う。

でもこの身体が俺を満たしてくれることを知ってるだけに、どうしても『そういうことをする相手』として見てしまうし、与えてくれる快感を期待してしまう。

早くアレを俺の中に挿れて、気持ちいいとこをあの括《くび》れの部分で擦《こす》り上げて、隙間もないくらい奥まで埋めてほしい……

そうなることを想像しただけで、ユリウスだけが知っている俺の最奥が切ないほどにキュンとする。

「どうした？」

たぶん俺は今、物欲しそうな顔をしてユリウスを見ていたに違いない。

即物的だとは思うけど、本当に欲しいと思ってるんだからしょうがないよな。

いっそのこと、俺から仕掛けてみるのもアリかも。

ユリウスの剛直をしゃぶって勃たせて、そこに自分から乗っかって好き勝手に動いたら、滅茶苦茶気持ちよさそうだ。

「……あのさ、……今日はすぐに繋がりたい気分なんだけど」

考えついたことを実践しようと決意し、おずおずとそう告げながら身体を起こす。

しかしそれはユリウスによってあっさり阻《はば》まれてしまい、すぐにベッドに背をつけることになった。

目論見が外れたことで、ちょっとだけガッカリしたのも束の間。再び唇が重なり、深い口づけを交わすのと同時に、ユリウスが俺の膝裏に手をかけ足を大きく広げた。

内腿《うちもも》を撫《な》でながら徐々に中心部に移動してくる手。際どいところを掠《かす》めては、また離れていくということを繰り返す。それに合わせて、ユリウスの舌先がまるで口淫してるかのような動きで俺の舌を絡め取った。

——絶対にわざと焦《じ》らしてるとしか思えないんだけど。

不満を伝えるためにユリウスの舌を軽く唇で食《は》むと、ユリウスはようやく身体を起こした。

ユリウスの視線が俺の秘部を捉える。

まだ一度も触れられていないというのに、俺の屹立《きつりつ》はすっかり硬く芯が通り、ユリウス以外知らない蕾《つぼみ》は、望みのものを待ちわびるようにヒクついていた。

「久々だし、なるべくジェイドに負担をかけたくないから、ゆっくり進めたほうがいいと思っていたんだが」

「……そんな気遣い、いらない。……むしろ本当に俺のことを思うなら、……早く、ちゃんと、奥まで、ユリウスを感じさせてくれたほうが、ありがたいんだけど……」

「お前が本気で俺を欲しがってくれているとわかって嬉しいが、さすがにこのままでは無理だ。わかるだろう？」

「わかってる……。でも、……そういう余裕そうな態度、マジでムカつく、から……」

若干恨みがましい気持ちでユリウスを見上げると、ユリウスが切なそうに目を細めた。

「余裕なんてない。俺だって早くジェイドが欲しくて仕方ないというのに。——ほら」

「あ……」

内腿《うちもも》に欲望を兆《きざ》したユリウスのモノが当てられる。

「だからもう少しだけ待ってろ。すぐに望みを叶えてやるから」

直接刺激したわけじゃないのにちゃんと興奮してくれてるのは嬉しいけど、中途半端な形ですぐそこに望むものがあることを知らされるのは、正直辛い。こんなに我慢することになるとは思わなかっただけに、内心半泣き状態だ。

香油をまとわせた指で蕾《つぼみ》の周辺をほぐすように撫《な》でた後、指先が少しずつ内部へ進入してくる。

すんなりと一本入ったところで、何度か抜き差しを繰り返し、すぐに本数が増やされた。

ずっと欲しかった場所にやっともらえた刺激と、的確に俺の内部を受け入れ可能な状態に変えていくユリウスの巧みな指使いに、俺の身体はビクビク跳ねる。

「あぁ……んっ……、んん……っ……、あ、……はぁ、んっ……、……あ……っ……！」

気持ちいい……。滅茶苦茶気持ちいい……

だけど、本当に欲しい場所まで届かないのがもどかしい。

指でグルリと内部をかきまわされ、敏感な場所を強めに刺激され、うっかり軽くイキそうになったところで、ようやく指が抜かれた。

「挿れるぞ」

そう言われた直後、俺の後孔にユリウスの切っ先が当てられる。

「……んン……ッ……」

すぐに指とは比べものにならないほどの圧迫感が訪れ、俺は思わず息を詰めた。

「……大丈夫か？」

「だいじょうぶ、だから……、このまま、つづけて……っ……！」

心配そうな顔で動きを止めたユリウスに、俺は必死に言い募る。

こんなギチギチの状態じゃ、ユリウスも大変なんだとは思うけど、やっと繋がれたのにこんなところで中途半端にやめられたんじゃやたまらない。

それにさ、確かにキツいはキツいんだけど、それ以上に達成感っていうか、満足感みたいなものがあるし。

今はキツくても、馴染《なじ》んでくれれば気持ちよくなるってことも経験上知ってるから、やめてほしいなんて微塵《みじん》も思えない。

何度か深呼吸をして、無駄に入った身体の力を抜くことを試みる。

その甲斐あってか。それともユリウスが俺の身体を慮《おもんぱか》って慎重に進めてくれたおかげか。すんなりと、とはいかなかったものの、それほど時間もかからずに、俺の内部はユリウスのモノで埋められていった。

ゆっくりと腰を前後され、俺の内部でさらに質量を増したユリウスの剛直が、俺の敏感な粘膜を押し広げていく。一番太い括《くび》れの部分が内側の敏感な部分を擦《こす》るたび、圧迫感だけじゃない甘い感覚が生まれてきた。

「……ッ、んっ……」

ヤバい……。これスゲーいいかも。

正面で向き合って繋がっているおかげで、ユリウスの表情や息遣いがちゃんと感じられるのもいい。

顕著《けんちょ》な反応を見せる俺に気をよくしたらしいユリウスは、俺が感じるポイントに狙いを定めて攻めてくる。

「んんっ……！　そこ……っ……、きもち、いい……、あぁ……っ、んぅ……、はぁ……っ、いい……ッ……！」

だけど、最奥まで穿《うが》たれた時の痺《しび》れるような快感を知ってるだけに、ここだけでイクのはなんかもったいない。

俺は、自ら両手で膝裏を抱えて足を大きく広げると。

「ん……っ……、もっと奥……、ぁ……んっ……、はやく……っ……ぜんぶちょうだい……っ……！」

恥も外聞も、理性すらもかなぐり捨てる勢いで、そう懇願した。

ユリウスはそんな俺を見て、ほんの一瞬なにかを堪えるように目を細めたものの、すぐに俺の足を抱え、一気に腰を進めてくれた。

「…………ッ……！」

奥の奥まで隙間なく埋められ、声にならない喘《あえ》ぎが漏れる。

その直後、ユリウスと触れ合っている粘膜からゾクゾクするほどの快感が全身を駆け巡り、力が抜けた。

ヤバい……。ホントにヤバい……

いくら久しぶりとはいえ、思ってた以上に余裕ないかも……

このまますぐに動かれたら、秒でイッちゃいそうだ。

浅い呼吸を繰り返すことでなんとか波をやり過ごそうと試みるが、ユリウスのモノが俺の中で存在感を主張しすぎて、どうやっても意識せずにはいられない。

挿れられただけでイキそうなほど気持ちいい。

そういうの、これまでのユリウスとのセックスでもあったけど、正直ここまで切羽詰まった感じなのは初めてかもしれない。

気を抜けば呆気なく果ててしまいそうな感覚を、ギュッと目を閉じ、歯を食いしばることで必死に耐えた。

ところがその俺の行動を、いつもより性急に繋がったせいで身体がツラいからだと勘違いしたらしいユリウスは、俺の中心部に手を伸ばすと、先走りの雫が溢れる屹立《きつりつ》に触れ、そのままユルユルと扱《しご》き出したのだ。

やっとの思いで堪えたのに、こんな真似されたらひとたまりもない。

「ちょ、まって……っ！　それ、やめ……っ……！」

焦《あせ》った俺は身を捩《よじ》り、ユリウスの手の中で張り詰めている俺のモノを離してもらおうと必死に訴えた。

ユリウスは俺が本気でやめてほしいと言ってるのがわかったのか、すぐにその動きを止めてくれたのだが。

「はぁ……、――ッ……！」

安堵《あんど》のあまり大きく息を吐いたところで中にあるユリウスのモノをうっかり締めつけてしまった俺は、不意打ちに近い刺激により、自分でも予期せぬタイミングで吐精してしまった。

普段は国のために剣を振るっているユリウスの手を、白濁が伝う。

このタイミングでユリウスが騎士だってことを意識したせいか。なんとなく清廉で高潔なものを穢《けが》してしまったような微妙な気分になる。

……ふたりでしてるはずなのに、俺だけ盛り上がって、呆気なく達してしまったことへの罪悪感がそうさせるのかもしれないけど。

なんとなく気まずい気分になった俺は、そっと目を逸《そ》らし、目元を腕で覆うことで視界を遮《さえぎ》った。

「………なんかゴメン」

いたたまれなくなって謝ると。

「ジェイド」

ユリウスに名前を呼ばれ、俺はどこか後ろめたいような気持ちを感じながらも、腕をベッドの上におろし、おずおずとユリウスを見上げた。

「もっと感じさせてやるから、ちゃんと俺を見てろ」

偉そうな口調なのに甘い響きを含んだ声。ユリウスはまだ情欲を灯したままのアメジストの瞳で俺を見つめている。俺の中にあるモノも硬度を失うことなく、存在感を主張し続けていた。

ユリウスがちゃんと俺を求めてくれていて、その気持ちが失われていないことが単純に嬉しい。

ユリウスは、俺が放ったもので濡《ぬ》れた手を見せつけるように目の前に翳《かざ》すと、指のあいだを伝う雫をペロリと舐《な》めた。その表情はどこか挑発的で、意図的に俺を煽《あお》ろうとしているようにも感じられる。

その思惑《おもわく》にまんまと乗せられた俺は、指の隙間から覗くユリウスの赤い舌から目が離せないでいた。

……こういう時のユリウスって、マジでエロいと思う。

頭ン中が蕩《とろ》けたみたいになにも考えられなくなる。

じっと見つめていたから物欲しそうに見えたのか。それとも俺にも味わわせたかったのか。ユリウスは俺の精液がついた指先を俺の口元へ運んだ。

俺は、なんのためらいもなくユリウスの指を咥《くわ》えると、チュッと軽く吸い上げてからチロチロと舌先を動かしていく。

自分の精液なんてあえて口にしたいとは思わない。

でもこの時ばかりは抵抗感がないどころか、ユリウスが舐《な》めとっていたこの液体が、心地よい酩酊感と甘美な高揚感を与えてくれる極上の美酒のように、気分を盛り上げてくれるアイテムに思えたのだ。

ユリウスは満足そうに口の端を上げ、俺がすることをじっと見つめていた。

獰猛《どうもう》な気配を感じさせるその表情は、男の色気全開って感じでゾクゾクする。

こんなやりとりだけであっさり煽《あお》られるんて、俺の身体もずいぶんいやらしくなったもんだ。

たまらずにもぞりと腰を動かすと、目一杯広がった状態の敏感な粘膜が擦《こす》れ、快感の波が全身に広がっていった。それと連動するかのように、俺の中に穿《うが》たれたままのユリウスのモノが質量を増したのがわかった。

「動いても大丈夫そうか？」

ユリウスの問いかけに俺はすぐさま答えを返す。

「ん……っ……、……いつもみたいに激しくしていいよ。ユリウスの好きなようにして。……そのほうが俺も気持ちいいし」

思ったままのことを口にしただけなのに。

「――そんなに煽《あお》るな。さっきも言っただろ。俺も余裕がないって」

ユリウスは悩ましげに眉根を寄せると、自身のモノが抜けるギリギリまで腰を引き、一気に最奥を突いてきたのだ。

煽《あお》ってるのはそっちじゃん！

その言葉は口にすることが叶わないまま、嬌声に変わる。

「ぁあ……ッ……！」

強い衝撃に俺の身体は大きく跳ねた。

一瞬目の前に星が散ったけど、奥の奥まで穿《うが》たれたこの状態。…………最高に気持ちいい。

ユリウスは俺の反応に気づいたのか、中の感触を確かめるように何度も大きなストロークで抜き差しすると、徐々に速度を上げていった。

「ん……っ、……ぁん……ッ……、は、……っ、や……っ……、んん……ッ……！」

余裕がないっていう自己申告は本当だったらしく、ユリウスはいつも以上に激しい攻め方をする。

これまでは一応加減してくれてたんだな、っていうのがわかったけど、すぐにそんなことすら考えていられなくなった。

ユリウスが荒々しく腰を打ちつけるたび、繋がっている部分から生まれる痺《しび》れにも似た甘い感覚が急激に大きくなり、俺のすべてを凌駕していく。

「んん……ッ……、も、……あぁ……ッ……！　マジで、イキそ……っ……！」

「……ッ、俺も、あまり保ちそうにない……！」

吐息混じりの色っぽい声が俺の耳朶をくすぐる。

一層深くなった結合と、敏感な部分に容赦《ようしゃ》なく与えられる快感に、反射的に俺の中がギュッと締まった。

「ん……！　ぁ、……あ……ッ……！　んんーーッ……!!」

本日二回目の絶頂に達した瞬間。俺の敏感な粘膜を刺激し続けたユリウスのモノがビクビクと震え、俺の中に欲望の証が注がれた。

ユリウスがゆっくりと自身を引き抜き、グッタリとシーツに横たわったままの俺に覆いかぶさる。

そして俺としっかり目を合わせると。

「――愛してる」

情事の余韻が色濃く残る、少し掠《かす》れた艶っぽい声でそう告げた。

「…………ッ」

思い切りイカされたせいで頭の中が真っ白になっていた俺は、とっさに反応できず言葉に詰まる。

ユリウスはそんな俺を見て苦笑いした後、なにも言わなくていいとばかりに唇を塞いだ。

ユリウスのつけているフレグランスがふわりと香る。

いつもだったら安らぎを感じるはずのこの香り。今はなぜか、切ないような、やるせないような気持ちばかりが込み上げてくる。

今、この瞬間。

ユリウスから愛の言葉をもらっても、『俺も』って当たり前のように返すことができなかったことに。

——なぜだかひどく胸が痛んだ。

◇

睡眠不足やらなんやらで絶賛体力低下中の俺は、たった一回のセックスでヘロヘロになっていた。

ここに来る前、ユリウスと宿屋に滞在していた時には、一晩に二回、三回は当たり前だったのに、この体たらく。まあ、俺は二回イッたからそれなりに体力を消耗したとは思うけど。……それにしたって情けない。

ユリウスもこのところ相当忙しかっただろうし、俺とは違った理由で睡眠時間が足りてなさそうだから眠いだろうな、と思いきや。

ベッドに突っ伏したまま動けない、っていうより指一本動かしたくない俺を抱き上げ、なにも言わずに浴室へ連れていってくれた。

あらかじめこうなることがわかっていたのか。事前にハウルがすべて整えておいてくれたらしく、浴槽にはたっぷりのお湯が張られていて、すぐにでも使える状態だった。

丁寧に身体を洗われ、ユリウスに後ろから抱き締められるような体勢でお湯に浸かる。

そして充分に温まった頃、また抱き上げられて柔らかいタオルで身体を包まれたら、今度は寝室に運ばれ、そっとベッドに下ろされた。

ユリウスが再び俺を後ろから抱き締めるような体勢になり、タオルで優しく俺の髪を拭いている。

そのあいだ俺がしたことといえば、ユリウスに身を任せることだけ。

宿屋でも行為が終わった後、ユリウスが甲斐甲斐しく俺の面倒を見てくれてたけど、さすがに王宮に来てまでこんな風にしてもらうことになるとは思わなかっただけに、申し訳ない気持ちもあるんだけどさぁ……。…………眠気には勝てないんだよ。

寝なきゃと思ってる時には寝られず、寝ちゃいけないと思ってる時に限って睡魔ってヤツは元気に活動しはじめるものらしい。

適度な運動とゆっくり入浴することが快適な睡眠を促すって聞いたことがあったけど、それって案外効果があることだったとか？

っていうか、そもそもアレって身体を動かしたうちに入るのかな……？

つらつらと取り留めのないことを考えているうちに自然と目蓋《まぶた》が下がってくる。

……メッチャ眠い。

「眠れそうなら眠っておけ。眠れなくとも目を閉じているだけでも身体が休まる」

あきらかに眠そうな様子なのに、なかなか意識を手放そうとしない俺の耳元で、ユリウスが優しく囁《ささや》きかける。

――うん。俺もそろそろ限界かなって思ってるんだけど……

落ち着いたトーンの低音ボイスが眠気を誘う。

でも、俺より多忙な人間に至れり尽くせりでアレコレしてもらってる上に、やることやってさっさと寝るとか、どんだけ自分勝手な人間だよって思ったら、なんか寝られないし。

それに、王妃の件やら戴冠式の準備やらで多忙なこの時期に、王太子殿下がわざわざ俺を訪ねてきてあんな話をした挙げ句に、ユリウスをここに残していくとかさー。

あの王太子殿下に限って、弟の恋路を応援しようなんていう純粋な優しさでこんな真似をするとは思えないだけに、なにかしら意図があるのかもって考えたら、寝てる場合じゃないって思ったり。

俺が眠れていないと聞いて心配していたっていうユリウスの言葉に嘘はないんだろうけど……

ほとんど働かなくなってきた頭でぼんやりとそんなことを考えながら、ユリウスの肩に頭を置くようにして顔を上げた。

「どうした？　寝ないのか？」

ユリウスが俺の顔を覗き込む。そのついでとばかりに啄《ついば》むような口づけが降ってくる。

「……ん。……眠いは眠いんだけどさぁ……」

「眠れそうにないのか？」

「いや、……たぶん今なら寝られそう、かも」

「じゃあ、眠気が覚めないうちにさっさと寝てしまえ」

「ユリウスは……？」

「俺も今日はここに泊まる。──だから安心して眠ればいい。後は全部やっておくから」

ユリウスは俺の身体を覆っていたタオルを外すと、一糸まとわぬ姿になった俺をベッドに横たえた。

サラッとしたシーツの感触が火照った身体に気持ちいい。

ちょっとだけウトウトしかけたところで、自分のことを終えたユリウスがベッドに戻ってきた気配を感じ、俺はやっとの思いで目を開ける。

「起こしたか？」

「……ううん。……おきてたから、……だいじょうぶ」

大丈夫と言いつつも、ちょっと呂律《ろれつ》があやしい俺を見て、バスローブを脱いでいたユリウスがクスリと笑った。

「ずっと眠れなかったんだろう？　だったら眠れそうな時に眠っておいたほうがいい」

「……せっかく時間作ってきてくれたのに、……そういうわけにはいかないでしょ」

「変なところで律儀《りちぎ》というか、頑固だな」

「……そうかなぁ？　俺、スゲー適当でいい加減な人間だと思うけど……」

「そんな人間が、自分のことを後まわしにしてまで他人のために動いたり、大事な人を守るために自らを犠牲にしたりしないだろう」

「……そんなつもりじゃなかったんだけどね……」

俺の身ひとつ差し出すだけで事が収まるんだったら、それでいいとしか思ってなかったし。

ユリウスは俺の隣に身体を横たえると、片肘をつきながら俺の顔を覗き込んだ。俺の心の中まで見透かしそうな強い視線に射止められ、眠気が少し遠ざかる。

「……なにが不安だ？　なにがお前を苦しめている？」

突然の話題転換。たぶん本題はこれじゃないんだろうけど、ユリウスが本気で俺のことを心配してくれてるのがわかるから。

「王宮にいると、どうしても王妃の影や、かつてジェラリアとして生きてきた俺自身の記憶に苦しめられるっていうのもあるけど……」

俺もちょっとだけ素直に、不安な胸の内を口にする。

「でも、俺がここに来てから眠れなくなってるのは、自分が傷つけられるかもしれない不安っていうよりもさ……。…………また俺の目の前で、誰かが理不尽に傷つけられてしまうんじゃないかっていう、……恐怖みたいなものがあるからだと思う」

「――ハウルのことが原因なのか？」

「……目の前で容赦《ようしゃ》なく傷つけられるのを見ちゃってるからね……。――まあ、それだけじゃないんだけど……」

ほんのわずかな迷いの後、俺はその言葉の続きを呑み込んだ。

ユリウスがどこまで俺の過去の事情を知ってるのかはわからない。

でも五年前。ウィステリア宮で過ごした最後の日。あの場所で起きた凄惨な出来事を口に出す気にはなれなかった。

「心配してくれてありがと。でも大丈夫。たぶんこれは俺の弱さが原因だと思うから」

暗にこの話は終わりだというつもりでそう答えると、ユリウスは浅く息を吐きながら、俺の頬に触れてきた。

「お前を守ると言っておきながら、結局なにもできなかった俺じゃ信用できないのはわかっている。でも、お前が限界だと思う前に俺を頼ってほしい。……本来だったら、そういうことも俺が察しなければならないんだろうが」

ユリウスの表情に苦い笑みが浮かぶ。

「今回もお前の抱えてる不安を解消するどころか、ただそばにいることさえできない有り様だからな」

以前のユリウスだったら絶対に出てこないだろう言葉と、表情豊かとまでは言えないものの、ずいぶんとわかりやすくなった感情の変化。

無愛想で無口、挙げ句に他人の話なんてまるで聞いていないかのように強引で、目的のためなら個人の感情なんて考慮する価値もない……って感じだった頃が嘘のようだ。

考えてみれば、あんなにいけ好かないと思っていた男とこうして身体を重ねているだけじゃなく、一緒にいることで安心感すら覚えるなんて。

ユリウスだけじゃなく、俺もずいぶん変わった気がする。

それに俺自身、まだユリウスに対する気持ちを自分の中でうまく整理できてはいないけど、確実に育ってきてるのは自覚してるから。

「……今日ユリウスの顔見た時、ちょっとヤバいなって思った」

「………？」

ユリウスは俺が使った『ヤバい』の意味をはかりかねているのか、軽く眉間に皺《しわ》が寄る。

俺は難しい顔のユリウスに猫のようにすり寄ると、頬に触れるユリウスの手に自分の手を重ね、目を閉じた。

「顔見ただけなのに、妙にホッとして、うっかり泣きそうになるとか、ヤバくない？　自分で思ってたよりずっと、俺の中でアンタの存在が大きくなってたんだなって、実感させられた感じだった」

「ジェイド……」

『ヤバい』の意味を正しく理解したらしいユリウスが優しい声で俺を呼ぶ。

ジェラリアに戻り、『身代わり屋』としての過去が抹消された今となっては、ユリウスしか口にすることのない、もうひとつの俺の名前。

ユリウスがいまだに俺のことを『ジェイド』と呼ぶのは、単に慣れの問題だとは思うけど。

「……俺、ユリウスにジェイドって呼ばれるの、好きだよ。なんとなくの思いつきでつけた名前だけど、わりと愛着があるし。それにさぁ、今はユリウスだけしかそう呼ぶ人がいないせいか、なんか特別な感じがするじゃん。だから余計に俺の中でユリウスの存在が大きくなってるのかも」

最後はちょっと照れ隠しっぽくなりつつも、素直な気持ちを口にした。

俺の言葉にユリウスがどんな反応を見せたのか、目を閉じていた俺にはわからない。

でもその後に降ってきた口づけは、俺の心にじんわりと沁《し》み渡るような優しいもので。

それが心地よい呼び水となったのか、俺は久しぶりに穏やかな気持ちで、眠りへと誘《いざな》われていった。

第四章　選択と決断

この部屋を訪れた時よりもずいぶんと和らいだ表情で眠りについたジェイドにホッとしたのも束の間。すぐに苦い思いが込み上げてくる。

愛しさと同じくらいに膨らみ続ける後悔は、ジリジリと胸の奥で燻《くすぶ》り続ける焦《あせ》りと嫉妬を巻き込んで、一言では表せないほど苦く複雑な感情を作り上げていた。

――今度こそジェイドを守る。

そう固く心に誓ってジェイドを迎えに行ったはずなのに……

実際にはそばにいることさえできない状況であるばかりか、またしてもドルマキア国内の事情に巻き込み、不自由と我慢を強《し》いることになっている。

そもそもドルマキアと完全に縁が切れたといっても過言ではないジェイドが再びこの国に来ることになったのは、本人すらも知らなかった出自があきらかになったことで発生したドルマキア王国の王位継承権を放棄するためだった。

マレニセンとの同盟が無事に締結し、イグニス公爵の一件が片づいた後。今はなきリンドバル王国の第三王子であり、人質同然でドルマキア王国の王太子の側室となったジェラリア・セレナート・リンドバルが、リンドバル王国の王妹とドルマキア王国の王弟のあいだに生まれた子供だということが公表された。

これには貴族たちのあいだにすっかり広まっていたジェラリア王子に関する不名誉な噂を払拭し、ジェラリア王子の名誉を回復させるという目的もあったのだが……

それによりジェラリア王子は、王太子の側室という身分としてではなく、ドルマキア王家の血を引く者として王族の一員に名を連ねることになり、その血の濃さから、兄上、俺に次ぐ王位継承順位の持ち主となってしまったのだ。

そうは言っても、ドルマキア王国はすでに兄上が国王となる未来へと動き出している。ジェイドのふたりの兄たちとの約束もあり、本来ならばジェイドがドルマキアに関わることなどないはずだった。

薄暗い室内でもわかるほど、あきらかにやつれた様子のジェイド。

兄上と話している時は、ジェラリア王子としての表情を作っていたせいでそうとは感じにくかったが、こうして無防備な状態になるとジェイドの疲弊《ひへい》具合がよくわかる。

その顔色はもともと色白だということを差し引いてもあまりに色がなく、目の下にうっすらと浮かんだ隈《くま》は、この場所での生活がどれだけジェイドに精神的な苦痛を与えているかを表していた。

ハウルやユーグから、ジェイドがあまり眠れていないようだと報告は受けていた。しかしその原因と思われる王妃の件を解決することが先だと考えた俺は、ジェイドの様子を心配しながらも、これまで一度もこの王太子宮を訪れることはなかった。

そして今日、兄上に随行するかたちでここに赴《おもむ》き、出迎えてくれたジェイドの顔を見た時。

ジェイドをドルマキアに連れてきたこと、自分の身勝手な欲求で少しでも長くジェイドをドルマキアに繋ぎ止めておきたいと思い、ジェイドの口から王位継承権放棄の話が出るまで、あえて俺のほうから手続きに関することを口にしなかったことを後悔した。

ただでさえ王宮はジェイドにとって嫌な思い出しかない場所だというのに、かつてジェラリア王子を苦しめ続けた王妃の所在が不明となっている今の状況ならなおさら、気持ちが休まる暇さえなかったのだろう。

本人はそれだけが不眠の原因ではないと言ってはいたが、王妃が過去に行った数々の仕打ちがジェイドの心に深い傷を残していることはあきらかだった。

「――ジェイド、…………すまない」

名前を呼んだ後、思わず零れ落ちた言葉。

俺の後悔を表わしたその一言は、無事に深い眠りを得ることができたらしいジェイドに届くこともなく、薄闇に溶けていく。

俺は目を閉じたまま身じろぎもせずに眠るジェイドの顔を見つめながら、どうすればこれ以上ジェイドが苦しまずに済むのか。

――ただそれだけを考え続けていた。

◇

遡《さかのぼ》ること二カ月ほど前。

王妃やイグニス公爵の息がかかった人間たちを一掃し、ドルマキア国内の改革が一段落ついた頃。兄上から、国王の命が尽きる前に一度会っておいたほうがいいと促された俺は、業務命令に従うくらいの気持ちで国王の寝室を訪れた。

父親というより国王という認識しかなかった相手。

実際に父親らしいことなどしてもらった記憶などひとつもない。むしろこの男のせいで嫌な思いをした覚えしかない上に、こんな人間の血が自分の中に半分流れているかと思うと、ドルマキア王族を象徴する黒髪も、紫色の瞳もおぞましいものにしか感じられなかった時期すらあった。

同じ色を持つ兄上と出会い、行動をともにすることで、自分の容姿に対していい意味で無関心となり、自分の存在意義もそれなりに見出せるようになってきた。

俺はドルマキアの第二王子として生まれたが、王位など欲しいと思ったこともない。

あくまでも兄上を支える臣下となる。そのためだけに邁進《まいしん》することだけが、俺の役割だと思って生きてきた。

だからもう二度と表舞台に立つこともなく、まもなくこの世から消える存在で、俺たちの敵どころか障害ですらなくなったこの男に今さら会ったところで、時間の無駄でしかないと思っていたのだが。

数年ぶりに会った国王は、以前の姿からは想像もつかないほど弱々しい姿になっていた。

生気を感じさせない青白い顔で静かに眠るやせ細った男。

下卑《げび》た野心と傲慢《ごうまん》さを前面に押し出していたかつての姿は見る影もなく、上っ面だけの権力を主張するような、やたらと豪華なベッドに横たわる姿にはどこか滑稽《こっけい》さを感じた。

俺とこの男以外誰もいない室内に、ただ意味もなく時が流れる。

——やらなければならないことが山積みで、わずかな時間も無駄にしたくないというのに。

そうは思っても、兄上の気遣いを無下《むげ》にしないためにもう少しここに留まらなければならず、俺はうんざりした気持ちで、醜い欲望で人生を形作ってきた人間の成れの果てを一瞥《いちべつ》した。

「ハァ……」

無意識に大きな溜息が零れ落ちる。

最後の最後まで自分勝手に周りの人間の人生を滅茶苦茶にし、多くの人を苦しめ続けた男が、静かな終わりを迎えようとしていることが無性に腹立たしい。

そう認識した途端。胸の奥に眠ったまま昇華しきれていなかったらしい憎悪の念はあっさり膨らみ、気づけば口を開いていた。

「……身のほど知らずな野望を抱き、多くの人間を不幸のどん底に叩き落としてきたヤツが、みっともなく執着し続けた国王の座を手放すことなく、大罪人として裁かれることも、憎しみを受けて無惨に殺されることもないまま最期を迎えることになるとはな」

俺の母。ジェイドの母親であるファウスティーナ王女。リンドバルの国王夫妻。そしてドルマキア国王の命令により失われた多くの命。

彼らの終わり方を考えたら、この男の人生の終幕はあまりにも優しすぎる気がして。

──殺してやりたい。

そんな思いが急激に湧き上がり、俺は力一杯拳を握り締めることで、冷静さを取り戻す努力をした。

兄上が望まない行動をする気はないし、衝動的に実行に移さないだけの理性はある。

しかし、この男の息の根を止めるのは俺の役割だと当然のように考えていた時期もあっただけに、一度呼び起こされた感情を再び奥底に沈めるのはなかなかに難しい。

久々に感じる強い憎悪。胸のうちで大きく渦巻く波がひどく不快だ。

「……俺はお前を許す気はさらさらないし、お前が死んでも、その死を悼《いた》むこともないだろう」

誰かに聞かれたら、死を目前にした人間、しかも実の親に向かってなんて言い草だと批難されるかもしれない。

でも俺にとってのドルマキア国王というのは殺してやりたいほど憎い存在で、実の親だというだけで無条件に親愛の情を抱けるような相手ではなかった。

この男のせいで負わなくていい瑕疵をつけられた人間はあまりにも多い。

──ジェイドもそのひとりだ。

俺はこれ以上この男と同じ部屋にいる気になれず、視線をくれることもなく踵《きびす》を返すと、形ばかりの親子対面の結果を報告するために、兄上のもとへ向かった。

◇

「君が戻ってきたら、『どうだった？』と聞こうと思っていたのだけれど……。――その様子を見ると、聞くべきか迷うね」

兄上の執務室に入るなり苦笑いとともにかけられた言葉に、俺はなにも答えることができなかった。

書類にペンを走らせていた手を止め、俺を見上げる兄上の表情はどこか複雑そうなもので、国王との対面が俺にとってプラスにはならなかったことを察しているようにも見えた。

俺にしてみればそれは当然の結果で、悲しむべきことじゃない。むしろあの男に会ったことで、親愛の情など微塵《みじん》もないことも、王族という地位は俺にとってなんの価値もないことも再認識できた。

だから胸の中にあった決意が揺るぎなく固まったという点から言えば、よかったとも言えなくはない。

「……王太子殿下。お話しさせていただきたいことがございます」

そう切り出すと、兄上はすぐに室内にいた人間に合図を送り、退室を促した。

俺が臣下の立場でものを言うことは決して珍しいことではないし、他人の目があるところではそれが普通だ。これからする話も誰かに聞かれて困ることではないが、本音で話し合えるようにという兄上の気遣いがありがたい。

扉が閉まるのと同時に、すかさず執務机の前に跪《ひざまず》き、正式な臣下の礼をとる。右手を左胸に当て、軽く頭を下げながら兄上の言葉をじっと待った。

「せっかく人払いをしたのにそこまで畏《かしこ》まらないとならない話なんて、嫌な予感しかしないのだけれど。……まあ、いい。聞かせてくれ」

静かにペンを置いた兄上の声に覇気がないのが気になるが、もう後に引く気はない。

「――はい。私、ユリウス・ベルトラン・ドルマキアは、近々正式に王位継承権を放棄し、臣籍降下する旨を公の場で宣誓したいと考えております。殿下には早急にその許可をいただきたく」

「……王位継承権の放棄、ね。いつか言い出すとは思っていたけれど」

兄上はそう呟くと、少しのあいだ思案するように黙り込んだ。そしてしばしの沈黙の後。

「顔を上げてくれ。その体勢では私のほうが話しにくいから」

いつも通りの調子で話しかけてきた兄上にそう促される。

すぐにでも主従の区別をハッキリさせたいと考えていた俺は、どうすべきか迷ってしまい、一瞬反応が遅れた。

「いずれ君が正式に王族の籍から外れるとはいっても、今はまだ主従ではなく兄弟だ。しかも私だってまだ王位継承権を持つ人間のひとりに過ぎないのだから、対等に話すべきだと思わないか？とりあえず座って話そう」

それ相応の覚悟を持って引いたはずの線をあっさり消されたことに戸惑いつつも、兄上の指示に従わないという選択肢はなく。

俺は渋々立ち上がると、兄上が座るのを待ってから、その正面に腰をおろした。

「ユリウスがいずれ王位継承権を放棄するつもりだということはわかっていた。でもなぜこのタイミングで言い出したのか、理由を聞いても？」

「……以前から考えていたことではありましたが、先ほど国王に会ったことで、その決意がより強く固まりました。兄上の後継者の問題を考えたら、すぐに、というのが難しいことは承知しております。なので、俺がそういうつもりであることだけでも早めに周知できたらと思ったのですが」

「次の後継者か……。まだまだ先の話だと思いたいけど、そろそろそっちの問題もどうにかしないといけないだろうね」

兄上にはかつて五人の婚約者候補がいたが、ジェイドが大変な目に遭ったお茶会の後、全員が候補から外され、現在その座は空席になっている。

そのせいもあるのか、最近俺の周りにも王族の血筋が途絶えるのを心配するふりをして近づいてくる人間が再び現れはじめたのだ。

以前から近衛騎士団長という肩書きに惹かれて近づいてくる令嬢はいた。

用もないのに声をかけてきたり、やたらと近い距離でベタベタと身体に触れてきたり、あからさまにその手の誘いをかけてくる者までいたが、そういう人間はしばらくすると自然と離れていくため、相手にしなければ済む話だった。

しかし最近は王族という付加価値が加わったせいか、以前よりも格段に俺の周囲が騒がしくなっていて、鬱陶《うっとう》しさも増している。

ジェイドと会って、初めて人を愛する気持ちを知った今は、望まない相手が近づいてくることすら煩《わずら》わしい状態だというのに、勝手な期待を寄せられ、まとわりつかれるのは不快でしかない。

さらに、兄上の婚約者候補には挙がらなかった家門の人間が、罪人となった王妃の息子である兄上よりも俺のほうが次期国王にふさわしいのではないか、などとふざけたことを言い出し、水面下で動き出しているという。

もちろんあからさまな動きをしては謀反《むほん》を企てていると疑われ、粛清《しゅくせい》される可能性がある。だからまずは自分の娘を俺に近づけ婚姻関係を結んだところで、王族として育てられなかったせいで政治には明るくないであろう俺の手助けをするという名目を使い、宮廷内での勢力拡大を狙っているらしい。

——本当に勝手な連中ばかりだ。

俺たちが大変な思いをしていた時には日和見を決め込んでいたくせに、旗色がよくなった途端、自己主張してくる人間たちに腹が立つ。

「最近、君の周りが騒がしいことは知っている。君は当たり前のように私が国王になると思っているようだけど、君にだってその資格はあるんだ。当然のことだと思うよ」

「資格があっても、国王になれる器ではありません。なので実害が出ないうちに、早目にやつらの妄想を断ち切る必要があると考えておりました」

兄上が知らないはずはないとは思っていても、話題に出されるといい気はしない。

自然と話すトーンが低くなっていく俺に、兄上は諭《さと》すような優しい口調で語りかける。

「妄想だと断言するのは早計かもしれないよ。国というものは王ひとりで築いていくものではない。足りない部分はそこを得意とする人材が担えばいいだけの話だ。王の器でなくとも、国を回していく手段はいくらでもある。現に今、国王がいなくとも支障はないよね？　それに私にだってその器かどうかわからないわけだし。君がその座を望むなら、私は喜んで協力するよ」

「兄上……」

「そんなに困った顔をしないで。王座はともかく、可能な限り君の選択や決断を尊重したいと思っているのは本当だから」

その言葉でようやく、兄上があの男に会いに行くように俺に勧めた意図がわかった気がした。

最初から当然のように消していた『国王になる』という選択肢。

本当にその道は最初からなかったのか、それともあえて進まないのか。進みたいという気持ちがあるのに、見ないふりをしているだけなのか。

あの男と会うことで、俺にあらためて王の子だという自覚を促し、自分の気持ちと向き合う機会を与えた上で、俺自身にその判断をさせようとしたのだとしたら……

「兄上」

「なんだい？」

「俺はこれまで一度も兄上が国王になる未来を疑ったことはありませんでした。それが兄上の気持ちを無視した考えであることに気づきもせずに……。――申し訳ありません」

最初に会った時。

『正直に言うと、私は王座なんてまったく興味はないし、ドルマキアっていう国もどうでもいいんだ。むしろこんな腐った国など滅びればいいとさえ思ってる。――だから君は私のことなんて護らなくていい』

そうハッキリと口にしていたことを今さらながらに思い出す。

なのに俺は王太子である兄上が国王になるのは当然のことだとしか思っておらず、それ以降、兄上が王座に就《つ》くことについて本当はどう思っているのか聞こうともしなかった。

「君が謝ることなんてなにもない。国王に会ったほうがいいと勧めたのは特別な意図があったからではなく、単にあの男がこの世から消え失せてしまったら、面と向かって文句を言う機会が永遠に失われると思っただけの話だ。気にしなくていい」

「兄上……」

「それに王妃のことで私が王位にふさわしくないと言い出す人間が出てくることはとっくに想定済みだよ。だからそれを理由にユリウスが王位継承権の放棄を急ぐというのなら、もう少し考えてからでも遅くはないと言いたかっただけだから」

兄上が俺に気を遣わせまいとそう言ってくれることは単純に嬉しく、同時に自分のこれからの道を選ぶことすらできない状況に兄を追いやっていたことが申し訳なくなる。それでも。

「――申し訳ございません。私の気持ちは変わりません」

俺自身が王位に価値を見出すことができないせいではなく、クラウス・ネイサン・ドルマキアこそが国王にふさわしいとあらためて実感したからこそ、決断は変わらない。

俺の言葉を受け、兄上は今までの柔和な表情を一変させた。

そして少しの逡巡《しゅんじゅん》の後、次期国王としての威厳《いげん》を感じさせる顔つきで、静かに口を開いた。

「ユリウスの考えはわかった。先ほども言ったように、君の選択や決断を尊重したいという考えに変わりはない。——とはいえ、それは兄の立場としての考えであり、国を背負う者としては無条件にそれを容認するわけにはいかない。わかるよね？」

「……はい。承知しております」

ドルマキア王国の王位継承権は法律上、ドルマキア王家の血を受け継いでいる者すべてに発生するものであるが、実際のところ、今の時点でドルマキアの王位継承権を持つ人間は驚くほどに少ない。

直系の王族はクラウス兄上と俺のふたりだけ。俺たちの父親である国王にはマリウス・ハーロルト・バルシュミーデ以外に兄弟はおらず、そのバルシュミーデ大公も臣籍降下した上ですでに鬼籍に入っていることにされている。

それより上の世代となると、臣籍降下して新たな家門を興《おこ》したり、他国の王族に嫁いだり、国内外の貴族に婿入り、または降嫁した者もいるが、俺たちの父であるあの男と王妃、そしてイグニス公爵の策略により、王家の血筋を持つ者は、永久的に王位継承権の放棄をするという旨の手続きがなされていた。

つまりはあんなことが起こるまで、国王の再従兄弟《はとこ》であるイグニス公爵が兄上と俺に次ぐ王位継承順位の持ち主であり、そのイグニス公爵家自体が取り潰されることとなった今、王位継承権を持つ者はさらに減ったのだ。

兄上はそのことを見越していたのか、今回の件が起こるよりもはるか前に王位継承権に関する法律の改正に取り組んでいた。

おかげで新たに制定された継承権に関する法律では、在位中の国王から六親等内の血族にのみ王位継承権が発生することに加え、継承権は家系ではなく、対象となる個人に与えられるものとなった。そのため、すでに権利の永久的な放棄がなされた家系からも対象者が出る可能性が出てきたのだ。

とはいっても、相変わらず王位継承権を持つ者が少ないことに変わりはない。

「では君が継承権を放棄すると、またしてもドルマキアの問題にジェラリア王子を巻き込む可能性が出てくることもわかっていると？」

兄上の指摘と『ジェラリア王子』の名前に、胸の奥がズクリと痛む。

「……確かにジェラリア王子は法律上では王位継承権を持つ者の条件に当てはまります。しかし少し考えれば、彼が実際にドルマキアの継承問題に関わることはないことくらいはわかると思うのですが」

「そうは言っても、ジェラリア王子に王位継承権がある限り、なにかしらの対策は必要になるだろうね……」

『ジェラリア王子』はドルマキアの王族だったバルシュミーデ大公の忘れ形見だ。しかし同時に旧リンドバル王国の王子であり、今はマレニセン帝国の人間でもある。

リンドバルの元王子たちはジェイドをマレニセンへ連れ帰る際、『もう二度とドルマキアの王族と関わらせるつもりはない』と言い切っていた。

そんな状況だというのに、万が一にでも『ジェラリア王子を王に』などと言い出し、あまつさえ利用しようとする人間がいた場合、今度こそドルマキアは地図上からその名前を消すことになりかねない。

ジェイド自身にしても、あれだけの目に遭ったのだ。ドルマキアとは二度と関わり合いになりたくないと思っていることだろう。——まさか自分にドルマキアの王位継承権が発生しているなんて、夢にも思わずに。

やっと訪れた平穏な暮らしを邪魔する気はないが、ジェイドの未来に俺の入る余地はないのだと思うと、胸の痛みが強さを増した気がした。

そんな俺の内心を知ってか知らずか。兄上はわずかに口元を歪《ゆが》め、じっと俺を見つめている。

まるで俺の反応を窺《うかが》うような眼差しの真意をはかりかねた俺は、妙な居心地の悪さを味わいながらも、自分の感情を仕切り直すため、不自然にならないよう居住まいを正した。

「よからぬことを考える人間が厄介な真似をしでかす前に、ジェラリア王子の持つ王位継承権をどうにかするのが最善の策だと思いますが」

「そうだね。私もそう思うのだけれど」

「なにか問題が？」

「実はマレニセンに滞在している間に、ブルクハルト陛下と意見を交わす機会があってね、そこである計画が持ち上がったんだ。その時に、具体的な話し合いはドルマキア王国内の状況が落ち着いてからでいいと言われていたんだけれど。ジェラリア王子の件でマレニセンと連絡をとる必要があるのなら、そちらのことにも触れておいたほうがいいのではないかと思ってね」

マレニセン皇帝とのあいだに持ち上がった計画とジェイドの継承権問題がどう繋がるのかは俺にはわからないが、兄上の頭の中では今、これからどう動くべきかのシナリオが着々と作られているのだろう。

しばしの沈黙の後。

「ユリウス」

「はい」

「王位継承権の放棄と臣籍降下を条件付きで認めよう」

考えがまとまったらしい兄上が告げたのは、俺が最初に願い出たことに対する答えだった。

話題が急に最初に戻ったことに驚きつつも、条件付きとはいえ俺の希望が認められたことに安堵《あんど》する。

「――私の申し出をお聞き入れくださりありがとうございます」

「いや、礼には及ばない。言ったよね、条件があるって」

もちろん兄上から提示される条件ならば、どんなことでも受け入れる覚悟はできている。

「ユリウス。準備が整い次第、秘密裏にマレニセンに向かい、ブルクハルト陛下に私からの親書を渡す任務に就《つ》いてくれ」

告げられた条件に、心臓がドクリと跳ねた。

二度と会うことも叶わないと思っていたジェイドと物理的な距離が縮まることで、その先の可能性を無意識に期待してしまう自分がいる。

おそらく兄上は、俺がジェイドに対してどのような感情を抱いているのか気づいていない。

こんな状況でもふとした拍子に顔を覗かせる浅ましさに、俺は苦い気持ちを味わいながら、兄上から語られる詳細な説明を聞いていた。

◇

結論から言えば、兄上から提示された王位継承権の放棄と臣籍降下を認める条件は、それほど難しいものではなかった。

兄上の名代として秘密裏に動く任務は、ドルマキア国王の命令で他国を侵攻していた最中に何度も経験したことだったし、行き先が同盟関係となったマレニセンとくれば、危険度はそれほど高くない。

それに今回はマレニセン皇帝ブルクハルトに兄上の親書を渡すのと同時に、ジェラリア王子にドルマキアの王位継承権が発生していると伝えた上で、本人に意志を確認してほしいと願い出るだけの簡単なもの。

俺のわがままとも言える願いの代償としては、申し訳ないと思えるほどの条件だった。

しかし、いくら任務だとはいっても、俺がマレニセンに行くことは機密事項。

当然俺の行動は限られた人間しか知らない隠密行動となるため、極力目立たないよう少人数での行動となる。

マレニセンの帝都までは馬でも十日ほどかかるため、行程は余裕を見て往復で一カ月程度。

一応近衛騎士団長という役職に就《つ》いている以上、あからさまに公の場に姿を見せなくなるのは不自然だし、その理由を勘繰《かんぐ》られるわけにもいかない。

だから俺は兄上に報いる意味でも、俺が一時的に公の場に姿を現さずに済む正当な理由を提案した。

それは、先日のマレニセン帝国との同盟締結のレセプションパーティーで起こった一連の出来事に対し、警備の不備があった責任をとるというもの。実際にあった不手際だけに、表向きの理由としてはうってつけだった。

その結果。

近衛騎士団長の立場としては、一カ月間の謹慎処分を。王族の立場としては、自ら王位継承権の返上を願い出たことになったのだ。

その提案を聞いた直後の兄上は。

『君はよほど私を非道な兄にしたいようだね』

と苦笑いしていたが、結局は俺の意見を受け入れてくれた。

『ユリウスの選択や決断を尊重したいという考えに変わりはない。だからジェラリア王子のことは君の思うようにしたらいい』

そんな言葉とともに、俺をマレニセンへと送り出してくれたのだった。

◇

ベッドに身体を横たえたものの、ジェイドとともにいられる貴重な時間を眠って過ごす気にはなれず、結局一睡もしないまま夜明けを迎えようとしていた。

あと数時間もすれば、俺はこの部屋を出て、自分の職務に戻らなければならない。

次に会えるのは、今回の一件が解決した後になるだろう。

眠っていても美しいジェイドの容貌は見ていて飽きることがない。

しかし今は顔色の悪さもあいまって、どこか造り物めいて見えるせいか、あの生命の息吹を感じさせるような新緑の瞳が見えないことに、時折言いようのない不安が込み上げる。

思わず手を伸ばし、頬にそっと触れると、冷気を孕《はら》んだ空気のせいか、予想よりもずっと冷たい肌の感触にドキリとした。

顔になにかが触れる感触が気になったのか、ジェイドが俺に背を向けるように寝返りをうつ。

途端にブランケットの下に隠れていた白い肌が露わになり、薄闇の中に蝶《ちょう》と蔦《つた》をあしらった美しい紋様が浮かび上がった。

ジェイドが送ってきた波乱の人生を象徴するようなタトゥー。

これを背負うことになった経緯を知れば、視界に入れることすら厭《いと》う者もいるだろう。

俺も初めて見た時には、正直戸惑った。

しかし今となっては、当たり前に存在するもので。

ジェイドがまるで自分で選び取ったものかのように『気に入ってる』と口にした時、ごく自然に『お前らしくていい』という言葉が出るくらい、俺にとってこのタトゥーは、強くて美しいジェイドの象徴だと思っている。

隠してしまうのがもったいないと感じつつも、これ以上ジェイドの身体が冷えてしまわないようにブランケットをかけ直す。

少しでも俺の温もりを伝えたくて抱き締めるようにすっぽりと身体を覆うと、ジェイドが醸《かも》し出す魅惑的な甘い香りを強く感じ、たまらない気持ちにさせられた。このまま首筋に口づけたい衝動に駆られながらも、なんとかそれを抑え込み、ジェイドから身体を離す。すると。

「……ユリ……ウ、……ス……？」

ジェイドは俺の名前を呟きながら身体を反転させ、なにかを求めるようにブランケットの隙間から手を伸ばしてきたのだ。

そして俺の手に触れる直前。動きを止めた手がパタリとシーツの上に落ち、ジェイドの呼吸が深くゆっくりとしたものに変わっていく。

無意識にそんな真似をしてくるジェイドが愛しくて、俺はその手に触れると、指先にそっと口づけた。

兄上の戴冠式が終わり、王位継承権放棄の手続きを終えたら、ジェイドは再びマレニセンに戻ってしまう。

そうなったら、次にふたりきりの時間を過ごせる機会がいつ訪れるのかはわからない。

リンドバルからドルマキアへの道中も、ドルマキアに到着してからも、ジェイドとの時間は驚くほど穏やかで、ほかの誰かを演じているわけではない『素のジェイド』で俺に向き合ってくれている時間は、ジェイドへの気持ちを深めるのに充分すぎるものだった。だから。

――少しでも長く、ふたりきりの時間を過ごしたい。

――一緒にいるうちに、『嫌いじゃない』以上の感情を言葉にしてくれる可能性があるかもしれない。

――そうすれば、ジェイドの未来に俺という存在を加えてもらえる日が来るんじゃないか。

そんな俺の身勝手な願いが、まさかこのようなかたちでジェイドを苦しめることになるなど思わずに、多くのものを望んでしまっていた。

俺の存在がジェイドらしさを失わせる原因となる可能性があるのなら、これ以上の関係を求めてはいけないとは思う。

しかし、ダンガイト王国のルイード王子がジェイドに求婚していることを知った時。ジェイドを渡したくないと強く思った。

おそらくルイード王子は、身代わり屋ジェイドがジェラリア王子だとわかった上で求婚しているのだろう。

ダンガイトの諜報《ちょうほう》レベルはドルマキアやマレニセンにも劣らないと聞いている。

ルイード王子の狙いがどこにあるのかは不明だが、身代わり屋の仕事で関わりがあった上に、演技とはいえ親密な関係だったことを知っているだけに、アイツがジェイドと接点を持とうとしていること自体が不快でたまらない。

——兄上への忠誠心と自分の置かれている立場から、ジェイドだけを優先することができない俺にそんなことを言う資格はないのかもしれないが。

次から次へと入れ替わる一貫性のない感情に翻弄《ほんろう》され、ひとり煩悶《はんもん》していると、部屋の外に人の気配を感じ、俺はそっと身体を起こした。

朝まで誰も近寄らないよう指示が出ているはずなのに、気配を忍ばせるでもなく部屋の前まで来たということは、想定外の事態が起き、俺を呼びに来た可能性が高い。

俺はジェイドに軽く口づけてからベッドをおり、後ろ髪を引かれる思いで寝室を後にした。

◇

急いで身繕いをし、部屋を出たところで、俺を待っていたユーグとともに兄上のもとへ向かう。

普段は穏やかな表情をほとんど変えることのないユーグが、珍しく緊張感を隠しきれない様子でいた上に、あの場でなんの説明もしなかったことから、相当なレベルで急を要する事態なのだと理解した。

部屋に入った俺に、険しい顔をした兄上が視線を向ける。

「……ダンガイト王国との国境付近で、王妃らしき人物が見つかったとの報告があった」

なんの前置きもなく切り出された本題。

その後に続けられた詳細な報告は、にわかには信じられないようなものだった。

第五章　相応の覚悟

自分でもビックリするほど爆睡した翌朝。

まだ寝ていたい気持ちを堪えてなんとか目を覚ますと、隣で寝ていたはずのユリウスの姿はなくなっていた。

もともと眠りは浅いほうだし、気配にも敏感だから、いなくなったら気づきそうなもんだけど、自分ではまだ平気って思ってても身体は結構限界だったらしく、まったく気づくことができなかった。

昨夜の自分を思い返すとちょっと照れくさいから、いなくてよかったと思わなくもないけど……でもふたりで盛り上がった後なのに、ひとりだけベッドに残されるのって結構寂しいもんなんだなって感じる自分もいたりして。

そういうのガラじゃないってわかってるけど、ユリウスに対しては自然とそんな感情が湧いてくるんだから仕方ない。

ヒモやってる時は、相手が望むことを叶えるのは衣食住を提供してもらってる身としての義務だと思ってたし、それがベッドをともにした時のルールだって言われたこともあったから、そんなもんかとしか感じてなかったのになぁ。

ユリウスが忙しいのはわかってるし、起きれなかった俺も悪いけど、次いつ会えるかわかんないんだから、起こしてくれてもよかったんじゃね？

結局セックスだけで会ってる時間が終わるとか、やってることセフレと変わんないじゃん。前なら絶対そんなこと気にしなかったのに、どうやら俺はユリウスに対してはそういう手軽でいい加減な関係ではいたくないと思いはじめているらしい。

でも実際の俺の態度はひどく曖昧《あいまい》なもので、ユリウスが向けてくれている好意に応えるどころか、胡座《あぐら》をかいていると責められてもおかしくない状態だ。

愛の言葉をもらっても、同じ熱量を返せない自分がもどかしく、正直苦しいなって感じる時もある。

俺の中にあるこのふわふわした気持ちをちゃんと掴まえて名前をつけることができれば、ちょっとはスッキリするんだろうけど……

——でも『愛』っていうものが、必ずしもいい結果を生む感情じゃないって知ってるだけに、一時の昂《たかぶ》りに引きずられて、まだ固まりきらない気持ちを無理に言葉にするつもりはない。

またしてもウダウダと無限ループが始まりそうな自分に嫌気がさした俺は、早々にこの問題を棚上げすることに決めた。

重怠い身体を起こし、深呼吸する。軽く首や肩を回した後、シャワーでも浴びようかとベッドからおりたところで、寝室の扉がノックされた。

「失礼致します。ジェラリア殿下、お目覚めでしょうか？」

遠慮がちに声をかけてきたハウルに、全裸の俺はとりあえずブランケットを手に取ると、それを腰に巻いてから返事をした。

「起きてる。入っていいよ」

ハウルにはいろんな姿を見られてきたし、それこそ事後の身体のケアをしてもらったこともある。今さらこんな姿を見せたところでどうってこともないだろうけど、俺のほうが気恥ずかしいから一応申し訳程度に隠しとく。

ところが、寝室の扉を開けたハウルは俺の予想に反して、なぜか気まずそうな様子で頭を下げた。

「おはようございます。おくつろぎのところ大変申し訳ございません」

らしくない反応をするハウルに違和感を覚えつつも、俺はまったく気にしてないという素振りで言葉を返した。

「いや、大丈夫。——もしかしてなんかあった？」

「……実は、王太子殿下がお見えになられておりまして」

なるほど。ハウルの気まずそうな様子も、ユリウスがこの部屋にいない理由にも合点がいった。

王太子殿下が来てるのに、俺だけのんびり寝てるのはさすがにマズいか……

置き去りにされたわけじゃないことにちょっとだけホッとしつつも、昨夜話したばかりなのに、朝っぱらからまた王太子殿下がここに来ている理由が気になる。

「じゃあユリウス様は王太子殿下のところに？」

「いえ、ユリウス様はあちらにはおられません」

「は？　なんで？」

ユリウスに用があるんじゃないの？

「……そのあたりのことを含めて、これから王太子殿下よりご説明があるかと思います」

一体なにが起こっているのかわからないが、ハウルに聞いてもなにも答えてもらえないってことだけはよくわかった。

しかも多忙な王太子殿下を待たせてる以上、ハウルにこの状態の身体を見られるのが気恥ずかしいとか言ってる場合じゃないらしい。

「わかった。大至急支度を頼む」

「かしこまりました」

心得たとばかりにハウルが動き出す。

本音を言えばシャワーとか浴びたかったけど、そんな余裕はないことくらいはわかるから、俺はただ黙ってハウルにされるがままに、王太子殿下に会うための準備を整えていった。

◇

ハウルの先導で王太子宮の中にある談話室に向かうと、そこには朝のお茶を優雅に楽しむ王太子殿下の姿があった。

ここに来て三週間。

これまで俺は王太子殿下の私室と、そこに併設された寝室でしか過ごしてこなかったため、ほかの部屋に入るのは初めてのことだ。

冬の柔らかな日差しが差し込む、明るくて温かな室内。

中央に置かれたテーブルセットの上には、王太子殿下やユリウスの瞳の色と同じ紫色の花が飾られている。

ドルマキアは温暖な気候の地域が多く、冬でも寒さがそれほど厳しいわけじゃない。

この部屋で昼寝とかしたら気持ちよさそう……

でも夏はなにかしら対策しないと地獄だろうな、なんて、今の状況とは関係ないことを考えながら、王太子殿下に挨拶するため口を開いた。

「おはようございます。お待たせしたようで申し訳ございません」

「おはよう。気にしなくていいよ。私のほうこそ、昨日の今日だというのに、またしても急に来てしまってすまなかったね。昨夜はよく眠れた？」

「おかげさまで」

「そう。ユリウスをここに置いていった甲斐があったかな」

にこやかな王太子殿下に、不覚にも一瞬怯《ひる》みそうになる。

昨夜ユリウスをここに残していった時点で、俺たちの関係がどういったものなのか知ってんだろうな、とは思ってたけど……

昨夜の寝室事情を本来の部屋の主に察されるとか、だいぶ気まずい。

「べつに君たちの関係性を詮索しようと思っているわけじゃないよ。ふたりが相応の覚悟を持って気持ちを通わせてるというのなら、喜んで応援するつもりだ」

自分の気持ちも掴みきれてないのに、相応の覚悟なんて当然のことながらできているわけもなく。

その事実を他人から指摘されると、不実な人間だと責められている気分になる。

俺は曖昧《あいまい》に微笑むと『ジェラリア王子』の仮面を被り直し、再び王太子殿下と視線を合わせた。

まずは軽く食事をとってから話そうと言われ、気乗りしないまま席に着く。

もともと朝食を食べる習慣はないし、食にもそれほど興味がない。

その上、今はなにを言われるのかと思うと、食欲なんて湧くわけもなく。

俺はハウルにお茶とフルーツだけを頼むと、それをちまちまと口に運びながら、王太子殿下が食事を終え、本題を話してくれるのをひたすら待ち続けていた。

朝っぱらから王太子殿下がここに来た理由も気になるし、ユリウスの姿が見えないことも気にかかる。

だけども、それをすぐに尋ねるわけにはいかない状況がもどかしくて仕方ない。逸《はや》る気持ちを抑えつつ、時折当たり障りのない和やかな会話をしながら、この無駄としか思えない時間を過ごした。

少量のフルーツだけでも胃もたれしそうなほどの緊張感の中、出されたものを完食するだけでだいぶ体力も精神力も削《けず》られた。

初めて会った時も思ったけど、やっぱりコイツはいけ好かないな、とあらためて思ったところで、ようやく本題が始まった。

「実は昨夜、君のところから戻った後に、王妃らしき人物が見つかったとの報告があったんだ」

心臓がドクリと嫌な音を立てる。

ずっと捜してたんだから見つかるのは当たり前のことなのに、いざその報告を聞くと、記憶の中にしか存在していなかった王妃が急にリアルになった気がして、一気に血の気が引いていった。

そんな俺の様子に気づいていないのか、それとも気づかないふりをしてくれているのか、王太子殿下は淡々と話を続ける。

「諸々の確認のために、ユリウスを現地に向かわせた。朝までゆっくりさせてあげたかったのだけれど、急を要することだったし、事が事だけにほかの者に任せるわけにもいかなくてね」

「……確定情報ではないのですか？」

「実際に私が目にしたわけじゃないから断定はできないだけで、信憑性《しんぴょう》はかなり高いと思っている」

なにを根拠にそんなことが言えるのかわからないが、王太子殿下がここまで言うからにはちゃんとした理由があるんだろう。

「それって、どういう……」

「これ、なんだかわかる？」

カツンという硬質な音とともにテーブルの上に置かれたのは、どこかで見たような色の組み合わせで作られた指輪だった。

白金の中央に嵌《は》まっているのは、テーブルに飾られている花と同じ、濃い紫色。

俺の母親がバルシュミーデ大公からもらったっていう指輪よりも豪華そうな造りのそれがなにを

意味するものなのか、考えなくてもわかってしまった。

「……本物、ですか？」

「物心ついた時から見てきたものだから、さすがに見覚えがあるし、なにより裏側にドルマキア王家の刻印があるからね」

「持っていた人間が王妃の身代わりだったり、盗品を持っていただけという可能性は？」

「なきにしもあらずだけれど、これを送ってきた人間が、『持ち主の指から直接指輪を抜き取った際、長年この指輪を着けていた痕跡《こんせき》が確認された』と報告してきたから、本人で間違いないと思うよ」

なぜ王太子殿下がここまで断言できるのかわからないし、俺の不安を解消するには全然足りない。

身体の傷はタトゥーで上書きできても、根深すぎる心の傷はふとした拍子にパックリと口を開け、いとも簡単にあの頃の感覚に引き戻すのを知っているから。

「しかし」

「もう二度とあの女が君の前に姿を現すことはない」

納得できずになおも言い募ろうとする俺の言葉を、王太子殿下が強い視線と言葉で遮《さえぎ》った。

「王妃は死んだ。ダンガイト王国との国境付近で遺体が見つかったんだ。逃亡に手を貸したとみられる貴族からの証言もある」

「…………死ん、だ……？」

——なんで？　どうして？

限界ギリギリで引き絞っていた糸を、いきなり横から切られてしまったかのような感覚だった。

ただただ呆然として、うまく思考が回らない。

「ダンガイトに向かう途中で野盗に襲われたらしい。馬で移動していた者たちの中には生き延びて国境を越えた者もいるみたいだが、馬車に乗っていて逃げ遅れた王妃はその場で殺されてしまった、という話だ」

さんざん他人の人生を自分勝手に踏み躙《にじ》るような真似をしといて、そんな終わり方って……逃亡に失敗した挙げ句にあっさり殺されるとか、因果応報と言えないこともないけど、イマイチ納得できないっていうか。

かといって、目の前でザマァみろと思えるような目に遭えばスッキリするのかと言われれば、それも違う気がするし。

正直今の俺には、王妃の死をどう受け止めて、自分の中に暗い影を落とし続ける過去をどう消化すればいいのかわからない。思いも寄らない事態に戸惑っていると。

「ジェラリア王子」

俺を呼ぶ王太子殿下のアメジストの瞳が、さっきまでとはまったく違う色を浮かべていることに気づいた。

「大丈夫？」

本気で俺を心配している様子に、すっかり失われていた冷静さが少しだけ戻ってくる。

おかげで、俺は自分がいかに余裕のない状態だったのかということを自覚することができた。

絶対的な支配と暴力で俺を苦しめ続けた王妃。俺にとっては恐怖と絶望の象徴でしかない人物。それでも王太子殿下にとっては実の親だ。いい感情は持っていなくても、思うところはあるだろう。

他人の顔色を窺《うかが》ったり、空気を読むことには慣れてるはずなのに、俺自身、母親を身近な存在として認識していないせいか、こういう場合に普通の人が抱くであろう当たり前の感情が欠如していたことに気がついた。

「……申し訳ございません。突然のことで、なんと申し上げていいのかわからず」

「気にしなくていい。もっと君を安心させてあげられる証拠を提示できればよかったんだけど、ほかにもいろいろと問題があるものだから」

「あの、そうではなく……」

「ああ、なるほど。私への気遣いだったら無用だよ。あの女はドルマキア王妃で王太子の生母ではあったが、本当の意味で私の母であったことは一度もない。私にとっても王妃は血の繋がりがあるだけの厄介な存在でしかなかったしね」

強がっているわけでもなく、ごく自然な調子で言われたことで、これが王太子殿下の本音であろうことが伝わってきた。

昨夜国王の話を聞いた時。王太子殿下も俺と同じで親との繋がりが希薄なんだとしか思わなかったけど、今の話を聞くとそれだけじゃないことがよくわかる。

この人は根っからの王族で、王の器なのだ。

個人としての感情の使いどころを、ちゃんと弁《わきま》えている。

たぶんそれは最初から身についていたものなんかじゃなくて、いろんな葛藤の果てに行き着いたものだと思うけど、純粋にすごいと感じた。

王太子殿下に、ユリウス。兄上たちやブルクハルト陛下。

自分の道を選び取って歩んでいく強い人たちを目の当たりにすると、自分は本当に弱い人間なんだと思い知らされるばかりだ。

演技しないと強いふりもできないくせに、その演技すらもままならない。

ジェラリアでいると、感情の出し入れが全然うまくいかなくて。ふとした拍子に勝手に心と身体が過去に引きずられる。そうすると、ジェラリアである自分が俺の弱さを凝縮させたもののようにしか感じなくなりそうで……

——今無性に、『ジェイド』って呼んでくれるユリウスの声が聞きたいと思った。

◇

王太子殿下から王妃の死を知らされてから約一カ月。

調査の結果、王妃の死亡が確定し、公には幽閉先での病死であることと、罪人であるために王家の墓に埋葬《まいそう》されることはないということが発表された。

実際は、見つかった遺体の損傷が激しい上に、王都まで秘密裏に運ぶのが難しい状況だったため、発見された場所の近くで火葬され、遺骨はダンガイトとの国境付近の森に埋められたらしいのだが。

この大陸のほとんどの国の埋葬《まいそう》方法は土葬であり、火葬されるのは疫病にかかった人間か、罪人くらいなものだ。

王家の墓地に埋葬《まいそう》されることも許されないどころか、ちゃんとした墓にいれてもらうことすらできないという、王侯貴族として最も屈辱的ともいえる方法での最期。

結果的に、罪人として正しく扱われたということになるんだろうけど、どうしても釈然としない気持ちが拭い切れず、俺の心の中にはずっと重いしこりのようなものが残り続けている。

たぶんこれはずっと消えることはないんだろうな……

王妃の件で現地に向かったユリウスは、ダンガイトに入国した人間の引き渡し交渉が難航しているらしく、まだ王都にすら戻ってきていない。

俺はというと。王妃の脅威はなくなったものの、戴冠式までドルマキアに滞在しなければならないことに変わりはないため、いまだに王太子殿下の部屋で生活していた。

王妃がいなくなったからって、急に王宮の住み心地がよくなったわけでもないが、ユリウスはいないし、俺がドルマキアにいることが内密にされている以上、ほかに行けるところもないからしょうがない。

ジェイドとしてドルマキア王都で暮らしてきた経験もあるから、王宮の外に出てもどうにかなりそうな気もするが、今はマレニセンという国に属するジェラリアである以上、勝手な真似はできない。それにあわよくば自分の娘を俺の相手にと目論んでる連中に、ドルマキア滞在を知られるわけにはいかないので、我慢するしかない。

でも前みたいに部屋で大人しく、ってのはさすがにキツい。

だから俺は、王太子殿下の『必要なものがあったら遠慮なく言って』というご厚意に存分に甘えると決め、あるものをお願いした。

それは、『王宮内を自由に動きまわっても不審に思われない身分』。

要するに、身代わり屋の仕事でウィステリア宮に滞在していた時のように、部屋にいる時以外はほかの人間として行動したいと言ったのだ。

王太子殿下は俺のお願いを聞いてすぐに、王太子宮に所属する侍従という身分を用意してくれた。

これなら王太子殿下の部屋から出ても不自然じゃないし、万が一誰かに遭遇してもジェラリアだと気づかれることはない。

それに演技をしている間は、本当にその仕事をするつもりだから、退屈しないで済むわけだし。

制限された状況で最大限自分のできそうなことをやろうと決めたらこうなったってのもある。

……なーんて、アレコレ理由をつけてみたものの。

結局のところ、またほかの人間として行動したいって思ったのは、『ジェラリアでいたくない』ってのが一番の理由だったりする。

ハウルに、『侍従になりたいから仕事を教えて』って言ったらものすごく微妙な顔されたけど、ずっとしんどそうな俺を間近で見てきただけに、なにか気が紛《まぎ》れることがあったほうがいいと思ったのか、丁寧に指導してくれている。

王妃のことも聞いてるらしいのに、俺の前で一切そんな素振りを見せることはなく、なにより俺の気持ちを優先させ、慮《おもんぱか》ってくれるのがありがたかった。

実家のチェリオス伯爵家や、亡くなったお父さん、行方不明になっているお兄さんのことを思えば複雑な心境だろうに……。

わがままを言って申し訳ないとは思いつつも、ハウルのおかげもあって、俺は今、無事に王太子宮に配属された新人侍従として行動できていた。

◇

陽の光に当たるとちょっぴり緑がかって見えるオリーブ色の髪のウィッグに、王宮で支給されている侍従のお仕着せを身にまとえば、途端に気持ちが切り替わる。

やっぱり俺、こういうのが性に合ってるんだってことを、あらためて実感した。

本当の自分でいるのがしんどい今、演技することは自分の存在意義を取り戻すようで楽しい。

でも最近、楽しい度合いが下がる事態も起きていて……。

「お前、王太子宮に新しく入った侍従だってな。どうせ大した仕事してないんだから暇だろ？ちょっと付き合えよ」

王太子宮から宮殿へ繋がる回廊を歩いていたところ、いきなり腕を掴まれ、柱の陰に引っ張り込まれた。

従順で大人しそうなタイプを演じているせいか、最近こんな風に声をかけられることが増えて困ってる。

ヒモやってた時は、相手の恋人や奥さんや旦那さんにバレてトラブルになることもあったから、絡まれること自体は大したことじゃないんだけどさー。

今の俺は真面目に職務をこなす侍従。こんな風な扱いを受けるいわれはないし、王宮でこんなことするヤツがいるドルマキアの未来が本気で心配になってくる。

どうやら王太子殿下は大物を片づけることには注力したけど、こういう放っといても自滅しそうなヤツらは野放しにしてるらしい。

相手にすんのもバカバカしくて、うんざりしていると。

「忙しい俺がわざわざ声かけてやってるっていうのに、無視するとはいい度胸だな」

ガッチリ腰を抱き込まれたと思ったら、すかさず内腿《うちもも》を撫《な》でられ、全身に鳥肌が立った。

「ちょ、やめてください！」

「侍従なんてやってるくらいだから、こういう世話も慣れてんだろ？」

嫌がってるのはポーズだと思ってるのか、それとも俺が絶対に逆らわないとでも思っているのか、やめる気配すらない。

うわー、殴ってもいいかな。マジでイラつく。

難癖つけられんのはともかく、身体をベタベタ触るのはホント勘弁してほしい。

俺はまったく知らなかったが、ハウルの話によると、侍従という職業は王宮に勤務する一部の男たちからナメられやすい傾向にあるらしい。

王宮に勤める侍従は、そもそも貴族の子弟しかなれないものだし、仕事だって想像以上にキツい。驚くことに親のコネで入った名前ばかりの宮廷官吏や騎士の中には、そのことを知らずに巷《ちまた》で流れる勝手な噂を鵜呑みにして侍従を見下し、こういう不埒《ふらち》な真似を平気でしてくるおめでたい頭の持ち主がいるんだそうだ。

騎士と違ってガタイがよくないからか？

文官みたいに座って仕事してるわけじゃないし、待機時間もあるから、暇だって思われてる？

それとも物腰柔らかだから気弱だと思われてんの？

確かに夜間の仕事もあるけど、そういうコトするためじゃないから。

キモッ。

そんなことを考えている間にも、勝手に盛り上がりはじめた男の息遣いは段々と荒くなっていく。

これが仕事ならいくらでも我慢できるが、金ももらってないのにサービスする気はさらさらない。

王太子殿下がこっそりつけてくれた護衛たちが姿を現す前に、どうにかしないと。

……面倒くせぇな。

仕方なく、余計な手間をかけさせてくれた男を振り払おうとしたその時。

「アナタのいる部署はよほどお暇なようですね。それとも無能な人材を雇っておけるほど、予算に余裕があるということでしょうか。でしたら他部署に余剰分を振り分けてもらえるよう、財務部に意見書を出しておきましょう」

背後からかけられた声に、うっかり動きを止めてしまった。

俺に絡んでいた男は、この声の持ち主が誰かわかったらしく、慌てて俺から距離をとると、なにも言わずに逃げていった。

言葉遣いは丁寧なのに口調が恐いこの人物の名前は、キリク・ラブレ。ユリウスの秘書官をしている人物で、赤い髪にシルバーフレームの眼鏡、口元に張りつけたアルカイックスマイルがトレードマークらしい。

有能ゆえに時々王太子殿下のところにも駆り出されていることもあり、挨拶程度ではあるものの、俺も何度か顔を合わせたことがある。

「大丈夫ですか？　今の見た目はああいった連中のターゲットにされやすいようですから、設定をご変更になることを強くお勧めします」

「ハハッ、ありがと。考えとく」

優しいのか優しくないのかわからないアドバイスに苦笑いするしかない。

「そのご様子では実行される可能性は低そうですね」

べつに嫌がってるわけじゃないよ？　ちょっと面倒だなって思っただけで。

そんな俺の態度をどう思ったのか、キリクは内ポケットからなにかを取り出すと、俺の前に差し出した。

「よかったら差し上げます。こちらは予備で持ち歩いている別タイプの物ですが」

革張りの小物ケースの中に入っていたのは、リムレスタイプの眼鏡。

キリクはそれを丁寧な手つきで手に取り、俺に渡してくれた。

「どうぞ」

「ありがとう。――あ、これ、度が入ってないんだ」

「私の場合は、目つきが悪いと難癖をつけられることが多いもので、余計な摩擦《まさつ》を生まないための予防としてかけています」

『氷の秘書官』と呼ばれているのはたぶん目つきのせいじゃないと思うけど、利口な俺は空気を読んでなにも言わないでおいた。

「たったこれだけのことで、と思われるでしょうが、人間というものは案外単純な生き物でして。透明なレンズ一枚通しただけでも勝手に印象が変わったように感じるらしいですよ」

どこか既視感を覚えるような眼差しが、レンズ越しに俺を見つめる。

あれ……？　なんかこの感じ、知ってるような……

それをどこで見たのか思い出そうとしたところで、あっさり視線を逸《そ》らされた。

「そういえば、例のモノ、手配しておきましたので、じきに届くと思います」

「……ありがとう。助かるよ」

急な話題転換にちょっとだけ引っかかりを感じたものの、依頼したものが手に入る喜びのほうが勝る。思わず表情がゆるんだ俺に、キリクの目元も一瞬だけだけど、なんだか優しくなった気がした。しかし次の瞬間。

「あの方のためにも、少しは自重なさってくださいね」

そう口にしたキリクはまさに『氷の秘書官』という二つ名がピッタリの冷やかな笑みで。

その静かな圧力に、俺は黙って頷《うなず》くことしかできなかった。

◇

その日の夜。

俺の予想よりもずいぶん早いタイミングで、キリクに頼んでいたものが届けられた。

リビングスペースの中央にあるテーブルの上に置かれたのは、ユリウスが愛用しているフレグランスと同じ香りがするボディーソープとヘアケア用品。

ガラスのボトルに入ったそれらを見たハウルは、少し不安そうな顔をしている。

もしかして、ハウルが準備してくれてるものが気に食わないから、わざわざ自分で手配したと誤解されてるっぽいかな？

「これ、ユリウス様がいつも使ってるものなんだけど、香りが俺の好みでさ。このあいだラブレ秘書官に会った時に、ダメもとで同じものを手に入れることができないかお願いしておいたんだ」

「なるほど。そういったご事情だったのですね」

そう、先日ユリウスに分けてほしいと言ったものの、緊急事態でそれどころではなくなってしまったので、ユリウスの秘書官であるキリクにお願いすることにしたのだ。

「昼間偶然会った時に、もう手配したってことは聞いてたんだけど、こんなに早いと思わなかったからハウルに伝えそびれてた。ごめん」

「いいえ、とんでもない。お気遣いいただきありがとうございます。次からはこちらでもご用意できるようにしておきますね」

ハウルが安心したように微笑む。

ユリウスのまとってる香りを欲しがったことを知られたのは気恥ずかしいけど、誤解がとけたようでよかった。

「ハウルはラブレ秘書官と面識ある？」

「いいえ。噂ではよくお聞きするお名前ですが、直接お会いしたことはございません。同じ王宮勤務でも、部署が違うと顔すら知らないということはよくありますから」

「まあ、そうだよな」

それなのに噂になるって、どんだけ有名人なんだか。

「ラブレ秘書官のことでしたら、王太子殿下かユーグ殿にお尋ねになられたらいかがでしょう。お二方なら直接の接点もございますし、人となりもご存知かと」

そこまで積極的に聞きたいわけじゃないんだけど。

「……機会があったら聞いてみるよ」

俺の考えていることがわかったのか、ハウルはこれ以上この話を続けようとはせず、不自然にならないよう話題を切り替えた。

「こちらをすぐにお使いになるようでしたら、浴室にご準備させていただきますが」

「そうだなぁ。せっかく届けてもらったし、使おうかな」

「かしこまりました。準備を整えて参ります」

「それが終わったら、今日はもう下がっていいよ。あとは寝るだけだし」

「はい、承知致しました」

いつも通りの表情に戻ったハウルが、ボトルを抱えて浴室へ向かう。

俺はその様子を視線で追いながら、これから訪れるであろう優雅なバスタイムに思いを馳《は》せていた。

◇

浴室に置かれたボトルの蓋《ふた》を開けると、ユリウスがいつも身にまとっている爽《さわ》やか系のフレグランスの香りがした。その途端、胸がキュッと締めつけられ、なんだかちょっと泣きたいような気持ちになる。

以前ユリウスに頼んだ時は、単純にこの香りが好きで落ち着くから使いたいってくらいだったんだけど、今芽生えてるのはまったく違う感情で。

自分でも知らないうちに、ユリウスを求める気持ちが加速していってることを実感する。

——いつの間に、アイツのことをこんなに意識するようになってたんだろう。

リンドバルで再会するまではこんな感じじゃなかったのに、ドルマキアに戻ってきてからは確実に変わってきてるのが自分でもわかる。

最初はちょっと寂しいな、くらいのものだった。

それから徐々に会いたい気持ちが膨らんで、温もりが恋しくなって。

——今はユリウスと離れていることが、なぜか不安でたまらない。

だから俺の好きなこの香りに包まれることで、少しでも不安な気持ちが和らげばいいなっていう単純な理由でキリクにこれを頼んだだけなのに……

トロリとした液体を手のひらに乗せると、一気に香りが広がった。

途端に。

『——俺の香りに包まれて眠りたいなんて、求められてる感じがしてたまらないな』

ユリウスの声を思い出し、身体の奥がキュンと疼《うず》いて熱くなった。

ヤバ……

覚えのある感覚にどう向き合うべきか、正直悩む。

もともと性欲が強いほうじゃないし、ジェイドとして生きてきた間はこっち方面で不自由したことがなかったから、自分で処理するのはあんまり得意じゃない。

それにここ、プライバシーがあるようでない王太子殿下の部屋だし。俺の前に姿を現すことはなくても護衛の人は常にいるわけで。そんな状況でひとりエッチとか正気かよ、って思うけど……

ハウルにはさっき下がってもらった。護衛はさすがに入浴中は遠慮してくれてると思いたい。

溜めすぎて夢精とかするより、ちゃんと自分で処理したほうが恥ずい事態にならなくて済むし。

サッとやってパッと終わらせれば、おかしな気分も落ち着くだろうし。

以前の俺だったら絶対にありえないような言い訳をつらつらと考えながら、バスタブを背に床に座る。

そして大きく足を広げると、手のひらに出しておいたボディーソープごと自分の中心に手を伸ばした。

すでに少し芯が通りはじめていた性器を軽く握りながらユルユルと手を動かす。ボディーソープで滑りやすくなっているおかげか、前に自分でした時よりも快感を拾いやすい。

「ん……ッ……」

久々の自慰行為は思ってたよりも気持ちいい。……けど。

イキそうな感じにはほど遠いっていうか、むしろ中途半端に身体の奥に熱を溜め込んだだけな気がして、余計に欲求が膨らんでいく。

ユリウスとしてる時はもっと気持ちいいのに……

そう思ってしまったら、こんな刺激じゃ物足りなくて。

俺は自分の中に芽生えた欲望に忠実になろうと決めた。

もどかしいほどじっくりと俺の身体を愛撫《あいぶ》するユリウスを思い出しながら、ユリウスのやり方をなぞっていく。

屹立《きつりつ》を扱《しご》く右手はそのままに、左手は小さく存在感を主張する胸の尖《とが》りを捉える。

ボディーソープを塗り込めるように乳首を指の腹でこねてから軽く摘むと、ピリッとした感覚が走り、身体がビクリと跳ねた。

さっきまでは、さっさと終わらせようと思っていたはずなのに、いざ始めると、もっと深い快感が欲しくなる。

硬く芯が通り、射精感が高まったところで一旦手を離し、今度はその手を物欲しそうにヒクつく後孔へ移動させる。

ボディーソープを手のひらに追加し、それを指で掬《すく》ってから、入り口の周辺を中指の腹でクルクルと撫《な》でる。ユリウスとのセックスで気持ちいいことを知ってる場所はあっさりと綻び、指先を呑み込んでいった。

「はぁ……、……ぁ……ん……、これ、やば……」

初めて触れた内側は、指一本でもキツいくらい狭いのに、熱くて柔らかい。

自分でやって気持よくなれるか不安だったけど……

触れるのをやめた性器は萎《な》えることなく勃ち続け、勝手に先走りの雫を零すくらいまで張り詰めていた。

指を二本に増やし、もう片方の手で乳首を強めにつまみ上げながら、ユリウスとのセックスを想像する。

「ん……ッ、……は……ぁ…………」

舐《な》めてしゃぶって、ガチガチに勃たせた後、アイツの上に跨《また》がって、あの余裕そうな顔が快感に染まっていくのを上から見下ろしながら、わざと見せつけるようにこういうことしたら、滅茶苦茶気持ちいいんだろうな……

ガンガン動いてユリウスを翻弄《ほんろう》して、我慢できなくなったアイツが懇願してきたところで主導権を渡したら、どうなるんだろう……？

俺を感じさせることなんて二の次で、自分の欲望をぶつけてくるユリウスってのも見てみたい。

雄として、強い雄を自分の支配下において主導権を握る優越感と、雌として、特別な雄にがむしゃらに求められる優越感。

どちらの立場になっても満たされるようなセックスを想像しながら、俺はこれまでにないほど大胆に自分を追い上げていった。

グチュグチュという卑猥《ひわい》な水音と、俺の乱れた呼吸。そしてユリウスの香りでいっぱいになった浴室。

深いところに手が届かないもどかしさはあるものの、後ろを弄る指の動きに合わせて、痛いくらいにガチガチになった性器を撫《な》でると、あっという間に絶頂が訪れた。

「は、ぁ、……んん……ッ……！　――……はぁ……」

大きく息を吐き出し、自分を攻めたてていた指を引き抜く。

予想していたよりもずっと強い快感のせいで身体の力がうまく入らず、動くのも億劫《おっくう》になった俺は、その場にだらしなく身を投げ出した。

「……なんか、俺。最初に考えてた目的と全然違う使い方してるなぁ……」

昂《たかぶ》っていた時はあんなに盛り上がっていた気持ちが、一気に萎《しぼ》んでいく。

残ったのは、達した後の気怠さと中途半端に燻《くすぶ》る熱。

ユリウスじゃないと満たされないのだとより強く認識したことで、なんだか余計に寂しさが増した気がした。

◇

すっかり頭のネジがゆるんだ感のある自分の所業に嫌気がさしつつも、あんな真似をしたおかげか、俺はユリウスへの気持ちがどういうものなのかをようやく自覚しはじめていた。

寂しいって感じるのも、会いたいって思うのも、この先の関係性が不安なのも、全部どういう感情が根底にあるのか、やっとわかった気がする。

今までは自分のことでいっぱいいっぱいで、愛だの恋だのに割ける心の余裕がなかったから、ユリウスへのこの気持ちがなんなのかちゃんと捉えきれないでいたけど。

——俺はとっくに『嫌いじゃない』以上の感情を抱いていたらしい。

いくら見た目がよくても、無愛想で塩対応、他人の都合なんてお構いなしで強引な人間に好意を持つのは難しい。

けど、そんな相手が自分だけには優しかったり、ふたりきりの時には甲斐甲斐しい姿を見せてくれたり。

甘やかしてくれたと思ったら、時には強引に迫ってきたり。

その上、自分だけに気持ちを傾けてくれているってわかったら、最初の印象が最悪だっただけに戸惑いはするけれど、結局は好きにならずにいられないと思うんだ。

俺みたいな顔だけのヒモ男を好きになるよりもよほど、理に適ってる気がする。

でもこの気持ちをちゃんと言葉にして伝えるとか、ユリウスの気持ちを受け入れるかどうかはまた別の問題。

俺たちが置かれてる立場を考えたら、自分の気持ちだけで突っ走ることもできないからさ。

ユリウスはドルマキアの王族で、いくら王位継承権を放棄して臣籍降下することが決まってるとはいっても、王太子殿下の身になにかあった時には国を背負う立場になる人間だ。

国を動かしていくための大事なカードである結婚問題は避けては通れない道だし、ドルマキア王家の血を繋ぐという義務を、王太子殿下ひとりに担わせるわけにはいかなくなる日が来るかもしれない。

法律的に継承権第二位は俺だけど、しょせんは他国の人間。しかも、ドルマキアの血を繋ぐっていうことに関しても、役に立てそうにない。

まあ、ドルマキアには酷い目にしか遭わされてないから、国の存続とか王位とか、俺を巻き込まない程度に勝手にしてくれればいいんだけどさ。

でも、ユリウスが大事に思っていて、守ろうとしているものがドルマキアという国ならば、それを邪魔する存在にはなりたくない。

兄上たちが自分の人生を犠牲にしようとしていた時のように、また俺の存在が誰かの枷《かせ》になるのは絶対に嫌だ。

もしそんなことになったとしたら、俺はますますジェラリアでいたくないと思うんだろうな……

自分の気持ちを掴めなかった時にもさんざん悩み、気持ちを自覚したらしたでまた無限ループ。

ジェイドだった時は自分の人生に責任なんてなかったから、こんな風に悩むこともなかったのになぁ。

誰かの望んだ通りに生きるのでもなく、ほかの誰かを演じるのでもなく、自分の人生をちゃんと生きるって。

――思ってたよりもずっと大変だ。

第六章　波風を立てる存在

翌日。設定を一から考え直すのも面倒だった俺は、結局ノープランのまま王太子宮の敷地内をブラついていた。

ただ、せっかくキリクから眼鏡をもらったので、それだけは申し訳程度にかけている。

身代わり屋の仕事の時に、瞳の色や素顔の印象を薄くするために、何度か眼鏡を小道具として使ったことはあったが、だいたいフレームがガッチリしているタイプが多くて、こういう繊細な造りのものには縁がなかったから、結構新鮮な気分だ。

頭がよさそうでクールなイメージっての？

まさに『氷の秘書官』キリクっぽい眼鏡だけに、かけてるだけで気が引き締まる感じ。

まあ、あくまでも『感じがするだけ』なんだけどね……

今日はなぜか朝から王宮が慌ただしくて、ハウルからは王太子宮の敷地内から絶対に出ないようにと言われている。

そのハウルも王太子殿下に呼ばれたきり戻ってこないし、かといって部屋に閉じ籠もっているのも気が滅入るしで、俺は仕事をしている侍従の体《てい》で王太子宮の中庭を散策していた。

今は冬だから咲いてる花の種類は少ないが、ちゃんと手入れがされているから、それなりに見応えがある。

ガゼボのあるあたりまで行って、適当に時間を潰してから戻るか……

ドルマキアはリンドバルやマレニセンに比べて温暖な気候とはいえ、冬だから当然気温は高くない。でも俺は暑さよりも寒さのほうが断然強いため、外にいるのは全然苦にならないからちょうどいい。

ところが、迷路のように入り組んだ造りの生け垣を抜け、目的のガゼボが近づいてきたその時。

「殿下。今すぐにお部屋のほうにお戻りください」

突然見覚えのない顔の男が俺の前に姿を現し、焦《あせ》った様子でそう告げた。

着ている制服はユーグと同じ諜報《ちょうほう》部のもの。

最初にユーグが説明してくれた通り、これまで俺の前に一切姿を見せることなく護衛にあたっていた人間からの接触に、俺は小さく頷《うなず》き返すと、すぐに踵《きびす》を返し、大急ぎで来た道を戻った。

俺が部屋に戻らなきゃならない理由が気にならないわけじゃない。

でも護衛が姿を現し、俺に直接接触したことの意味を考えると、それを聞く時間すらもったいない。

なにか不測の事態が起きているのだ。

この場面で俺にできることは、護衛の指示に従うことのみ。

こんな時に限って厄介な迷路のような道を選んだ自分を恨めしく思いながら、護衛とともに王太子宮の建物を目指した。

あともう少しで入り口にたどりつく。

内心ホッとしながら必死に足を動かしていると。

にわかに中庭が騒がしくなり、俺が今来た場所とは反対の方向に複数の人影が見えた。

「お待ちください！　こちらは王太子殿下のお住まいである王太子宮です。勝手な真似をされては困ります！」

こちらに真っ直ぐ向かってこようとしている人を、誰かが必死に止める声がする。

これだけ騒がしいことになってるのに、侍従姿の俺がそそくさと中に入るのは、さすがにマズいだろう。

仕方なく足を止めると、護衛は緊張の面持ちで俺の前に躍り出た。すると。

「あ！　みーつけた」

緊迫した空気を完全に無視したような無邪気な声が響き渡る。

それと同時に、声の主と思われるファー付きの黒いロングコートを着た長身の男が、集団から駆け出した。

——なんで彼がここに……？

反射的に『逃げなきゃ』と思ったものの、俺を真っ直ぐに見つめる男の視線がそうすることを許さない。

男は俺のすぐそばまで来ると、護衛を押しやり、不意にその場に跪《ひざまず》いた。

「え……」

赤銅色の瞳が俺を見上げる。

そして呆然と立ちすくむ俺の手を優しく掬《すく》いとると、指先と手の甲にそっと口づけた。

「やっと会えたね、『ロイ』。キミがボクのところに戻ってくるのを、ずっとずっと待ってたんだよ」

無邪気な口調とは裏腹に、俺を見上げる瞳には得体の知れないものが滲《にじ》む。

銀色の長い髪に赤銅色の瞳。南国特有の浅黒い肌を持つ美丈夫。

そこには、俺の記憶の中とまったく変わらない、ルイード王子がいた。

◇

その後。報告を受けたらしい王太子殿下が駆けつけ、ルイード王子とともに客室棟にある応接室へ移動した。

緊張感が漂う室内で、ふたりはテーブルを挟んで向かい合わせに座る。

扉付近にはそれぞれの護衛が控えており、彼らが物々しい雰囲気を醸《かも》し出しているせいか、それなりの広さがあるはずの部屋が妙に狭く感じた。

そして俺はというと。ルイード王子が俺の同行を希望し、それを頑として譲らなかったため、わけもわからないままこの部屋に一緒に来る羽目になっていた。

今の俺は一応王太子宮に所属する侍従で、賓客《ひんきゃく》が滞在する客室棟には専属の侍従がいる。だからわざわざ王太子宮から侍従を連れていく必要なんてどこにもない。

当然のことながら、王太子殿下もそう言ってやんわりと断ろうとしてくれたのだが。

『彼のことがとてもとても気に入ったんです。それこそ、運命の相手だと言ってもいいくらい。彼が単なる侍従だというのなら、滞在するわずかな時間だけのことですし、ボクの要望を叶えてくださっても問題ないですよね？　――それとも、この侍従をボクにつけてもらえない特別な理由でも？』

なーんて、事情を知らない人たちの前で絶妙に断りにくいギリギリの発言をしてくれちゃったもんだから、王太子殿下は俺をこの場に同行せざるを得なくなったのだ。

本音を言えば来たくなかった。王太子殿下だって、連れてきたくなかっただろう。

でも、ルイード王子が俺のことを、『ロイ』という、かつてルイード王子と接触した時に使っていた名前で呼んだことから、確実に俺がジェラリアだってバレているのはわかっている。

その上で、『ジェラリア王子がドルマキアに滞在している事実はない』ことになっているため、絶対に認めるような言動をするわけにはいかない。

だから王太子殿下はよほどの特別な理由でもない限り、貴賓である他国の王族の要望を断るのは得策ではない。

しかもルイード王子のほうもそれがわかっていて、俺を自分の部屋つきの侍従にしてほしいと言ってるのが見え見えだ。

俺に求婚してるらしいルイード王子と接点を持つことは厄介なことにしかならなそうだけど、彼がこんなかたちで俺に接触してきたのには、なにか意図があるはず。

それがわかんないことには、下手に動けないんだよなぁ。

事情を知らない者たちからすれば、突然ダンガイトの王子がドルマキア王宮を訪問したと思ったら、たかが侍従ごときに跪《ひざまず》いて求愛ともとれる行動をとった上に、自分の専属にしてほしいって言ってるわけだから、アイツは一体なんなんだって話になるだろう。

俺がジェラリアである以上、無駄に注目されんのは御免だ。

——ホント、迷惑。マジで、厄介。

心の底からそう思ってるし、朝から王宮の様子が慌ただしかった原因がこの男だということだけはよくわかったけど、一体なにがどうなってこんな状況になっているのかいまだにわからないままの俺は、周りに奇異な目を向けられても、ただ粛々《しゅくしゅく》と侍従としての役割をこなすしかなかった。

王太子殿下とルイード王子の前にそれぞれお茶の用意をし、すぐに壁際へ移動する。その際なるべくルイード王子の視界に入りづらい位置取りをすることを忘れない。

下手にルイード王子に構われて注目を浴びるのは困るし。

なによりも、さっきのような熱っぽいのに悍《おぞ》ましさすら感じる不快な視線を向けられるのが嫌だから。

ルイード・ファルム・ダンガイト。

ドルマキアの南側に位置するダンガイト王国の第五王子。

王位争いからは距離を置いていて、自分の領地に引き籠もって自由気ままに暮らすかたわら、将来性のありそうな人間や自分の気に入った人間を屋敷に招いては、幅広い意味での交流を深めている。

享楽的で自由奔放。無邪気で世間知らず。

周りからはそんな評価をされていて、本人も自堕落《じだらく》な生活を送り、無知蒙昧《むちもうまい》なふりをしているが、実際に接触してみた感じでは、本当の彼は世間の評価とはまったく違うものだと推察できた。

ふわふわと掴みどころがなく、底が知れない。

——正直言って、怖い人だと思った。

世間でのイメージは全部計算の上で作っていて、それを免罪符にしながら水面下では自分の意のままに物事を動かしている節がある。

どんなことをしでかしても、『ごめん、知らなかったんだ』と言えば、世間知らずな王子の無邪気な戯《たわむ》れと納得させられる。

だからこそ油断できないし、彼の行動のすべてに意味があるのだということを肝に銘じておかないと危険だ。

さっきの突発的に見える行動も、おそらく計算された上でのものに違いない。

そもそもドルマキアにはなにしに来たんだろう？

そう思ったところでふと、嫌な考えが頭をよぎる。

——そういえば、ユリウスがなかなか帰ってこられない理由って、王妃の逃亡に関わった人間がダンガイトに逃げていて、その引き渡し交渉が難航してるからなんだよな？

まさかとは思うけど、その場所はルイード王子の領地で、向こうでなにかあったから、わざわざ領主でもある彼が出向いて事情を説明しに来たとかってことじゃ……？

途端に、心臓が痛いくらい速度を上げ、息苦しさを感じるほどに早鐘を打つ。

すぐにでも事情を聞き出したい衝動に駆られたものの、今の俺はそれができる立場じゃない。

俺は祈るような気持ちで、自分自身に『そんなわけがない』『大丈夫だ』と言い聞かせ続けた。

内心はともかく、表面上はあくまでも侍従らしく落ち着いた態度を心がけながら、王族同士の会話を静かに見守る。

するとそれまで王太子殿下と当たり障りのない会話をしていたルイード王子が、突然俺のほうに顔を向け、これ見よがしに微笑みかけてきた。

「この後、彼にはそのままボクの部屋に来てもらってもいいんですよね？　積もる話もあることですし。それに、ボクが本気だってことも、この機会にちゃんと知ってもらいたいので」

まるで俺たちのあいだになにかあるのだと匂わせるような言動に、室内にいる人たちの視線が一気に俺に集まってくる。

ユリウスのことが気になって、ルイード王子のほうにあまり意識を向けていなかった俺は、とっさにうまい反応ができずに呆然としてしまった。

王太子殿下はそんな俺を見て少しだけ心配そうな表情をしたものの、すぐに温度を感じさせない表情と口調でルイード王子に言葉を返した。

「今回は殿下のご希望通り、この者の同行を許可致しましたが、それはあくまでも侍従として、です。もしも先ほどのように勝手な真似をされるようでしたら、こちらとしてもそれなりの対応をさせていただくことになるとだけ、ご承知おきください」

「それは大変失礼を致しました。王族といっても名ばかりなもので、どうもこういったことに慣れていなくて。――次からは気をつけます」

釘《くぎ》を刺す王太子殿下に対し、あくまでも狙った行動の結果じゃないと言い訳しつつも、反省の色が見えないルイード王子。王太子殿下のほうに向き直ったあの顔にはきっと胡散臭《うさんくさ》い笑みが浮かんでいることだろう。

それから話題は再び当たり障りのないものへ移り変わっていったものの、俺はなかなか気持ちを切り替えることができないまま、ただひたすらこの時間が早く過ぎ去ることばかりを願っていた。

◇

結局のところ。王太子殿下の忠告が効いたのか、ルイード王子の要望は取り下げられ、俺はなんとかルイード王子の専属にはならずに済んだ。

その代わり、ルイード王子が王太子殿下に、俺とふたりだけで話ができるよう場を設けてほしいと言い出し、王太子殿下がそれを許可したため、俺は明日再びルイード王子と顔を合わせることになった。

ルイード王子とふたりきりで話か……

まったく気乗りしないけど、かといってほかの人間がいるところで身代わり屋関連のことやジェラリアの話をされても困る。

それにここでちゃんと話をつけておいたほうがいい問題もあるから、早めに場を設けてもらってよかったのかもしれないと思うことにした。

——俺はルイード王子が求めている『ロイ』じゃないし、ルイード王子と結婚するつもりもない。

それをハッキリさせるためにも、彼とは一度ちゃんと話をしないといけないだろう。

でもなぁ……

あの後、王太子殿下とルイード王子の正式な話し合いを前に、ルイード王子は滞在する予定の貴賓室に一旦戻ることになった。

専属にはならなかったものの、俺はその場に呼ばれた侍従としてルイード王子の退出を見送ったのだが。

ルイード王子はすれ違いざま、俺の肩を掴んで自分のほうに引き寄せると、耳に唇が触れそうな距離まで顔を寄せ。

「——じゃあね、『ロイ』。また明日」

甘いのに背筋がゾッとするような声で、そう囁《ささや》いたのだ。

言動の端々から滲《にじ》み出る、仄暗《ほのぐら》い執着。

以前関わりを持った時は、身代わり屋の仕事で接する相手ということもあって、好きだとか嫌いだとかっていう感情を持ったりはしなかったんだけど……

再会してからまだわずかな時間しか経っていないというのに、今の俺はルイード王子のことが超絶苦手になっていた。

◇

「ふたりきりにしてくれ」

夜遅くになってから王太子宮を訪れた王太子殿下は、部屋に入るなり人払いをすると、やや憔悴《しょうすい》した様子で寝室のほうに置かれているひとりがけソファーに座り込んだ。

いつもはきっちり閉めている襟元を開け、背もたれに体重を預けるようにして大きく息を吐いている。

こんな王太子殿下の姿、初めて見たかも。

普段ちゃんとしてるイメージがあるだけに、俺の前でこんな姿を見せるなんて、ルイード王子との話し合いでなにがあったのかすごく気になる。

まさかユリウスの身になにかあったんじゃ……

すぐにでも知りたいけど、急《せ》かすような真似をしたところでなにかが変わるわけじゃない。

そう思い直して、王太子殿下に言葉をかける。

「——お茶の準備でも致しましょうか」

あまりに疲れ切った様子に思わずそう提案すると、王太子殿下は苦笑いしながら少しだけ姿勢を正した。

「すまない。君に気を遣わせて」

「いえ、一応ここの侍従ということになっておりますので、お気になさらず」

俺も気持ちを落ち着かせるためになにか飲みたいし。

「ありがとう。じゃあ、お言葉に甘えて遠慮なく。でも今はお茶よりお酒が飲みたい気分かも。君、お酒は飲める？」

「……そうですね。まあ、普通に」

自分から進んで飲んだりはしないし、毒や薬のように意図的に耐性をつけているおかげで、酔う楽しみっていう酒の醍醐味《だいごみ》を味わうことはできないけど、嫌いじゃない。

「じゃあ付き合って。そこの棚にいろいろ入っているから」

王太子殿下が指差した先にあるキャビネットを開けると、そこには高級そうな酒のボトルがズラリと並んでいた。

「どれになさいますか？」

「君の飲みたいものでいいよ」

味なんてよくわからないから、とりあえず一番値の張る銘柄の酒を選び、グラスをふたつ持って王太子殿下の正面に座る。

テーブルの上にはハウルが用意してくれていた水差しとアイスペール。

いつも用意していない氷があったのは、あらかじめこういう展開を予測してたからってことか。

できる侍従は違うなー。

グラスに大きめの氷を入れ、琥珀色の液体を注いだものをふたつ作り、ひとつを王太子殿下の前に置く。

王太子殿下はそのグラスを手にとると、軽く掲げて乾杯の合図を送ってきた。俺も王太子殿下に合わせてグラスを掲げ、冷えた液体を喉に流し込む。

冬にわざわざ冷たいものを飲むなんて、と思わなくもないが、暖かい部屋で飲む冷えた酒は、気まずさのせいもあってか、思いのほか量が進んだ。

無言のままある程度グラスの中身を減らしたところで、ようやく王太子殿下が重い口を開いた。

「今日はすまなかったね。まさかあの男が王宮内であそこまで堂々と勝手な真似をするとは思わなくて、不用意にあの男を君に近づけることになってしまった」

「……正直驚きました。王宮内が妙にザワついていることには気づいていたのですが、こちらにまで影響があるとは思っていなかったので」

「ルイード王子の訪問はあまりにも急に決まったことで、まるでこちらの都合など関係ないと言わんばかりの強引なやり方だったから、準備が整っていなくてね。君への突撃はその不備を突かれた結果だ。おそらく向こうは狙ってやってるとは思うけど」

対応しきれないほど急に、ってどれだけ突然だったんだろう？

「事前の連絡はなかったということでしょうか？　普通でしたら訪問について事前に伺いの文書が届いたり、双方で日程を調整したりしますよね。受け入れる側の都合というものもありますし」

「まあ、確かに『ルイード王子が到着するよりも前』に訪問の連絡を受けてはいた。ただ、こちらが正式に回答する前にルイード王子が王宮に到着してしまったんだ」

は!?　相手の返事を待たずに他国の王宮を勝手に訪問するとか、正気か？

普通国家間の訪問は、どんなに急を要することでも、非公式の訪問であっても、必ず許可をもらってから訪れるのが常識だ。

どれだけ断られる可能性が低い場合であっても、それはない。

迎える側にも警備計画や予定の調整やらがあるわけだし、王族を迎えるんだったらそれなりの待遇をしなきゃいけないから、不備がないように準備しなきゃだし。

それでハウルは王太子殿下に呼ばれたきり戻ってこなかったのか……

ルイード王子の訪問が突然決まったってだけでも大変なのに、予想よりもずっと早い訪れに、王宮内は大慌てだったに違いない。

それなのにルイード王子は好き勝手に動きまわり、入るべきではないところにまで足を踏み入れ、俺を自分の専属侍従にしたいとわがままを言ったわけだ。

「単刀直入に聞くよ。あの男と君との関係は？」

前に話した時に、身代わり屋ジェイドとして請け負った依頼内容を知ってる風だったことからも、俺というか、『ロイ』という人物がルイード王子のところでなにをしていたのかについては、把握済みだろう。

でもそれをバカ正直に話すつもりはない。

「お調べになったのならばご存知でしょう。『私』とルイード王子のあいだに関係と呼べるほどのものはありません。彼が私に婚姻の申し込みをしたということは、先日王太子殿下からお聞きしましたが、私にあれほどまでに興味を持っていたとは知りませんでしたので」

実際に向けられた感情は、興味なんて言葉じゃ説明がつかないような粘着質なものだったけど。

俺を見つめる眼差しや囁《ささや》きかけてきた声を思い出すと、ゾッとする。

その感覚を断ち切るためにも、俺は王太子殿下がここに来た本題を聞き出すことにした。

「それで、ルイード王子が突然ドルマキアを訪問した理由はなんだったのですか？　わざわざ私に会うためだけに来たわけではないですよね？」

「そうだね……。――王妃の失踪に加担した人間がダンガイトに入国していて、その引き渡しをダンガイト側に求めているという話は覚えてる？」

「はい、覚えています。その交渉のためにユリウス様が現地に残られたんですよね」

「そう。しかもその交渉は難航していて、なにも進んでいないどころか、むしろ最悪の方向に向かうかもしれない可能性が出てきた」

「どういうことですか？」

「話し合いという名目でやってきたルイード王子によると、王妃の逃亡に加担したドルマキアの貴族がダンガイト王国に不法入国し、国境警備隊と揉めた上に警備隊の騎士に斬りかかり、その場にいたほかの騎士によって殺されたんだそうだ」

「え……」

「引き渡しの要求をしてきたドルマキア側にもそう説明したのだが、信じてもらえなかった。それどころか交渉を重ねるにつれ、ドルマキア側が徐々に強硬な姿勢を見せるようになってきたために、困り果てたダンガイトの国境警備隊が、そこの領主であるルイード王子に至急なんとかしてほしいと嘆願し、今回の急な来訪になった……という話だった」

やはりルイード王子の領地だったのか……

嫌な予感ほどよく当たる。

「強硬な姿勢とは？」

「武力行使も辞《じ》さないという脅《おど》しらしいが」

ユリウスがいながらそんな事態になっているなんて、にわかには信じられない。

だってアイツは強引なところはあるけど、武力で物事を解決しようとするような人間じゃない。ましてや、兄である王太子殿下が治めることになる国にとって不利益になるような真似は絶対にするわけがない。

やっぱりユリウスになにかあったんじゃ……

「ユリウス様はどうされたのですか？」

俺の問いかけに、王太子殿下の表情が一気に曇《くも》る。まだ決定的ななにかがあったと知らされたわけじゃないのに、その表情を見ただけでよくないことが起こっていると感じた俺は、耐えがたい緊張感を少しでも和らげようと、グラスに手を伸ばした。

「――実は少し前からユリウスとは連絡がとれなくなっている。諜報《ちょうほう》部の人間になにがあったのか探らせてはいるが、何者かによる情報の撹乱《かくらん》で正確な所在すらも掴めていないのが現状だ」

水滴のせいか、それとも身体がうまく動かなかったせいか、手に取ったはずのグラスが滑り落ちる。

俺は顔を上げることさえできず、テーブルの上を流れていく琥珀色の液体を、ただ呆然と眺めた。

「大丈夫かい？」

「あ……、失礼致しました。……すぐに、片づけます」

王太子殿下の声にハッと我に返ると、まったく大丈夫じゃないテーブルの上の惨状に、慌てて後始末にとりかかった。

幸いグラスに残っていた酒の量はそれほど多くはなく、氷も大きな塊《かたまり》のまま残っていたため、テーブル以外の場所は濡《ぬ》らさずに済んだ。

――連絡がとれない。

――所在すら掴めない。

片づけをする間にも、王太子殿下から聞いた言葉が何度も頭の中を駆けめぐり、手が止まりそうになる。

王太子殿下はそんな俺を見かねたのか、なにも言わずに片づけを手伝ってくれた。

「……申し訳ございません。お手を煩《わずら》わせてしまって」

「私のほうこそすまなかった。君を動揺させるつもりではなかったんだ」

じゃあどういう意図で言ったことで、動揺以外のどんなリアクションを求めていたというのか。

すべての機能が停止しているかのように、なにも考えられなくなっている今の俺には、正解がわからない。

さすがに酒を口にする気にはなれず、水差しから新しいグラスに水を注ぐ。しかし、一向に収まる気配のない手の震えが邪魔をしてうまくいかない。

もういいかと諦めかけたところで、王太子殿下がそっと水差しを受け取り、代わりに水を注いでくれた。

こんな風にして何度も王太子殿下の手を煩《わずら》わせる人間なんて、この王宮内で俺くらいのものだろう。表面上すら取り繕うことができず、こんなにもみっともない姿をさらしている自分が嫌になる。

すると、王太子殿下は俺の心情を慮《おもんぱか》ってくれたのか、諭《さと》すように優しい声音で語りかけてきた。

「さっき言ったことは、あくまでも今こちらではそういう状況だ、というだけで、ユリウスの身になにかがあったということではない。——わかるかい？」

正確な情報は入ってきてはいないけど、裏を返せばユリウスの身になにかが起きたわけじゃないってことか……？

でも、それが無事だという証拠にはならない。

「ユリウスなら大丈夫だよ。ああ見えて慎重な性格だし、大陸侵攻の際には何度も極秘任務での隠密行動を経験している。それになにより、あの時とは違い、王族だということを公表したおかげで、なにかあってもその身分がユリウスを守ってくれるだろう。誰であろうと王族に害をなしたとなれば、大問題になるからね」

王太子殿下の言葉に少しだけ安堵《あんど》するのと同時に、どうやら俺はなにかを試されていたらしいと気づき、苛立ちが込み上げてくる。

「そんなに怖い顔をしないで。べつに君を騙《だま》そうとしたわけじゃないから。ユリウスが今現在、危険な状況に身を置いてることに変わりはない。でも最悪の状況に発展することを回避するためにも、打てる手はすべて打つつもりですでに動いているから」

「……ではなぜこのような話を私にされたのですか？」

「おそらくだが、明日、あの男は君の不安を煽《あお》るような話をすることで、君に揺さぶりをかけてくるだろう。だけどあの男の言うことを聞く必要はないということと、……――君の本音を聞きたかったんだ」

「本音、ですか……？」

「そう。たとえば君がユリウスのことをどう思っているのか、とか」

ここに来てまさかの話。

自分の中でほとんど結論は出たけれど、本人にも伝えていないことを今この場で口にするつもりはない。

「それが明日の話と、なんの関係があるのですか？」

「好きという感情は時に弱点になりやすい。わずかでも隙を見せたら、あの男は容赦《ようしゃ》なくそこに付け込み、とことん君を追い詰め、自分の望みを叶えるための材料として使う可能性がある。意識して気をつけるに越したことはない」

「……そのような真似をする目的は？」

「ルイード王子の目的は、君だよ、ジェラリア王子。君を手に入れることだ」

俺を利用してなにかしようっていうのか？

王位継承権を持っていてもドルマキアの王族ではなく、マレニセンでも中途半端な立場。とっくに滅んだ国の王子の価値なんて、顔と血筋くらいなものだけど。

もしかして、イグニス公爵みたいに俺を体《てい》のいい操り人形にして、反乱の旗頭にでもするつもりか？

そういえばイグニス公爵も、ルイード王子と似たようなねっとりとした気味の悪い眼差しを俺に向けてたな、なんて思い出した途端に、イグニス公爵に触れられた不快な感触までもを思い出し、思わず身震いしてしまった。

「君に向けるあの感情が愛なのか執着なのかはわからない。だが、先ほどの話し合いの最中だけでも充分に、あの男が君に普通じゃない感情を抱いていることが伝わってきた」

「一体なにが……」

「私が書類上だけでも君の夫だった事実がよほど気に食わないのだろうね。さんざん牽制《けんせい》してきた挙げ句に、君にどれほど焦《こ》がれているかということを、一方的に語っていたよ。まるで熱に浮かされているかのような表情で君のことを話すルイード王子は、なんというか——異様な感じに見えた」

「異様、ですか？　私の対応次第では、ユリウス様が本当に危険な目に遭うことになるかもしれない、ということでしょうか」

「ユリウスのことだけじゃない、君もだ。あの男は君を手に入れるためならば、君自身を傷つけるような強引で卑劣な真似さえも平気でしでかしそうな危うさがある」

俺が知るルイード王子のことを思うと、そんな真似はしないと言い切れないのが怖いところだ。

「普通に考えれば、君に対してなにか仕掛けるのは、ドルマキアとマレニセン、ふたつの国を敵に回す危険があることだと気づきそうなものなのだけれど。よほど無謀な人間なのか、自信過剰か。それとも破滅願望がある人間なのか、よくわからないな……」

確かに。俺に国を動かすだけの価値があるかどうかは別としても、普通だったら自ら進んで大国に喧嘩《けんか》を売るような真似はしないだろう。

「あの男はそのどれにも当てはまらない感じがするから、なにをするか読めないのが地味に怖い。――あの男になにか言われても、言うことを聞いてはいけないよ」

「……努力はします」

「努力じゃなくて、絶対だ。君があの男の思い通りになって喜ぶのは、あの男ひとりだけだということを、ちゃんと覚えておいてほしい」

「……わかりました」

約束はできないけど。

心の中でそっと呟く。

だって、もしもなにかを選ばないといけないのなら、俺は……

「そんなに考え込まなくてもいい。大事なものがなにかを見失わなければそれでいいんだ。今君にとって大事なことは、自分が犠牲になれば済むという考えを捨てること。――ユリウスのことを想うのならばなおさらだ」

まさか王太子殿下からこんな言葉を聞くとは思わずに、俺はなにも言えなくなった。

俺の人生なんて、誰かの役に立つことでかろうじて生きてることを許されてるようなもんだったのに、今さらそんなことを言われても困る。

「初恋は実らないなんて言われているけれど、我々王族は初恋どころか普通の恋愛すらも実らせるのは難しい。愛を貫こうとするのならば、お互いにそれ相応の覚悟が必要だしね。でも、そこまでしたいって思える相手に出会えて、それが許される環境にいるのなら、幸せになる努力をしてもいいんじゃないかなって、最近よく思うんだ」

「殿下は……」

「私の初恋は、かたちになる前に見失ったよ。……もう何年も前のことだ。とはいっても、あの時抱いていた気持ちが恋だったのだと自覚したのは、わりと最近のことなんだけどね」

酒の席での戯言だと思って、聞き流してくれていいから――自嘲しながらそう呟いた王太子殿下の顔は、今までで一番人間味のある表情をしていた。

◇

翌日。

俺はルイード王子に会うために、侍従の格好で客室棟の貴賓室までの道のりを歩いていた。

ハッキリ言って、足取りは非常に重い。

客室棟までは、王太子殿下から事情を聞いているらしい侍従長が付き添ってくれた。

そのおかげで、不用意に話しかけられることもなく、順調に歩を進めたのだが……

昨日の一件は王太子殿下によって箝口令《かんこうれい》がしかれ、不用意に話が広まることはないはずなのに、
一介の侍従に過ぎない人間が他国の王子から求愛され、しかも自分の専属にと指名を受けたことは
昨日のうちに瞬く間に広まっていたらしく、行き交う人々から向けられる視線は、あきらかに興味《きょうみ》
津々《しんしん》といったものになっている。正直、鬱陶《うっとう》しくてたまらない。

せっかく目立たないように変装しながら真面目に侍従してたのに、たったの一日で有名人。

これもすべてルイード王子の策略によるものだとしたら、狙いは俺の正体を暴くことか、それとも王宮に居づらくすることか。

いずれにせよ、突発的な行動の結果じゃなくて、なにかを企んでいるがゆえの布石のひとつと考えたほうがいいだろう。

侍従長からくれぐれも無茶な真似はしないようにとさりげなく耳打ちをされ、ルイード王子が滞在している部屋の扉をノックする。

ノックし終わるのとほぼ同時に、まるで待ち構えていたかのようなタイミングで内側から勢いよく扉が開かれた。

「待ってたよ、『ロイ』！」

特別な一日の訪れをずっと楽しみに待っていた無邪気な子供のように、満面の笑みで俺を迎えたルイード王子。

俺はその様子に薄ら寒いものを感じながらも、精一杯の笑みを浮かべる。

そしてまずは挨拶を、と思っていたところ。

「わざわざお出迎えいただき……」

「堅苦しい挨拶なんていらないよ。さあ、早く入って。話したいことがいっぱいあるんだ！」

まだ口を開いたばかりにもかかわらず、それを遮《さえぎ》る勢いで言葉を被せられ、腕を掴まれたと思ったら、やや強引に室内へ引っ張り込まれた。

視界の端に焦《あせ》ったような表情をした侍従長を捉えたのとほぼ同時に、乱暴とも思える性急さで扉が閉められる。

広い室内には俺たちのほかに人の気配は感じられない。

ふたりで話をすることにはなっていたけれど、最初から完全にふたりきりというのはちょっと想定していなかったために、もともとあった警戒心がより一層強まった。

「今日はキミのためにいろいろと用意してもらったんだ」

そう言ってルイード王子が嬉しそうに俺を案内してくれたのは、貴賓室の中にあるリビングスペース。

中央に置かれた丸いテーブルには、ふたりでは食べきれないほどの軽食やフルーツ、そしてスイーツが用意されている。

「さあ、座って。今お茶を淹《い》れるね」

当たり前のように俺をもてなすつもりらしいルイード王子の様子になんとなく嫌なものを感じて、疑って申し訳ないとは思いつつも、俺は慌ててティーカートに歩み寄った。

「殿下、私が致します」

「いいよ、いいよ。今日のキミはお客さんなんだから座ってて」

「そういうわけにはまいりません。私は侍従という名目でここに呼ばれておりますので」

「そう？　じゃあ、お任せしようかな。『ロイ』の淹《い》れてくれたお茶が飲めるなんて嬉しいよ」

いくらなんでも、ドルマキアの王宮内でお茶になにかを仕込んでくるとは思えないけど、今は警戒するに越したことはない。

カートの上に準備されていたティーセットで、ハウルに習った通りの手順で丁寧にお茶の準備をする。

すでにお湯や茶葉になにかが仕込まれている可能性もあるが、ルイード王子も同じポットで淹《い》れたものを飲むことを考えれば、俺だけがリスクを負うという最悪な事態だけは回避できる。

ルイード王子は優雅な仕草で椅子に座ると、そんな俺の姿をなにも言わずにじっと眺めていた。

「キミは本当に素晴らしいね。侍従の仕事もサラッとこなせちゃうなんてさ。さすがだよ」

俺が淹《い》れたお茶をひと口飲んでから言い放ったのは、どこか侮蔑《ぶべつ》が混じっているようにも聞こえる称賛の言葉。

表情こそ笑顔ではあるものの、さっきまでの無邪気さはすっかり消え去り、今度は王族としての気品と傲慢《ごうまん》さを感じさせるような雰囲気に変わっていた。

ルイード王子が気分屋なのはわりと知られた話ではあったけど、それさえも計算された上で作られているものだ。この短時間での急激な態度の変化にもなにかしらの意図があるんだろう。

「……おそれいります。殿下のお口に合ったのならば光栄です」

「キミも座って。キミが淹《い》れてくれた美味しいお茶を飲みながら、お喋りしよう。言ったでしょ？　話したいことがいっぱいあるって」

俺は半端じゃない緊張感に見舞われながらも、笑顔で彼の左側に置かれていた椅子に座った。

「さあ、どうぞ。お茶を飲むだけじゃなく、好きなものを食べて。フルーツもあるよ」

「ありがとうございます」

本音を言えばなにも口にしたくないが、そういうわけにもいかないので、とりあえず自分で淹《い》れたお茶を口にする。

お茶になにかが混ぜられてるシチュエーションは後宮でのお茶会ですでに経験済みだけど、慣れるなんてことは絶対にない。

あの時は不自然なくらいに甘ったるい味がした。今はお茶本来の味以外しないことにホッとしていると。

「ねぇ、『ロイ』。その眼鏡外してよ。せっかくの綺麗な瞳をレンズ越しにしか見られないのは寂しいな」

ルイード王子が俺のほうに手を伸ばし、かけていた眼鏡を外してしまった。

暗い赤色の瞳が俺を見つめる。喜怒哀楽をすべて削《そ》ぎ落としたような無機質な眼差し。でも視線が交わった途端、それが一瞬にして甘やかなものに変わった。

好意を向けられているはずなのに、微塵《みじん》も嬉しさは感じない。

「どんな姿になってもこの瞳だけは変わらないね。ボクの好きな『ロイ』のままだ」

「殿下、私は……」

「シーッ。なにも言わないで。このままボクの話を聞いて」

俺の唇にルイード王子の人差し指が当てられた。触れられたところから全身に不快感が広がり、身体が急激に冷えていくような錯覚に襲われる。

そのせいか、口を塞がれたわけでもないのに、なにも言えなくなってしまった。

俺の唇に当てられたルイード王子の指が、そっと唇を撫《な》でる。そしてその指は、流れるような仕草で彼の口元へ運ばれた。

間接キスなんていうなんの意味もなさそうな真似を、この王子がするなんて思ってもみなかった。

「キミが突然ボクの前に姿を見せなくなってから、ボクは必死にキミのことを捜したよ。でもその結果わかったことは、ボクが知る『ロイ』なんて人間は、この世のどこにも存在していないっていう事実だった。……絶望したよ。ボクの知ってるキミは全部まやかしだったんだから。――キミが憎いとさえ思った」

憎いと言いながら、その口調や表情が驚くほどに穏やかなのが、逆に不気味だ。

「でもね、毎日キミのことを考えて、キミが何者かを調べていくうちにわかったんだ。ボクがキミに感じているこの感情は憎しみなんかじゃないって。——だって、憎いだけならその存在を消し去ってしまえばいい話だから」

言ってる意味が理解できない。

「だけど、キミを永遠に失うことを想像しただけで、すごく苦しくて辛くて、息をすることさえできなくなりそうだった。これってボクがキミのことを特別に思ってるからこそ感じる気持ちでしょ？」

「…………え……？」

同意を求められても、俺の考える特別とは方向性が違いすぎて、なにも言えない。

「愛してるよ、『ロイ』。ボクとキミの仲を邪魔する存在も、キミを苦しめてきた過去も、全部ボクが消してあげる。——だから」

ルイード王子はうっとりと微笑み。

「ボクだけのものになって」

はっきりとした口調でそう告げた。

昨日からの態度で、少なくとも好意を寄せられていることだけは本当なんだろうなとは思っていたけれど、こうして言葉で伝えられると気持ちが重い。

ルイード王子に対して苦手意識があるからということもあるけど、俺にはその気持ちに応えることは絶対にできないから、なおのこと。

愛というより単なる執着にしか思えない気持ちへの正しい対処の仕方がわからない。

なんて言えばいいのか考えあぐねていると。

「もしかして悩んでるの？」

理由がわからないといった様子で、ルイード王子が俺の顔を覗き込んだ。そして。

「難しく考える必要なんてどこにもないのに。だって、ボクはキミにお願いをしてるわけじゃないんだから」

口元に浮かべた笑みはそのままに、ますます理解に苦しむことを言い出したのだ。

断られるとは微塵《みじん》も思っていないというよりは、断るという選択肢は絶対に与えないという感じ。

そこまでして俺になにを求めているのかはわからないけど、はじめから俺の意思なんて聞くつもりがなかったことだけはよくわかった。

──でもそれって道具を扱うのとなにが違うんだろう。

俺の中のルイード王子への好感度は下がっていく一方だ。

「……殿下は本当に『私自身』を望んでいらっしゃるのですか？」

「もちろんだよ。さっき言ったでしょ、キミが何者か調べたって。だからキミが喜ぶプレゼントだってちゃんと用意した。求愛にはプレゼントが必要だと思ってさ」

「プレゼント……？」

「そう。気に入ってくれていたら嬉しいな」

この口ぶり。俺はなにも受け取った覚えはないのに、すでに渡してあるとでも言いたげだ。

どういうことだ……？

「あれ？　気に入らなかった？　――ああ、そうか。あれがボクからのサプライズプレゼントだって気づいてないんだね」

「一体、なにを……」

「せっかく用意したものを自分で説明するのはちょっと虚しいけど、『ロイ』には特別に教えてあげてもいいよ」

――聞きたくない。

とっさにそう思ったが、もう遅い。

「さっき、キミを苦しめた過去は全部消してあげるって言ったよね？　あれ、本気だから。その証拠って言ったらなんだけど、まずは手始めに、キミの人生に一番不要なものを排除しておいたんだ」

俺の人生に一番不要なもの……？

「そんなに考えなくともわかると思ったのに、伝わってなかったかぁ、残念。もう二度とキミが苦しんだりしないように、ちゃんと消してあげたのに」

「…………！」

その発言でようやくルイード王子の言葉がなにを示しているのか理解した途端、喉がヒュッと嫌な音を立てた。

まさか、それって……

詳しく聞きたいのに、喉の奥をなにかが塞いでいるように苦しくて、まるで言葉が出てこない。

もしかしたら俺を都合よく扱うためのハッタリかもしれない。

でも、ドルマキア国王の不審死と王妃の失踪にこの男が関わっているのだとしたら……

真偽のほどはわからないまでも、こんなことをほのめかすこと自体普通じゃない。

王太子殿下は『なにかを言われても、言うことを聞いてはいけない』と言っていたけれど、さっきの『お願いしてるわけじゃない』という発言の通り、最初から俺の意思を尊重する気なんてまったくない相手に、どう対応すればいいのか。

「あれ？　喜んでくれないんだ。キミを脅《おびや》かす存在は永久に消えてなくなったっていうのに……。──ねぇ、『ロイ』にとってのドルマキアって、なに？　憎い相手じゃないの？　キミに酷い仕打ちをした人間たちの国だよ？」

矢継ぎ早に繰り出されるルイード王子の問いかけに、俺はなにも答えることができない。

そんな俺の反応を見たルイード王子は俺の手をそっと握ると、同情するような眼差しを向けてきた。

「もしかしてグリーデン歌劇団に恩があるからとか、平民として暮らしてきた時間が案外悪くなかったからとか、そんな理由でドルマキアを許したの？　キミは本当に優しいんだね。そもそもキミが辛い思いをしている元凶が『リヒター・グリーデン』だと言っても、同じことを思えるのかな？」

なんでボスが……？

わけがわからず戸惑う俺に、ルイード王子はしたり顔で口の端を上げた。

「だって、『リヒター・グリーデン』と名乗っているあの男の正体は、ドルマキア王弟『マリウス・ハーロルト・バルシュミーデ』でしょ。それってキミの実の父親だよね？」

「…………え……」

ボスが、バルシュミーデ大公……？

さっきの比じゃないほどの衝撃に、脳が考えることを拒否しているかのようになにも考えられない。

ルイード王子は俺の様子を気にかけるふりをしながらも、畳みかけるように言葉を続けた。

「キミの父親も酷いよねぇ。いくらドルマキア国王に騙《だま》されていたとはいえ、愛した女に裏切られたと思い込むなんて。そのくせ、その女にそっくりな子供を親切ぶって手元に置いた挙げ句に、間抜けにも実の息子だと気づくこともなく、あえて危険な仕事をさせることで、自分を裏切った女に復讐《ふくしゅう》した気になってたんだからさ」

なんの根拠があってこんなことを言っているのかはわからない。

デタラメな可能性だって充分にあるのに、俺にはそれを否定できるだけの材料がない。

ボスと俺との関係は表向き、単なる雇用主といち劇団員でしかない。

でも、瀕死《ひんし》の俺を拾って面倒を見てくれただけでなく、ただの『ジェイド』に身代わり屋という役割を与え、俺の存在価値を作ってくれたのはボスだった。

俺は身代わり屋の仕事が楽しかったし、ボスも俺の実力を認めてくれていたと思う。ボスの期待に応えることのできる自分が誇らしかったりもした。

だから家族とまではいかなくても、雇用関係よりはずっと近しい間柄だと感じていたのに。

いつも笑顔で物腰は柔らかいけれど、腹の底が見えない人。

でもふとした瞬間に垣間見える複雑な感情の色に、今、ルイード王子が言ったような理由があったのなら。

――俺はずっと、ボスに疎《うと》まれていたのだろうか。

「そもそもあの男がちゃんと考えて動いていれば、今頃みんな幸せに暮らせていたかもしれないっていうのにさ。自分だけが被害者ぶるあたり、さすがドルマキアの王族って感じだよね」

「……バルシュミーデ大公はとうの昔に亡くなったことになっているはずです。その話が本当だとしたら、王太子殿下やユリウス様はバルシュミーデ大公が別人として暮らしていることをご存知なのですか？」

「知っているだろうね。他国の人間が知ってる情報を自国の諜報《ちょうほう》機関が把握できていないわけがないんだから。諜報《ちょうほう》部は王族の直轄機関だし、瀕死《ひんし》の状態だったキミをあの男のところに連れていったのは、王族の命令に従った諜報《ちょうほう》部の人間だっていう話だし」

「連れていった……？」

「そうだよ。リヒター・グリーデンがキミを拾ったのは、偶然なんかじゃない。全部仕組まれていたことだったたってわけ」

「どう、して……」

「さあね。ボクは事実を把握してるだけで、そうしようと考えた人間の心情まではわからないから。でも誰もあの男の勘違いを正そうとしなかったってことと、キミの過去を知った上で、キミを利用したってことだけはわかるよ」

ユリウスは俺がジェラリアだと知っていて、俺に身代わりを依頼したと言っていた。

ボスのことについてはひと言も触れていなかったけど、それも全部知った上で俺を利用したのか……？

べつに隠しごとをするのが悪いとは思わない。全部を話すことが誠意だとも思ってないし、立場上、言えないことも当然あるだろう。

いつもの俺ならそれで諦めがつくはずなのに……

頭ではわかっていても、なぜか気持ちが追いつかない。

いろんなことを一気に聞かされたせいか、それとも衝撃的な話ばかりだったからか。なにが正しい情報なのか判断がつかないことに焦《あせ》りを感じる。

きっと全部が本当なわけじゃない。

ルイード王子の狙いはおそらく、俺の心を弱らせること。

その思惑《おもわく》通りの状態になってはいけないとは思っても、一度悪い方向に傾いた感情を立て直すのは難しかった。

「可哀想な『ロイ』。でももう大丈夫だよ。ボクはキミのことを利用したりしない。ボクの望みはひとつだけ。ただボクのものでいてくれればそれでいいんだ。——さあ、言って。キミはボクのものだって」

「…………っ……」

この場を穏便にやりすごすために上辺だけの言葉を口にするくらい、なんてことないはずなのに、どうしても口にしたくない。

たぶん俺はもう、ルイード王子から逃げられない気がする。

でも懇願に見せかけた支配と強要は、ルイード王子への嫌悪感を深めただけだ。

思い通りにならない俺にしびれを切らしたのか、俺の手を握る力が強くなる。

「ああ、そういえばさ、『ロイ』に聞きたいことがあったんだ」

向けられている表情は笑顔のはずなのに、目の奥が少しも笑っていない。

「キミとユリウス・ヴァンクレールってどういう関係？　ずいぶん親密な仲だって聞いてるけど」

質問しているようでいて、相変わらず答えなんて微塵《みじん》も求めていない様子に、特に答える必要性を感じなかった俺は口を閉ざした。

「答えたくないならそれでもいいよ。でもさ、窮地《きゅうち》に陥《おちい》っている彼を助けられるかどうかはキミの返答次第だって言ったら、どうする？」

明確な脅《おど》し文句。

ユリウスの所在が確認できなくなった原因は、この男だということが、今ハッキリとわかった。

『好きという感情は時に弱点になりやすい。わずかでも隙を見せたら、あの男は容赦《ようしゃ》なくそこに付け込み、とことん君を追い詰め、自分の望みを叶えるための材料として使う可能性がある。意識して気をつけるに越したことはない』

昨夜王太子殿下に言われた言葉を思い出し、その通りの展開になったなと思いつつも、ますます塞がれていくばかりの選択肢に焦《あせ》りばかりが募っていく。

俺の返答次第で本当にユリウスの身になにかが起こってしまったら……

そう考えると、なんて答えたらいいのかわからなくなる。

「あれ？　意外だな。こう言えば即答してくれると思っていたのに。もしかして、ボクがここにいる限り、彼にはなにも手出しできないとか思ってる？　まあ、確かにボクが直接なにかするわけじゃないけどね」

さっきからルイード王子の話はひどく曖昧《あいまい》な言い方ばかりで、決定的な言葉はなにひとつない。

噂話をさも自分が体験したことのように無責任に広めている人間たちとやってることは変わらないはずなのに、その言葉にはもしかしたらと思わせる説得力があった。

「……どういうことですか？」

「彼が今いるのはダンガイトの国境付近のちょっと特殊な場所でね。正規のルートじゃないし、なかなか大変な道だから、普通の人はまず通らない。切り立った岩山が連なっていて、そのあいだを縫うように通る道は迷路のように入り組んでいる上に、入り口と出口はそれぞれ一箇所ずつしかないんだ」

ドルマキアからダンガイトに行くルートがいくつかあるのは知っているけど、そんな道があるなんて知らなかった。

「そんなところだから、犯罪の温床になってたりもするし、地形のせいで崩落事故も起きやすい。たまに国境警備隊の特殊部隊が警邏《けいら》に出てるんだけど、生きてる人間を発見することはまずないかな」

「それはつまり……」

「たとえそこで発見されたのが他国の王族だとしても、偶然の事故だったらこちらが責められるいわれはないよね」

原因となる状況はいくらでも作り出せるし、誰かを密かに葬り去るには最適な場所だということか……

どうやって指示を出すのかはわからないけど、俺の返答次第では本当にユリウスが命を落とすことになるのかもしれない。

さっきはボスのことでユリウスに対して不信感とまではいかなくても、モヤモヤしたものを感じていた。でも、そんなことでユリウスのことを想う気持ちがなくなったわけじゃない。

ユリウスになにかあったら俺は……

そう思ったところで、不意に目の前が開けたような感覚とともに、頭の中でなにかがカチリと嵌《は》まった気がした。

——ああ、なんかちょっとだけわかったかも。

一生理解できないって思っていた母親の気持ち。

抗う術を持たない人間が大事ななにかを守ろうとするなら、自分を犠牲にするしかないってこと。

そのためには心を粉々に打ち砕いて、なにも感じないようにしてしまうしか方法がなかったってこと。

――そしてすべてをなくしてしまったら、そんな自分すら放棄するしか救いがなかったってこと。

顔以外全然似てるとこないだろうな、って思ってたけど、俺、完全に母親似じゃん。

変な男に執着されるところまでそっくりだなんて、滑稽《こっけい》すぎて逆に笑えてくるほどだ。

全然嬉しくないけど、俺の人生に欠かせない『波乱』だって、そっくり親子だからしょうがないって思ったら、ほんのちょっとだけだけど気が楽になった。

王太子殿下からは自分が犠牲になれば済むという考えは捨てるよう言われたけど、それで大事な人を喪《うしな》わずに済むのならいくらだってやってやる。

俺にとって『愛』なんていうものはいつでも、なにかを引き換えにしないと手に入らないし、守ることすらできないものだったし。

ただ俺が母親と違うのは、やられっぱなしのお姫様にはならないってこと。

――大丈夫。俺は壊れたりしない。

表面上は怯《おび》えたふりをしながら、頭の中では冷静にこの後どう動くかを考えていた。

目の前のお茶に手を伸ばそうとしたところで、少しだけためらいを見せた俺に、ルイード王子がクスリと笑う。

そしてずっと掴んでいた俺の腕を放すと、自身の懐からなにかを取り出した。

「ああ、そうだ。言い忘れてたよ。さっきキミはここにあるものに警戒してるようだったけど、ボクはそんな姑息《こそく》な真似はしないんだ。薬を使うなら堂々と使うさ。こんな風に」

コトリという音とともにテーブルの上に置かれたのは、香水でも入ってそうな綺麗な造りのガラスの小瓶。

警戒する俺に、ルイード王子が優しく語りかける。

「ボクの母方の家系は昔から毒や薬に精通していてね。ボクも幼い頃からそういう知識を仕込まれたんだ」

「……毒……？」

「これはそういうのじゃないから大丈夫。——飲むと夢見心地になれる魔法の薬だよ」

毒なら多少なりとも耐性があるが、未知の薬は自分の身体がどんなことになるか予想がつかないだけに、恐ろしい。

「強いショックを与えた後で暗示をかけてやると、まるで乾燥してひび割れた大地がすごい勢いで水を吸収するように心の隙間に染み渡って、素直にこちらの言うことを聞いてくれるようになるんだ」

どうやら中身は以前イグニス公爵が俺に使おうとしてたヤツと似たようなものらしい。夢見心地っていうより、徐々に思考能力を低下させて言いなりにするっていう、アレ。

自分の意志でどこまでコントロールできるものかわからないけど、媚薬《びやく》よりもマシだと思いたい。

「正気でいられるうちに、なにか望みはある？」

「……マレニセンにいる兄たちに手紙を書かせてください。ブルクハルト陛下からも戴冠式まではドルマキアに滞在するようにとの指示を受けておりますので、報告が必要です。伝言でも構いません」

「手紙くらい、いくらでも。でもね、マレニセンに頼ろうとしても無駄だよ。マレニセンは今、ドルマキアの大陸侵攻時に併合された国々が次々と問題を起こしているせいで大忙しなんだ。実力もないくせにプライドだけは高くて、身の丈に合わない野心がある人間は操りやすくて助かるね。キミも自分の問題で多忙なお兄さんたちの足手まといにはなりたくないだろ？」

ブルクハルト陛下が、今マレニセンがゴタゴタしていて俺のことにまで手が回らないと手紙に書いていた理由は、そういうことだったのか……

でも、このやり方って。

「……イグニス公爵と同じような真似をされるのですね」

あまりに気に食わなくて、ついポロッと本音が口から漏れ出てしまった。機嫌を損ねるかと思いきや。

「べつにイグニス公爵のやり方を真似したんじゃないよ。これが自分の手を汚さずに大きな効果を得られる方法だと知ってるだけ」

冷めた表情のルイード王子が事もなげに言い放つ。

「ボクは勝ち目のない勝負は絶対にしない主義なんだ。徹底的に退路を塞いで選択肢なんて与えない。そのためならなんだって捨てられるし、なんだってできる。考えうる限りすべての手段を使うべき場面で、体裁やプライドなんていらないよ。――『本気』って、そういうものじゃないの？」

享楽的で自由奔放に過ごしてきた王子に、こんな一面があるなんて思いもしなかった。

「そこまでしてあなたが欲しいものは……」

「だから最初から言ってるじゃない。ボクの望みはひとつだけ。キミがボクのものになることだ、って」

ルイード王子は再び俺の手を取ると、その場に跪《ひざまず》いた。

「最後のひとりになればボクを選んでくれるっていうのなら、すべての人間を滅ぼしたっていい。キミの望みを叶えることでキミがそばにいてくれるのなら、どんなことだってやってみせる。キミを壊せば手に入るのなら、ためらうことなく壊してあげる。——だからね、」

恍惚《こうこつ》とした表情で俺を見上げる。そして。

「口先だけの嘘偽りじゃなく、今度はちゃんとボクを愛してね」

熱の籠もった眼差しを向けながら、懇願するかのように、そう告げた。

第七章　譲れない思い

「このたびのことは完全に私の落ち度だ。本当に申し訳ない」

帰還して早々に訪れた兄上の執務室。

人払いした室内で、これまで一度も見たことのないほど苦渋に満ちた表情で頭を下げる兄上に、俺はなんと答えたらいいのかわからず、拳を強く握り締めたまま立ち尽くしていた。

一カ月半ぶりにドルマキアに帰還した俺を待っていたのは、最悪としか言いようのない事態。

ここに戻ってくるまでの道中で、俺がいなかった間になにが起きたのか聞いてはいたが、実際に兄上の口から経緯を聞くと重みが違うというか。

――嫌でもこれが現実なのだと実感させられた。

ジェイドを守れなかった後悔と焦《あせ》り。こんな風に兄上に頭を下げさせてしまったことに対しての申し訳なさと、狭量な自分への不甲斐なさ。

そして、元凶ともいえるルイードへの憎悪。

口を開けば自分の立場も忘れて、みっともなくこの心情を吐露《とろ》してしまいそうだ。

行方不明だった王妃が発見されたとの報告を受け、ダンガイト王国との国境付近に赴《おもむ》いてから一カ月以上が経過し、ようやくドルマキアに戻ってきた俺を待ってたのは、ジェイドがルイードとともにダンガイトに向かったという、最悪の報告だった。

まさか勝手にドルマキアを訪れただけでなく、卑怯《ひきょう》な手段でジェイドを連れ去っていくとは……

ルイードがジェイドというか、ジェラリア王子に対し、正式に求婚したと聞いた時から嫌な感じはしていた。

ジェイドが以前身代わり屋の仕事でルイードと接触していたことは知っていたし、おそらくルイードのほうもそのことをわかった上で求婚したのだろう。

でもいくらふたりが親密な関係だったといっても、それはしょせんその場限りのこと。ふたりのあいだにはあくまでも偽りの関係性しかなかったのだということは、少し調べればすぐにわかることだ。

だから気ままに恋愛遊戯を楽しんでいるという噂のルイードが、ここまで強引な手段に打って出るほどジェイドに執着しているとは思わなかった。

当時ジェイドが演じていたのは、売れない画家の『ロイ』という青年。

報告書によると、パトロンを探すという目的で、ルイードが主催するサロンに出入りしていたらしい。

ルイードのサロンは、自由な意見交換やメンバー同士の交流、そして将来性のある者への支援を目的に開かれている、ということになってはいるが、本来の目的とは違う使われ方もされている。

表には出せない計画の密談の場であったり、いかがわしい交流の場であったり。

サロンに出入りを許された人間たちの中には、支援者を探すことよりも、率先してルイードの寵《ちょう》を争うような真似をする者までいると聞いている。

ジェイドが演じていた売れない画家の『ロイ』も、そういった類《たぐい》の人物設定だったらしく、ルイードとはかなり親密な関係に発展していたようだ。

当時のルイードはさほど『ロイ』に対して関心を示していたように思えなかったらしいが、契約が終わり、ジェイドが自分の前に姿を現さなくなってから、なにか心境の変化があったのか、それとも失って初めて自分の気持ちに気づいたのか。『ロイ』がジェラリア王子だということを突き止めた上で、正式な手順で婚姻の申し入れを行い、今回かなり強引な手段でダンガイトに連れ帰るという許しがたい暴挙に出たのだ。

しかも表向きは本人の了承を得ているため、ダンガイト王国に対しルイードのやり口を抗議することもできない。

その上、身体の関係はあっても、明確な未来の約束もなく、今のところただの従兄弟《いとこ》という繋がりしかない俺には、ジェイドに関してなにか主張する権利もないというのがなにより辛い。

そして今また兄上のせいではないのに、こうして謝らせてしまっている不甲斐ない自分にどうしようもなく腹が立っている。

俺は自分の中に渦巻くこの煮えたぎるような思いを抱えたまま、あらためて兄上と向き合った。

「殿下、顔を上げてください。ジェラリア王子のことは私にも責任があります。私がダンガイト側の奸計《かんけい》に気づくのが遅れたために、みすみすルイード王子に付け入る隙を与えてしまったのですから。——ご迷惑をおかけしてしまい、申し訳ございません」

頭を下げた俺に、兄上が歩み寄る。そして俺の肩に手を置くと、顔を上げるよう促した。

「心配はしたけど迷惑はかかってないよ。――おかえり、ユリウス」

優しい声音に胸がギュッと締めつけられる。

この一言で、どれだけ自分に余裕がなかったのかを痛感したのと同時に、俺は自分の弱さを恥じた。

情けない自分が嫌になる。

そんな俺の心情を察したのか、兄上は気にするなとばかりに俺の肩を軽くポンと叩くと、「長くなりそうだから座って話そう」と言ってから、部屋の中央に置かれた応接セットに向かった。

◇

「誰もこの部屋に近づかないように」

兄上のそのひと言で、普段姿を現すことのない影の護衛までも遠ざかり、完全にふたりきりになった。

俺が信頼されているからなのか、はたまたほかの人間たちに、兄上からの信用を失わせるなにかがあったのか。

後者だとしたら、おそらくそれは今回のジェイドに関することだろう。

帰還してからそれほど時間が経っていないとはいえ、いつもならこういった場合に同席することの多い、諜報部《ちょうほう》のトップであるユーグの姿が見当たらないのも気にかかる。

いろいろと考えなければならないことは多いが、今はジェイドを取り戻すために最短で最善の道を選ぶことが先決だ。

正直に言えば今すぐダンガイトに乗り込んでジェイドを助け出したいところだが、今回のことで相手が思った以上にたちが悪い手段を使う人間だとわかっただけに、慎重に事を進めないとジェイドまで危険にさらす可能性がある。

それに俺は国と兄上に忠誠を誓った身。勝手な行動は許されない。

俺は冷静になりきれない自分を宥《なだ》めつつも、ジェイドに向ける気持ちを抑えることができないまま、兄上と向き合うかたちで座った。

「それにしても奸計《かんけい》か……。君の見立てじゃ、一連の出来事は偶然が重なった結果じゃなく、ダンガイト側による策略だったという話だけれど。大体の報告は聞いてはいるが、なにがあったのか詳しく聞かせてもらおうか」

「……かしこまりました」

王都に戻ってくる前に急いでまとめた報告書を兄上の前に差し出し、それに補足説明を加えながら話していく。

ひと通り説明が終わったところで、それまで黙って聞いていた兄上が口を開いた。

「見つかった王妃の遺体は損傷が激しかったとあるが、実際どういう状態だったんだ？」

「……私が現地に到着した時点でだいぶ腐敗が進んでおりましたので、原因まではっきりわかりませんが、背中側に無数の傷痕《きずあと》が見られました」

「逃げる際に背後から攻撃されたということか？」

「その可能性もないとは言い切れませんが……」

俺にとっては他人でも、兄上にとっては実の母親だ。どう見てもいい死に方とは言えない状態を、正直に言うべきか判断に迷う。

しかし兄上は私情など一切ないといった様子で、俺に詳細な説明を求めてきた。

「私見で構わない。君が思った通りに言ってくれ」

「……背後からの攻撃と言いましたが、つけられた傷の様子から不審な点がいくつか見られました」

「ただ切られただけではない、ということか」

「はい。背中にあった無数の傷痕《きずあと》はすべて刃物以外でつけられたものだと思われます」

あきらかに剣やナイフなどの刃物でつけられたものではない裂傷。あれは……

「おそらく鞭《むち》のようなものが使われたのではないかと」

「……鞭《むち》か。まさにあの女の得物じゃないか。偶然ではなく意図的なものを感じるのは私だけかな？」

「いえ、私もそう感じました。ほかの部分にはほとんど外傷らしいものは見当たらなかったというのに、背中部分だけに皮膚が裂かれたような痕《あと》が集中していましたので。しかし直接の死因は、その傷そのものではなく、動けない状態で放置されたことによる衰弱死だと思われます」

「……なるほどね。あの女がジェラリア王子に行った仕打ちをそのままその身に受けて死んだということか。だとしたら王妃を殺害した人間は野盗なんかじゃなく、当時の事情を知る人物ということになりそうだけど」

「まさかリンドバルの……」

「あの兄弟ならそんな回りくどいことはせずに直接カタをつけるだろう。そして当然のような顔をして、後始末をこちらに押しつけるに決まってる」

「では誰が……」

「その件も含めてなのだけれど」

兄上はそこで一旦言葉を区切ると、ソファーから立ち上がり、執務机のほうへ向かう。そして机の脇にある引き出しを開けると、その中に入れてあった鍵付きの箱を手に戻ってきた。

「これはルイード王子が使っていた貴賓室に残されていたものだ」

箱の中に納められていたのは、ガラス製の小瓶。

ルイード王子の名前を耳にしただけで嫌な感じしかしなかった俺は、それを直接手に取ることはせず、兄上からの説明を待った。

「中身を調べさせたところ、以前イグニス公爵が所持していた薬と似たような成分であることがわかった。あの男がこれを置いていったのはなにかしらの意図があってのことなのか、それとも目的のものが手に入ったからどうでもよくなったのか。いずれにせよ、理由がはっきりしないのが気持ち悪い」

「まさかジェラリア王子にもこれが使われたと？」

「わからない。でも彼がダンガイトに行く決断をしたことと無関係ではないだろう」

イグニス公爵が持っていた薬は、『一時的に身体の自由を奪い、思考能力を低下させる』といったものだった。さらにその状態の時に繰り返し暗示をかけてやると、望んだ通りの言動をするようになるということもわかっている。だが自分の意のままに操るには、それなりの回数の服用が必要だったはず。

「イグニス公爵が所持していた薬は、即効性ではなかったはずですが」

「こちらは身体の自由を奪うような成分は入っていないが、たった一回の服用で充分な効果が得られるほど強力なもののようだ」

もし、ルイード王子がこの薬を使ってジェイドの気持ちを自分に向けたのだとしたら。

一度は抑え込んだはずの激しい憎悪が再燃する。

しかし先ほど兄上に釘《くぎ》を刺されたおかげか、そこにばかり思考が持っていかれるようなことにはならずに済んだ。

「イグニス公爵が所持していた薬の出処は、今回のものと同じである可能性が高い。イグニス公爵はダンガイトとも繋がりが深かったみたいだし、薬の取引の際に、こちらの情報を売っていた可能性は充分にある」

「ではジェラリア王子に関する情報も？」

「おそらくそういうことだろうとは思うけど。――でも、過去の出来事だけでなく、最近の王宮内のこともルイード王子側に漏れすぎなのが気にかかる」

「ダンガイトと取引している人間がほかにもいるか、それともこの薬を使われている人間が王宮内にいるのか」

「そのあたりも含めて、今ユーグに徹底的に調べさせている。諜報部《ちょうほう》も例外じゃない」

ユーグの姿が見当たらないのは、兄上からの密命のためだったらしい。

諜報部《ちょうほう》に所属する人間は、ありとあらゆる毒や薬だけでなく、身体的な苦痛に対する耐性もつけているはずだ。もしもその諜報部《ちょうほう》相手にこの薬を使用したのだとしたら、相当手強い相手だということになる。

「実際、すでに薬の影響を受けた侍従が見つかっている。その者が国王の水差しに毒を入れ、殺害したとわかった。王妃の幽閉先にいた人間たちの中にも数人そのような者がいた。この分だと、ダンガイトに逃げ込んだという例の貴族もご多分に洩《も》れず薬の影響を受けていた、といったところかな」

ダンガイト側と引き渡しの交渉をしていた人物だ。彼は国王殺害の容疑者としても名前が挙がっていた。王妃やイグニス公爵とも繋がりがあり、ダンガイトとも頻繁にやりとりをしていた形跡があったと聞いている。

「今となってはわかりませんが、おそらくそうではないかと。こうなってくると、一連の逃亡劇の末にダンガイトで殺されたのは、ダンガイト側による証拠隠滅だったのではないかという気さえしてきます」

「これらのことがダンガイト王国としてのものなのか、ルイード王子個人によるものなのかはわからないが、一度ダンガイト王国に探りを入れてみるべきだな」

「向こうにドルマキアと事を構える意志があった場合はどうなさいますか？」

「王族である君を危険な目に遭わせようとしたという大義名分がある。遠慮はしないつもりだよ」

王妃逃亡に手を貸した貴族が国境を越え、ダンガイト側に逃げ込んだとの報告を受け、俺は国境警備隊を通じてダンガイト側に引き渡し要請を行った。

しかし、責任者がいないだとか、調査中などというとってつけたような理由でのらりくらりと躱され、さんざん足止めをくらったのだ。

まるでこちらが表立って動けない事情を知っているかのように足元を見たやり方に苛立ったものの、穏便な解決に向けての働きかけはしたつもりだった。

その後、話し合いの場を設けたいとの申し出を受け、少人数で指定された場所に向かった先で待ち受けていたのは、何者かによる襲撃。

やたらと統率のとれた動きに加え、すぐに俺たちを始末しようとする意志が感じられない攻撃は、単なる野盗の仕業ではないと感じた。

「あれがダンガイト側からの攻撃だという証拠がないのが痛いところですが」

「確実な証拠よりも、君たちが危険な目に遭ったという客観的事実が確認できれば、それだけでいい。――ダンガイト王国に親書を送ることにしよう。きっと事実関係を確認してくれることだろう」

「もし国王が事実を隠蔽《いんぺい》したり、ルイード王子を庇《かば》うような姿勢を見せたりしたなら、どうされるおつもりで？」

「王族ひとりの命と国の存続。どちらが重くて価値のあるものなのか。選びたくなくても選ばなければならないし、答えを間違ってもいけない。それができないのなら国王とは呼べないからね。万が一にも私情で事実を捻じ曲げようとするのなら、それなりの対価を払ってもらわないと」

つまり、素直にルイード王子を差し出さねば国として強硬手段も辞《じ》さない、ということだ。目的のためなら手段を選ばない人ではあるが、本来争いごとは好まない兄上にここまで言わせるとは。

「私もできるだけ穏便に済ませたいという気持ちに変わりはないんだよ。ただね、当事者でもない人間にここまで国の中をひっかきまわされて黙っていられるほど弱気になった覚えはないし、やっぱりやられっぱなしは性に合わないからね」

兄上の言葉に俺も同意だ。

いくらジェイドが自分の意志でダンガイトに向かったのだと言われても、このまま黙って引き下がるわけにはいかない。

「とはいえ、ダンガイトをどうするかは、正式な返事を待ってからかな」

「……あの国が賢明な判断をしてくれることを祈るばかりです」

口ではそう言ってみたものの、本心ではすぐにでもあの国に乗り込んでいってジェイドを取り戻したいという気持ちに変わりはない。

「焦《あせ》りは禁物だよ。今はやれることを全部やっておくべき場面だ。これまでの立ち回りを見る限り、無計画なように見せかけて、すべてが周到に準備されている印象を受ける。手強い相手だと思ったほうがいい」

「肝に銘じます」

ルイード王子にとってのジェイドがどういう存在なのか不明だが、こちらにとっては人質にとられているのも同然の状態だ。絶対に失敗は許されない。

「そういえば。今回の件を知ったリンドバルの兄弟が、わざわざこちらへ出向いてくると連絡が来た。早ければ明日にでも到着すると思う」

ジェイドを大切に思う兄たちが黙っているわけがないと思っていたが、こんなに早く動くとは。

マレニセンは今大変な状態だと聞いていただけに、国の要職に就《つ》いていながらためらうことなくジェイドを優先するふたりを少しだけ羨ましく思う。

「私も君も、いろいろと覚悟しておいたほうがいいだろうね」

その一言に、俺は苦い思いで頷《うなず》いた。

◇

その翌日。

兄上から聞いていた通り、リンドバルの兄弟がドルマキアに到着した。

公式な訪問ではないものの、事前に伺いを立てた上での訪問ということもあり、国賓を迎える時と同等の対応でふたりを迎え入れることになった。

応接の間には俺と兄上、そしてジェイドの兄たちの四人だけ。

これから話す内容が内容だけに、昨日と同様に完全に人払いを済ませてある。

肌がピリピリするほどの緊張感が漂う室内で、俺たちはお互いの出方を窺《うかが》うようにしばし見つめあった。

リンドバルの兄弟の視線はとてもじゃないが好意的とは言いがたいものだったが、ふたりがここにいる理由が理由だけに、俺たちはその視線をただ黙って受け止めることしかできずにいた。

「ご多忙にもかかわらず、ご足労いただき感謝申し上げます。このたびはジェラリア殿下をお引き止めできなかったこと、大変心苦しく思っております」

俺の前に立つ兄上が気まずい沈黙を破るように口を開く。

国の代表であるがゆえに、簡単には責任を認めるわけにはいかず、謝罪の言葉も口にするわけにはいかない。

だからこそ、これがドルマキアとして口にできる精一杯の謝意のかたちではあるが、このふたりにとってこんなものでは到底納得できるはずがないとお互いにわかりきっていた。

これから先の時間は、ただ相手の出方を窺《うかが》うしかない。

「一体どういうことなのか、俺たちが納得できるような説明をしてもらおうか」

怒りを抑えきれないといった様子でそう言い放ったのは、マレニセンで将軍という地位に就《つ》き、今は便宜上『エドガー・ラバール』と名乗っている旧リンドバル王国の第二王子、エルネスト・ケネス・リンドバル。

一方、エルネストとともにやってきたマレニセンの宰相『アドリアン・ディヴリー』こと、旧リンドバル王国の第一王子アルベール・フェルナンド・リンドバルは、今にも射殺さんばかりの勢いで、俺たちに怜悧《れいり》な視線を向けている。

すべてを焼き尽くす灼熱の炎と、すべてを凍りつかせる猛吹雪。ふたりのまとう雰囲気は正反対ではあるものの、俺たちに対する強い憤りは同じくらい強いのだということがひしひしと伝わってくる。

「ジェラリアが自らの意志でダンガイトに行ったことは、本人からの手紙で承知しています。でもそうしなければならなかった理由、そこへ至るまでの経緯を考えると、私も弟もどうしても感情が抑えきれずに、こうしてドルマキアまで足を運んだ次第です」

アルベールが冷ややかな口調で訪問の目的を告げた。

ジェイドがマレニセンに手紙を送っていたことなど知る由もなかった俺たちは、その内容に驚かされた。

「ジェラリアからの手紙は表面上、ルイード王子の厚意でしばらくのあいだダンガイトのルイード王子の領地に滞在することにした、という内容のものでした」

「表面上、ということは、そこになにかしらの手段でほかのメッセージが記されていたということでしょうか？」

兄上の問いかけにアルベールが頷《うなず》く。

「ええ。すでにご存知かとは思いますが、我々はリンドバルで暮らしていた頃、表立って交流を持つことができませんでした。そこで人目につかないよう私たち兄弟だけで意思疎通をはかるために考えた方法のひとつが、手紙の文章の中に本当に伝えたい内容を紛《まぎ》れ込ませるというものだったのです」

「暗号のようなもの、ということですか？」

「まあ、そんなところです。そして今回の手紙から読み取ったのは『俺のことは考えなくていい』という一文でした」

ジェイドが残したというメッセージに、愕然《がくぜん》とする。

――『考えなくていい』というのは、『ほかを優先しろ』ということなのか、それとも『諦めろ』という意味なのか。

以前のジェイドだったらためらうことなく自分が犠牲になる道を選んだだろうが……

そう考えたところで、今のジェイドが選択肢からそれを選んだという解釈に、なんとなく違和感を覚えた。

――今のジェイドなら違う答えを出しそうな気がする。

だったらどういう意味なのか、と考え出したところで、再びアルベールが口を開いた。

「ジェラリアのことを必ず守るという話でしたので、我々はジェラリアがドルマキアに向かうことも、そのまま滞在することも黙認しました。――ですが見込み違いだったようですね」

兄上の斜め後ろに立つ俺のところで止まった視線。最後の部分の言葉が俺だけに向けられているのだということが嫌でもわかった。

こうして力不足を指摘される情けなさは、激しく責められるよりもよほど精神的なダメージが大きい。

近衛騎士団長としてこの場に立っている俺に発言権はなく、ただ黙って頭を下げることしかできないでいると、アルベールは視界に入れたくないというよりも、むしろ視界に入れる価値もないといった風に、俺から視線を外した。

緊迫した空気が漂う室内。

身じろぎすらためらわれる静寂に、息苦しささえ感じはじめたその時。

「ユリウス・ヴァンクレール。話がある。後で少し顔を貸してもらおうか」

エルネストが鋭い目つきで俺を見据えた。

どういう種類の話し合いを望まれているのかを即座に察した俺は、こちらに顔を向けた兄上に、視線だけで発言の許可を求めた。

兄上は軽く頷《うなず》くのと同時に、俺以外の人間にはわからない程度に目配せをする。

おそらく無茶はするなといったところだろう。

だが、ここで中途半端な対応をしようものならジェイドのそばにいることを許してもらえないばかりか、俺の存在ごと永久に排除されてしまいそうだ。

「……承知しました」

俺の返事にエルネストが不機嫌そうに片眉を上げる。

ドルマキアの侵攻を食い止めたマレニセン帝国。その国で軍のトップである将軍という地位に就くエルネストは、『剣聖』と呼ばれるほどの圧倒的強さとカリスマ性を誇る人物だ。

そんなエルネストが望む話し合いは、剣か、それとも拳を交えることか。

甘んじて受けるなんていう生ぬるい考えでいたら、この男たちは一生俺を認めることはないだろう。

――全力でぶつかるしかない。

俺はジェイドやリンドバルの兄弟に感じていた罪悪感を一旦頭の片隅に追いやると、命懸《いのちが》けの決闘に臨む覚悟を決めた。

◇

ふたりだけで話があるという兄上とアルベールを部屋に残し、俺とエルネストは挨拶もそこそこに、普段近衛騎士団が使っている修練場へ移動した。

急遽決まった決闘ではあるが、事前に連絡を入れておいたせいか、人の気配は綺麗に消えている。

わりと広いこの空間にいるのは、俺とエルネストのふたりきり。

だからこれからどんなことが起こっても、誰かに止められることはない。

エルネストは修練場を一瞥《いちべつ》した後、端のほうにある道具置き場に歩みを進めると、おもむろにそこに置かれていた模擬剣を手にとり、中央へ向かった。

俺も無造作に選んだ模擬剣を手に、エルネストの後に続く。

普段腰に佩《は》いている剣を使わないということは、この場で俺をすぐに排除しようという意思はないんだろうが、『剣聖』と呼ばれる男相手に俺がどこまでやれるのか予測がつかないだけに、緊張感が高まる。

軽く深呼吸した後エルネストの前に立つと、即座に剣先が俺のほうに向けられた。

「お前も構えろ」

強い口調ではないものの、断ることは許さないという確固たる意思を感じる。

覚悟を決めて剣を構えた俺に、エルネストは間髪容れずに剣を振るった。

ガキンという音とともに剣同士がぶつかり合う。斬るというよりは、叩きつけるという表現のほうがふさわしい攻撃。

受け止めることはできているが、一撃一撃が非常に重い。身体に伝わる衝撃が大きいせいか、次のアクションに移るまでのこちらの動きがいつもよりもほんのわずかに遅れ気味になるため、どうしても防戦一方になってしまう。

普段こういうタイプを相手にする時は、体力の消耗を防ぐためにもなるべく攻撃を受け流し、相手の体勢が崩れたところを狙って反撃するのだが、今の場合はその手は使えないというか、使うべきではないような気がした。

「フッ、まあまあってとこだな。近衛騎士団長っていう肩書きが単なるお飾りじゃなくてよかったよ」

やはりというか。

エルネストは今の攻撃で俺の力量を試していたらしい。

あの素早く重い攻撃を繰り返しておきながら、まったくと言っていいほど呼吸が乱れていないのはさすがとしか言いようがないが、ここまで余裕そうな態度をされると、さすがに騎士としての矜持《きょうじ》が刺激される。

それもエルネストの計算のうちかもしれない。

だったら次は……

「反撃してもいいんだぜ。お前の攻撃がどれほどのものか見てみたいしな」

「ッ！」

予想通りの挑発に、俺はエルネストの剣を受けながら、攻撃に転じるタイミングを窺《うかが》った。

俺のほうも不慣れな戦い方より、積極的に攻撃に出るほうが性に合っている。とはいえ、一歩間違えばすぐにエルネストが繰り出す剣技の餌食《えじき》になるのがわかるだけに、中途半端な真似はできない。

剣同士がぶつかる瞬間に軽く身を引き、相手の間合いを崩すのを狙う。エルネストは口では攻撃してもいいと言いながら、こちらが攻めに転じる隙を見せない。徐々にスピードを上げており、受け流してもすぐに次の攻撃がくるのが厄介だ。

場内に響き渡るのは、剣戟《けんげき》の音とザッという土を蹴る音。それが段々と忙《せわ》しなくなるにつれ、俺とエルネストの息遣いも荒く大きなものになっていく。

正直、いろんな意味で相当キツい。

でも目を凝《こ》らし、意識を集中させればさせるほど、エルネストの強さが理解できてきた。

同時に、あれこれ考えていた思考がクリアになっていき、身体が自然と動く。

エルネストの怒濤《どとう》の攻撃をなんとか凌いでいると。

「……なかなかしぶといな」

その言葉とともに、それまで怒りや苛立ちといった人間味のある感情を前面に出していたエルネストから、突如表情が消え去った。

ますます重くなった斬撃にたたらを踏んだ俺は、次の攻撃が来る前に素早く間合いをとり、なんとか剣の直撃を避けた。

「マジで気に食わねぇなぁ。一撃くらって、地べたに倒れ込むならまだ可愛げがあるのに」

「……申し訳ありません。最初はその覚悟もしていたのですが、やはりそれではあなた方兄弟には認めてもらえないと思い直しました」

息を整えつつ会話をしながら、集中力だけは切らさず次に備える。

しかし、俺の発言のなにがエルネストの気に障ったのか、その瞳が再び険を帯びた。

「……ッ……認めるわけがないだろ。俺は、俺たちは、誰よりもなによりもジェラリアを大事にしてくれる人間しか認めない。その点でお前はすでに失格なんだよ」

「失格……？」

「お前がいくらジェラリアのことを想っていても、ジェラリアのために国を捨てる選択肢を考えてすらいない時点で、ジェラリアを任せる相手とは認めないってことだ」

ふたりが俺の存在を認めないだろうことは想定済みだった。

リンドバルの兄弟がジェイドのことを大切に思っていることは知っている。

たとえジェイドが俺の気持ちを受け入れてくれたとしても、ふたりに認められなければ俺たちの関係が難しくなるということも。

でもその理由が、自分たちのもとからジェイドを奪い去る人間が気に食わないというものではなく、俺自身の覚悟の問題だったとは。

俺にしても、兄上への忠誠心と自分の立場から、ジェイドだけを選ぶと言えないことに罪悪感のようなものは感じていた。

でもそれを考えるのは、ジェイドが俺と同じ気持ちを返してくれてからでも遅くはないと先延ばしにしていただけに、ここでハッキリと指摘されたことで、俺自身の甘えが浮き彫りになった気がした。

「理由がわかったのなら、金輪際ジェラリアに関わるな。ジェラリアはドルマキアの王位継承権を持っていても、ドルマキアの人間にはなれない。お前は国を捨てられない。それが現実だろ」

だとしても。

「……それでも俺は、ジェイドを愛している」

思わず漏れ出た呟きに、エルネストが激昂《げっこう》する。

「『ジェイド』と呼ぶなっ！　アイツにはファウスティーナ様から贈られた『ジェラリア』という名前があるんだ。それを、あんな野郎のところで使ってた名前で呼ぶなんて……！　しかもジェラリアひとりだけを選ぶこともできないくせに、愛してるだと？　なにをぬけぬけとっ！」

「……ッ！」

怒りに任せて繰り出してきた一撃は、速度も重みも今までとは桁違いで、先ほどの話で集中力が切れていた俺の剣はあっさりと弾き飛ばされた。

そのまま間髪容れずに、俺の身体めがけて剣が振り下ろされる。

いくら訓練用に刃を潰してあるとはいえ、当たったら無事では済まないだろう。

二度と剣を持てないどころか、命の危機すら覚悟したその時。

「やめろっ！　エルネストッ！」

修練場に鋭い声が響き渡る。

俺の首スレスレの位置でエルネストの剣が止まった。

とっさに後方に飛び退《の》き、声のしたほうに視線を向ける。

そこには焦《あせ》った様子でこちらを見つめる兄上と、アルベールの姿があった。

「クラウス、悪いけどうちの弟を頼めるか？　私は君の弟に用があるから」

「わかった」

アルベールは早足で俺たちのところまで来ると、エルネストに向かって一言、「頭を冷やせ」とだけ言い放ち、そのまま俺のほうへ近づいてくる。

エルネストを連れて修練場を出ていく兄上の姿を視界の端に捉えながら、俺は複雑な心境でアルベールと向き合った。

「いくら憎い相手でも、まさかエルネストが本気で君に斬りかかるとは思わなかった」

アルベールが視線だけで俺の状態を確認する。

「ケガはないようだね」

「……はい。おかげさまで」

「うちの弟は、ジェラリアのことになると周りが見えなくなるんだ。そうなるのも仕方がないとは思うけど、もう少しやり方を考えてくれないと、面倒なことが増えるだけだということにも気づいてほしいものだよ」

その言葉から、アルベールもまたエルネストと同様に俺のことが気に食わないのだということが伝わってきた。

それでもさっきのように視界に入れる価値もないという態度をされるより、相手にされているだけまだマシだろう。

「生まれたばかりのジェラリアを見つけたのも、変わり果てたファウスティーナ様の姿を最初に発見したのもエルネストだ。だからこそジェラリアに対する思いは人一倍なんだと思う。――それこそ、今の地位や国への忠誠心なんてあっさり捨てられるくらいにね」

「あなたは……」

「私はブルクハルトに拾ってもらった恩があるから、簡単には捨てられないかな。だから君の気持ちもわからないわけじゃない」

　そうは言いながらも、俺のことを認めたくないという感情がひしひしと伝わってくる。

「エルネストはふたりを失う原因となったドルマキアを心底憎んでいる。リンドバルを出て、自分の実力だけで這い上がってきたエルネストがマレニセンにつくことを選んだのは、あの当時ドルマキアに対抗できる勢力がマレニセンしかなかったからだ。私と同じ国に属することになったのは、偶然の産物でしかない。アイツはファウスティーナ様が眠る場所と、ジェラリアさえ取り戻せればそれでいいと本気で思っているから」

　あれだけの才能がありながら、強くなった理由と目的がそういうことならば、俺には中途半端な覚悟しかないと怒るのも当然だろう。

「私も君に対して思うところがないわけじゃない。でもジェラリアがそんな君を選ぶというのなら、無理やり排除することも、すべてを捨てさせるような真似もしなくていいとは思っている。私たちの望みが、ジェラリアにとっての幸せに繋がるとは限らないってことを知ったからね」

　要するに、俺を選んだジェイドを否定はしないが、俺のことは認めないということか。

　正直、さっきエルネストに敗北を喫した時の何倍もの悔しさを感じるが、ジェイドの気持ちすら手に入れていない今の俺に言えることなどなにもなかった。

「まあ、すべてはジェラリアの気持ち次第だけど。ジェラリアが君を選ばなかった場合、この話はなんの意味もないものになる。だから君も必死にあがいて、ちゃんと覚悟を示してもらわないと」

　言葉もなく立ち尽くす俺の肩を、アルベールが軽く叩く。

「後悔とか自己嫌悪とか、そういう非生産的な感情はいらない。君の謝罪なんて意味のないものを受け取るつもりもないしね。私たちが君に望むことはただひとつ。ジェラリアを取り戻すために尽力することだけだ」

「……わかりました」

「相手は狡猾《こうかつ》で卑劣な人間だと聞いている。そんな人間相手に正面切って挑んでも無駄骨を折ることになりかねないから、慎重に事を運ばないと。これからマレニセンとドルマキアとのあいだで進めようとしている計画のこともあるしね」

「……どういうことでしょうか？」

「もしかして、クラウスがブルクハルトに送った親書の内容を知らされていないのか？」

マレニセン皇帝への親書を届けたのは俺なので、マレニセンとなにかしらあるのだろうことは認識していた。しかし、内容についてはなにも聞いていない。兄上がすることに俺がなにかを意見する立場にはないし、兄上があえて俺に説明しない情報は、俺が知っていたほうがいいと兄上が判断した時に聞けばいい、くらいの認識しかなかった。

「私も大概弟に甘い自覚があるが、クラウスも相当だな。君にしても、そこまで盲目的に忠誠を誓うのはいっそ潔いけど、それじゃあクラウスの駒《こま》にはなれても、支えにはなれないってこと、わかってる？」

アルベールが呆れた顔をする。

あくまでも俺は臣下のひとりだ。出すぎた真似をするべきではないという考えが、間違っていると思ったことはなかった。

「たとえ臣籍降下することが決まっているとはいっても、王族の責任までは放棄するべきじゃない。君はもう少し自分の価値と使い方を考えたほうがいい。せっかくほかの人間よりも王に近い目線で物を見ることができる立場なんだから」

アルベールに指摘され、俺はまたしても無意識に兄上の気持ちを考えていなかったことに気づかされた。

兄上に対しても、ジェイドに対しても中途半端な真似しかできていない自分が嫌になる。

「……ご指摘いただきありがとうございます。精進致します」

殊勝な態度で礼を言った俺を見て、アルベールがフッと笑う。

「私の言いたいことが少しでも伝わったのならよかった。わかったら、さっさと動こうか。ほんのわずかな時間も無駄にできないほど、やるべきことは山積みだよ」

さっきよりも幾分穏やかな表情になったアルベールに促され、俺は追い立てられるように修練場を後にした。

◇

王宮内にある、近衛騎士団長に与えられた部屋で身支度を整えると、その足ですぐにグリーデン歌劇団に向かった。

事前に連絡もなく訪れたにもかかわらず、すぐに団長室へ案内された俺は、相変わらず胡散臭《うさんくさ》い笑みを浮かべたリヒター・グリーデンと対面することとなった。

リヒター・グリーデンこと、ドルマキア王弟マリウス・ハーロルト・バルシュミーデ。

王妃の手によって瀕死《ひんし》の重傷を負ったジェイドを助けた人であり、最近になってジェイドの実の父親だということがわかった人物だ。

俺にとっても叔父にあたる人ではあるが、接点がなさすぎて、いまだにどういった人物か掴みきれていない。

「ご無沙汰しております。ユリウス殿下。本日はどのようなご用件で？」

あくまでもグリーデン歌劇団の団長であるという姿勢を崩さない目の前の男は、丁寧な口調を崩すことはない。

公にはすでに鬼籍に入っていることになっているため、これが正しい対応だとわかっているが、素性を知っているこちらとしては、このやりとりが白々しいものとしか思えない。

茶番に付き合うべきか迷ったものの、やはり以前のような態度で接するわけにもいかず、かといって畏《かしこ》まりすぎるわけにもいかないため、とりあえずは目上の者に対する態度で臨むことにした。

「……お久しぶりです。急な訪問にもかかわらず快く面会の許可をいただき、感謝申し上げます。今日はあなたにどうしてもお聞きしたいことがありまして、失礼を承知でこうして参った次第です」

前回ここを訪れた時とはまるで違う殊勝な態度をとる俺に、リヒターが苦笑いする。

「お気になさらず。それで、私に聞きたいこととは一体どのようなことでしょうか」

「ジェイドが以前関わった、身代わり屋の仕事に関することです」

俺の言葉に、またしてもリヒターの表情が胡散臭《うさんくさ》い笑みに変わった。

「そういったことでしたら大変残念ですが、お力にはなれそうにありません。依頼主や依頼の内容などの情報を他者へ漏洩《ろうえい》することは契約違反になりますので」

秘密を守るのは、ああいった仕事をする上で当然のことだ。

一度失った信頼は取り戻せない。

それがわかっているからこその言葉だろうが、心に余裕がない状態で聞かされると、非情な言葉に聞こえてしまう。

「それにわざわざ私に聞かずとも、そちらが知りたい情報はすでに諜報《ちょうほう》部が調査済みなのでは？」

追い討ちのように、最初にここを訪れた時に俺が言ったことをそのまま返されてしまい、これ以上食い下がるどころか、過去の行いへの後悔と、なにも知らずにいた愚かな自分がしでかした行いを恥じることとなった。

「その節は大変失礼致しました」

素直に謝罪の言葉を口にした俺に、リヒターが俺の真意を探るような視線を向ける。

俺はその視線を真っ向から受け止め、話を続けた。

「確かに表面的なことは諜報《ちょうほう》部からの報告で知っています。しかし、私が知りたいのはそういったことではありません」

「では、どういったことでしょう」

「率直にお聞きします。ジェイドとルイード王子は、一体どのような関係だったのですか？」

「…………どのような、と聞かれるほどの関係ではないはずですが。そもそもあの子が誰かと親密な関係になるのはあくまで演技であって、あの子自身の心が求めたことではありません。――なぜそのようなことを？」

俺の様子から、ジェイドの身になにかが起こっていると察したのか、リヒターの表情が目に見えて心配そうなものへ変わっていく。

「ルイード王子がジェラリア王子に対し、国を通じて正式に婚姻の申し入れを行ったのはご存知ですか？」

「……そういうことがあったという話は、知っています。しかしそれが実現することなどないとわかっていたので、噂話程度にしか聞いていなかったのですが」

確かに、ジェイドのことをちゃんと知っている人間ならば、あの話自体が実現しないことだとわかるはずだ。

俺自身もその話を聞いた時にいろいろと思うところはあったが、よほどのことがない限りジェイドがルイードを選ぶことはないと思っていただけに、今回のことは痛恨の極みだった。

「ジェイド自身もこの話を聞いた時、ずいぶんと驚いていた様子でしたので、当の本人にとってはまったくの寝耳に水の話だったのだと思います。しかしジェイドはルイード王子の策略により、ダンガイトへ連れ去られました」

「そんなバカな……！」

「表向きはジェイドが自分の意志でルイード王子とともにダンガイトに行ったことになっていますが、実際のところは卑怯《ひきょう》な手段を使って言うことを聞かせたのではないかと思われます」

「脅《おど》されていたと言うのですか？」

「その可能性も視野に入れて調査をしている最中です」

ルイードが部屋に残していった薬が使われた可能性も捨てきれないが、なんらかの理由があってジェイド自身がルイードと一緒に行くことを決断した可能性もある。

「王太子殿下の話によると、ルイード王子はジェイドに対し異常とも思えるほどの執着を見せていたそうです。なので、そこまでの想いに発展するほど、ふたりのあいだになにがあったのか知りたいと思ったのですが」

俺の話にリヒターがしばし黙り込む。

さっきはふたりのあいだに特別なものはないと言っていたが、もしかしたらなにか思い当たる節があるのかもしれない。

「……少しお時間をいただけますか。依頼の件はお話しできませんが、こちらでも気になることがあるので調べてみます。それからのご報告とさせてください」

「ありがとうございます」

「礼には及びません。これは単なる私の自己満足ですから。私はあの子に対して、償《つぐな》いきれないほどの負い目があります。今となってはもう遅いと言われてしまうでしょうし、そもそも表立ってはなにもできませんが、あの子のために役に立つことをしたのだと、私自身が思いたいだけなので」

そう言ったリヒターの表情はこれまでにないほど穏やかで、ドルマキアの王族を象徴する紫色の瞳には、もう二度と手に入らないものへの憧憬が浮かんでいるようにも見えた。

それが未来の自分の姿を映し出しているようにも見えて胸が締めつけられるような苦しさを覚えた俺は、そっとリヒターから視線を逸《そ》らした。

第八章　身勝手な欲望

ルイード王子とともに、ドルマキアを出てから半月あまり。

今俺は、ルイード王子が治める領地内にある、彼が所有する屋敷のひとつにいた。

ここは俺がかつて身代わり屋の依頼の時に出入りしていた場所とはまったく別のところに建てられたもので、なんと俺を迎え入れるためだけに新しく造らせたものらしい。

領地の中心部から少し離れた場所にある広大な敷地内に建てられた瀟洒《しょうしゃ》な建物。俺はその屋敷の一室で、長い鎖がついた足枷《あしかせ》を嵌《は》められた状態で軟禁されていた。

プラチナに透かし彫りで繊細な紋様が施され、その中央部分には大きめのガーネットが嵌《は》め込まれているというなんとも豪華な拘束具は、まさにルイード王子の色そのものだ。

邸宅といい、この豪華すぎる枷《かせ》といい、準備するにはそれなりの時間がかかったはずで。

ただ俺を迎え入れるためだけに、これだけのものを用意したんだと思ったらゾッとした。

だからここに連れてこられた当初、きっとこれからの時間は苦痛しか感じないんだろうな、なんて思っていたんだけど……

ルイード王子の執着と独占欲をそのまま具現化したような足枷《あしかせ》で行動範囲を制限されてること以外、特になにかを強要されるわけでもなく。あんなに俺を求めていたにもかかわらず、身体の関係を迫ってくるでもない。

例の薬にしたって、結局のところ飲まずに済んだために、俺はバッチリ正気を保っている状態だ。あの時、絶対に飲まなきゃ許さない的な雰囲気が出ていたのに、話しているうちにルイード王子の気が変わったらしい。

正直ホッとしたけど、あの男の気まぐれさ加減を知っているだけに、いつどうなるのかわからない。

そんな状態ではあるものの、俺はルイード王子が俺のために用意した部屋で、わりと元気に過ごしている。

快適に保たれた部屋で好きな時間に寝て、好きな時間に起き、日がな一日ダラダラするという、ヒモだった時と変わらない怠惰《たいだ》な生活。

食事はルイード王子が手ずから食べさせてくれるし、着替えや入浴といった本来侍従がやるような仕事も全部ルイード王子がやっていて、俺はただされるがまま。まるで人形にでもなった気分だ。

身代わり屋の依頼の時に接したルイード王子は、誰かに世話されるのが当たり前の典型的な甘やかされた坊っちゃんって感じだったのに、今は俺の下僕にでもなったかのように甲斐甲斐しく世話を焼いている。

怖いくらいの執着と、あきらかな脅迫で始まったはずなのに、一見穏やかなここでの生活。

それが逆に不穏さを感じさせるけど、俺はそれに気づかないふりをして、ただルイード王子の望むようにさせていた。

ユリウスは無事にドルマキアに帰ったのか。

俺が書いた手紙はちゃんと兄上たちのところに届いたのか。

そこに書いた文章に紛《まぎ》れ込ませておいたメッセージに、兄上たちは気づいてくれたのか。

――そしていつまでこの生活が続くのか。

気になることは山のようにあるけど、今俺にできることは、生きることを諦めないってことだけだ。

流されるままに過ごすのは得意だから、あまり深く物事を考えすぎないように気をつけている。

じゃないと俺の繊細な精神が過剰に反応して、肝心な時に身体が言うことを聞かなくなりそうだし。

ドルマキアを去ると決めたあの日。ルイード王子との話し合いを終え、王太子宮に戻った俺を待っていたのは、多忙なはずの王太子殿下だった。顔を見るなり、俺がどういう決断をしたのか察したらしく、悔しさが滲《にじ》む表情で俺をじっと見つめていた。

そして、俺があくまでも自分の意志でルイード王子と一緒にダンガイトに行くことを選んだのだと告げると、王太子殿下はただ一言。

『君の決断を尊重する』

と言ってくれたのだ。

てっきり忠告を聞かなかったことを咎《とが》められるとばかり思っていただけに、その言葉にはすごく勇気づけられた。

ルイード王子がどの程度ドルマキアで起こった事件に関与しているのか、実際のところはわからない。

でもあの時、ルイード王子の話を聞いて俺が心に決めたことは、こんなヤバいヤツにこれ以上好き勝手はさせないってことだった。

そのために自分を犠牲にしようってわけじゃないけど、あの時は俺の身体でもなんでも使えるものは全部使ってでも、コイツのことをどうにかするべきだと思った。

はたから見れば無謀な真似かもしれない。

でもルイード王子の執着を断ち切るには逃げるだけじゃダメだって思ったし、俺自身がちゃんと決着をつけなきゃ、どんどん周りが巻き込まれていくだけだって思ったから。

俺がルイード王子を愛することはない。

共依存とか、そんな虚しいだけの関係になる気はさらさらないし、なにより俺の心はもう決まっている。

いくら鎖に繋がれたって、気持ちまで繋がれるわけじゃない。

そう自分に言い聞かせることで、なんとか自分を保っていた。

◇

ひとりで寝るには大きすぎるベッドで惰眠《だみん》をむさぼるふりをしながら寝返りを打つと、重い鎖がジャラリと鳴った。

するとまるでその音が合図となったかのように、天蓋《てんがい》から伸びる紗幕《しゃまく》が揺れる。

「おはよう、ロイ。よく眠れた？　キミって本当によく寝るよねぇ。はい、これどうぞ。ダンガイトはドルマキアやリンドバルよりも乾燥してるから、ちゃんと水分補給しないとね」

「……ありがとうございます」

毎度毎度俺が目を覚ますタイミングを見計らっているかのように現れるルイード王子に内心大いに警戒しながらも、上体を起こし、差し出されたグラスを受け取った。

グラスの中身はルイード王子お気に入りの果実水。レモンとミントの風味が寝起きの身体をスッキリとさせてくれるらしいが、正直言って、いつなにを入れられているかわからない状況で、味なんて感じる余裕はない。

それでもルイード王子が用意してくれるもの以外口にすることができない現状で、喉の渇きを潤《うるお》すためにはこれを飲むしかない。

万が一のことを考え、ゆっくりと味を確かめながら飲んでいると、俺のすることを楽しそうに眺めていたルイード王子が頃合いとばかりにベッドへ上がってきた。

「ロイ」

うっとりとした表情で偽りの名を呼ばれる。

俺は空のグラスをサイドテーブルに置くと、ルイード王子に視線を向けた。

「ああ、この瞳だよ。瑞々《みずみず》しい新緑の煌《きら》めき。それでいて時折垣間見える翳《かげ》りの色がなんとも言えない劣情と嗜虐心《しぎゃくしん》を煽《あお》るんだ。やっぱり本物は違うね」

ルイード王子は熱っぽい眼差しで俺を見つめたまま、彼の左手に嵌《は》まったバングルを愛おしそうに撫《な》ではじめる。

俺の足枷《あしかせ》と同じ、凝《こ》った透かし彫りの紋様が施された太めのバングル。

こっちがプラチナにガーネットという組み合わせなのに対し、ルイード王子のほうに使われている素材はゴールドにペリドットという、俺の色を組み合わせたものだった。

恋人同士や夫婦で、お互いに相手の色を身につけるというのは、よく聞く話だ。

しかし、この屋敷と悪趣味な足枷《あしかせ》だけに留まらず、あえて俺を縛りつけるものと対になるようなものを自分が身につけるために作らせたのかと思うと、その理解しがたい発想に戦慄《せんりつ》した。

しかもこの男の場合は、俺の同意もなくそんな真似をするだけに留まらず、さらに特殊な使い方までしてるのだからなおさらだ。

「そのままちゃんとボクを見てて」

ルイード王子はいつものようにバングルを指先でたっぷりと撫《な》で回し、中央についたペリドットに口づける。

それから舌先を這わせると、恍惚《こうこつ》とした表情で俺を見つめた。

「ハァ……、ロイ、愛してる……」

荒くなっていく息遣いの合間に囁《ささや》かれる愛の言葉。

俺の色を模したバングルを俺自身に見立てて行われる一方的な行為は、想像以上に悍《おぞ》ましい。

目を閉じることも逸《そ》らすことも許されず、こんな意味のない行為をただ黙って見ていなければならないっていう状況は、かなりの苦痛を俺に与え続けていた。

ルイード王子がかなりヤバい人間だってことはわかっていたつもりだったけど、ここまでぶっ飛んでるとは思わなかった。

いつまで続くのかもわからない、この部屋で過ごす時間。

ここでの生活は確実に俺の精神力を削《けず》っている。

◇

「さあ、着替えて食事にしようか」

本人が満足いくまで続いた気色の悪い行為の後、まだ熱が残る眼差しでそう促され、俺はのろのろとベッドをおりた。

直接なにかされたわけでもないのに、精神的な疲労感がすごいせいか、この時ばかりはいつも以上に足枷《あしかせ》と鎖が重く感じる。

食欲なんて湧くわけもないけど、食べなきゃいざって時に動けないし、頭の回転も鈍くなるから、無理してでも詰め込まないといけないのが地味にツラい。

着替えのためにバスローブのような作りの夜着の紐に手をかけると、横から伸びてきた手が俺の動きを止めた。

「ダメだよ、勝手なことしちゃ。ロイはなにもしなくていいって最初に言ったでしょ。全部ボクに任せて」

笑顔でそう指摘され、俺は仕方なくルイード王子の指示に従い、ただその場に立っているだけの状態になる。

まさに着せ替え人形って感じ。

紐が解かれ、スルリとした肌触りの夜着が俺の素肌を滑り落ちるのと同時に、ルイード王子の熱い視線が向けられる。

ここに来た当初、ルイード王子の前で一糸まとわぬ姿になるのはさすがに抵抗があったけど、自分でなにもさせてもらえない軟禁生活が一週間も続けばそれなりに諦めがついた。

全裸に足枷《あしかせ》っていう、なんとも滑稽《こっけい》な格好になっている件については、意識すると虚しくなるからなるべく考えないようにしてるし。

ただ、ルイード王子の熱の籠もった眼差しや、次々披露される理解しがたい発想の言動には、全然慣れる気がしない。

「本当にキミは美しいね……。以前ボクのサロンに出入りしていた時の赤茶色の髪色も充分綺麗だと思ったけど、本来の髪色に戻ったキミの美貌はその儚《はかな》げな色合いもあいまって、神々しさすら感じられるよ。まるで女神のようだ」

ついでに言うならこういう賛辞《さんじ》もうんざりだ。

女神という言葉は、嫌でも俺の母親を連想させる。

ルイード王子もほかの連中と同様に母親似の俺の容姿が気に入ってるのかと思うと、なおのこと受け入れがたい。イグニス公爵といい、コイツといい、ろくでもないことを考える人間には同じような嗜好性《しこうせい》があるらしい。

そんなことを考えていると。

「言っておくけど。ボクはキミが女神の生まれ変わりだと言われた母親似だから、そんなことを言ってるわけじゃない。ボクにとっての女神はキミひとりだけだ。実際に会ったことも話したことすらない、ましてやもうこの世にはいない女に興味はないから」

ルイード王子はまるで俺の思考を読んだかのような言葉を口にした。

「ボクの中でロイは至高であり、唯一無二の存在だ。誰かの模倣品《もほうひん》だなんて思ったことは一度もないよ」

母親に似ていると言われるたび、うんざりしていたはずなのに、俺自身を見ているというルイード王子の言葉はまったく胸に響かない。

微妙な気持ちになっていると、ルイード王子は足首まである前開きのワンピースタイプのシャツを手に、俺の背後へ回った。

「――なのに、そんなキミをこんな風に傷つけるなんて」

険を帯びた声色に、俺は溜息を吐きたくなるのを堪えた。

触れるどころか、目にすることすら嫌だとばかりに素早い動きで俺にシャツを羽織《はお》らせる。

どうやら彼にとってこのタトゥーは『俺には必要のないもの』で『俺を苦しめたものの象徴』の

ように映っているらしい。

確かにタトゥーを施すことになった経緯は酷いものだし、王族には不似合いどころかあってはならないものだ。

俺を溺愛《できあい》してくれている兄上たちでさえ、消せるものなら絶対に消したいと言うくらいには受け入れがたいものらしいことも承知している。

でもいくら兄上たちの望みでも、それだけは絶対に聞くつもりはないし、俺自身それほど気にしてないっていうか。

最初は醜い傷痕《きずあと》を隠すために入れたものでも、今では完全に俺の一部だと思ってるだけに、あまりとやかく言ってほしくないってのが素直な気持ちだったりする。

ユリウスは、このタトゥーを『お前らしくていいかもな』って当たり前のように言ってくれた。

俺という人間を構成するもののひとつとして捉えてくれただけじゃなく、個性として受け入れてくれたことは、生まれた時から罪の塊《かたまり》のような扱いを受け、存在を否定され続けてきた俺にとって、俺のすべてを肯定してもらえたようで嬉しかったのに。

ルイード王子は俺を愛してる、俺自身を見ていると言いながら、結局独りよがりな解釈で俺を見ているのだとよくわかる。

「ねぇ、なにを考えているの？」

ひとつずつ丁寧にボタンを留めていたルイード王子が手を止めて、俺の顔を覗き込む。

俺が今考えていたことが表情に出ていたとは思えないけど、ルイード王子はこういう時の勘が妙に鋭いから侮《あなど》れない。

「……特になにも」

声色になんの感情も乗せずにそう答えると、ルイード王子はつまらなそうに俺から視線を逸《そ》らした後。

「そういえば、キミのお兄さんたちがドルマキアに到着したらしいよ」

ふと思い出したかのように、話題を転換してきた。

ついでのような話し方をしているが、おそらくこれが一番俺に話したかったことなんだろう。

「ちゃんと事情を説明する手紙を送ったはずなのに、なんだかボクがキミのことを無理やり連れ去ったと誤解してるみたいで、そんな状況を許したドルマキアの不手際にいたくご立腹だったみたい。――彼らは本当にキミのことが大事なんだね」

皮肉めいた口調でルイード王子が口元を歪《ゆが》めた。兄上たちの行動が気に食わなかったらしい。

俺にしたって、多忙な兄上たちがわざわざドルマキアまで足を運ぶとは思っていなかっただけに、その行動の早さにビックリだ。

手紙の内容はルイード王子から検《あらた》められる可能性を考慮して、一見当たり障りのないものになっている。

そこには『ルイード王子の厚意でダンガイトに滞在することになった』っていう感じのことしか書いてなかったはずだ。

手紙の中に紛《まぎ》れ込ませた『俺のことは考えなくていい』っていうメッセージが伝わってなかった

のか、それともアレを見た上での判断なのか。

どっちにしろ、俺の存在が迷惑をかけているってことだろう。

申し訳ないとは思いつつも、大事にされてることがありがたい。

この辛い状況の中だからこそ、兄上たちの愛情が身に染みる。

「挙げ句、キミをドルマキアに連れていったきり、ほったらかしにしたユリウス・ヴァンクレールに対してラバール将軍が激怒して、ひと悶着あったって」

ユリウスがちゃんとドルマキアに戻ったことを知ってホッとしたのと同時に、不意打ちともいえる話に、どうしようもないほどの寂寥感《せきりょうかん》が込み上げてくる。

俺は慌ててその気持ちを心の奥に押しやると、ルイード王子からそっと目を逸《そ》らした。

それにしても、一体どこから情報を仕入れてくるのか。

ここに来てからというもの、ほぼ俺に付きっきりで、この屋敷から出ることも、誰かと頻繁に会っている様子もないのに、とにかくいろんなことを知っているのが気にかかる。

おそらく独自の情報伝達ルートがあるんだろうけど、他国の王宮内で起きていることをさも当然のように知っていることも、普通に移動するだけでも数日かかる距離にある場所の情報を翌日には把握してる状況も、普通じゃない。

「どういうことか詳しく知りたい？」

「え……？」

「なんでボクがそんなことを知ってるのか不思議って顔してるから」

知りたいけど、それを知ってしまったらなんとなくヤバい気がする。

どう答えるべきか逡巡《しゅんじゅん》していると、なにが琴線に触れたのか、彼の目が面白そうに細められた。

「ボクの母方の家系は、薬や毒に精通していると言ったでしょう？　イグニス公爵とは長い付き合いで、取引先の中でも上得意だった。それこそ、ここ最近はボクも積極的に取引させてもらってたよ」

イグニス公爵は表沙汰にされていない俺の事情を知っていた。ルイード王子が知っているであろう俺に関する情報は、イグニス公爵経由で仕入れていたものだということか。

もしかしたら、他人に言うことを聞かせるための卑怯《ひきょう》なやり口も、ヤツの入れ知恵なのかもしれない。

「アイツは長年にわたってあちこちに火種をバラ撒いては私腹を肥やしてきた。その手段のひとつとして使っていたのが、例の薬だったから。――でもさ、このあいだも言ったと思うけど、ボクはべつにイグニス公爵になにかを教わったわけでも、アイツのやり方を真似してるわけでもないんだよ」

でも俺には、イグニス公爵のやり方を模倣《もほう》しているようにしか思えない。

「納得がいかないって顔してるけど、情報を売り物にしてるのはイグニス公爵だけじゃない。それにさ、そもそも薬を作ったのは誰なのかってこと忘れてない？」

「まさか……」

「あれはもともとボクの祖父が考えた方法だった。それを薬と一緒にアイツに売ってやっただけ。

あの男はそれらを手に入れたことで、まるで自分が絶対的な支配者にでもなった気でいたみたいだけど」

「……では殿下のお祖父様がイグニス公爵を……？」

「祖父はどちらかというと研究者気質でね、権力欲はないに等しい人だった。後を継いだ伯父は根っからの商売人だし。ふたりはイグニス公爵を『実験台にもなってくれる金払いのいい客』としか見ていなかった。だからアイツを利用したことは確かだけど、暗示をかけてなにかをさせたことはないよ」

それはそれでイグニス公爵とは別の意味でたちが悪い。

「でもボクは違う。使えるものはなんでも使う主義だから。自分も駒《こま》のひとつだと思われてる可能性を微塵《みじん》も考えていなかったイグニス公爵は、案外すんなりとボクの思い通りに動いてくれたよ」

自分は誰よりも高いところにいると信じ、他人を見下ろしているだけの人間は、自分より上に誰かがいるとは思いもしない。自分が他人を利用しても利用される側になるとは思わず油断したってとこか。

どこからどこまでがルイード王子の思惑《おもわく》かはわからないけど、少なくともここ最近の不審な出来事は、本人の申告通りルイード王子の指示によるものなのかもしれない。

でもそれにしたって、どうやって遠く離れた地にいる人間たちに暗示をかけて、意のままに動かすことができたんだろう？

聞けば聞くほど疑問だけが増えていく上に、断定的な言葉を使わない語り口は無駄に想像力をかきたて、予想以上にこちらの神経を消耗させる。

これもこの男の策略なのかと思うと、いいように踊らされ、こんなところに軟禁されてるだけの自分が一層惨《みじ》めに感じた。

「どうしたの？　聞きたい答えとは違った？」

「……今はどうやって情報を得ているのですか？」

こういう人間相手に回りくどいやり方で神経を消耗させるのが面倒になった俺は、半ば諦めの境地でそう口にした。

すると、ルイード王子は驚きの表情を見せた後、破顔する。

「やっとボクに興味を持ってくれたんだね。すごくすごく嬉しいよ！」

今話している内容とはまるでそぐわない無邪気な子供のような様子が、逆に彼の異質さを一層際立たせる。

「ボクはイグニス公爵や王妃が蒔いた種を利用しているだけ。直接ボクがなにかをしなくとも、ちゃんとボクに協力してくれる人がいるんだ。短時間で情報を得るための連絡手段もちゃんとあるしね」

「それって……」

ルイード王子の協力者がドルマキア王宮内にいるってことだよな……

しかもこの言い方だと、その人は今も薬の影響を受けていて、暗示が解けていない可能性が高いということか。

一言で暗示と言っても、本人の意識がないうちに発揮されるものや、まるで自分の意志で動いているかのように思い込ませるものなど、種類はいろいろ。どのパターンも暗示をかけられた本人がそれに気づいていないから、パッと見じゃわからないのが厄介だ。

「もうじき彼もここに来る予定なんだ。そしたら特別にキミに紹介してあげる。きっとすごく驚くと思うよ」

まるでそれが俺の知る人物みたいな言い方が引っかかる。

「驚くだけじゃなくて、悲しむかな？　それとも怒る？　もしかしたらあまりのショックに絶望するかも。そしたらボクがちゃんと慰めてあげるから心配はいらないよ。ボクはどんなキミでも愛せる自信があるからさ」

確実に俺が傷つくとわかっているのに、それを想像して愉悦《ゆえつ》に浸るという、まともとはかけ離れた考え方に、俺は言葉を失った。

これ以上なにも聞きたくなくて、思わず耳を塞ごうとした俺の手をルイード王子が握り締める。

「ドルマキア王宮をチョロチョロしていたネズミの正体ははたして誰なのか、キミが知った時の反応が楽しみだよ」

耳に唇が触れるくらいの距離で囁《ささや》かれ。俺はあまりの悍《おぞ》ましさに、とっさにルイード王子の手を振り払っていた。

第九章　黒幕の正体

グリーデン歌劇団を訪れてから三日後。リヒター・グリーデンから訪問の伺いが届いた。

先日の話を報告した兄上から同席を希望され、なるべく他人の目につかないようにという配慮から、その日の夜遅くに王宮内の一室で秘密裏に会うことになった。

兄上からの指示で、ごく一部の者しか知らない通路を使ってリヒターを部屋に連れていく。

扉を開いて中に入るよう促すと、リヒターは一歩踏み出したところですぐに足を止め、わずかに目を見開いた。

室内に目を向けると、兄上がひとりで待っているはずの部屋にはなぜかリンドバルの兄弟もいて、兄上が苦笑いしながら俺に目配せをする。唇の動きだけで『ごめん』と言っているのがわかったが、なんとなくこうなるような予感はしていただけに、俺のほうに大きな驚きはなかった。

その後すぐに表情を取り繕ったリヒターが挨拶をし、全員が席に着いたところで兄上が口火を切った。

「さて、本日はどのような話を聞かせていただけるのでしょう。ユリウスからはリヒター殿がジェラリア王子に関することでなにかお話があると聞いておりますが」

兄上に水を向けられ、リヒターが話し出す。

「……はい。実はユリウス殿下の依頼を受けて少し経った頃、劇団に所属する『ジェイド』に関して調べまわっていた者がおりまして、事情を知らない一般の劇団員が、彼について聞かれ、安易に話してしまったことがありました」

「リンドバルのお二方の前で言うのは少し憚《はばか》られますが、当時の彼がどういった生活をしていたのか知っていれば、特に珍しいことではないのでは？」

男女問わずに人を魅了し、フラフラと根無し草のような生活をしていたジェイドを自分のものにしようと躍起《やっき》になる人間は大勢いただろう。俺が初めてジェイドに会いに行った時も、女ふたりがジェイドを挟んでいがみ合っている真っ最中だった。

「まあ、確かにそういったことは珍しくはなかったのですが……」

兄上からの指摘と、リンドバルの兄弟たちの鋭い視線を受けてリヒターが微妙な表情になる。

「……こちらをご覧ください」

言葉を濁したリヒターがテーブルの上に置いたのは、どこかで見覚えのある封書。少しくすんだ色合いの薄黄色の封筒に捺《お》された封蝋《ふうろう》に浮かび上がる紋章は、『大輪の薔薇の中央に交差した二振りの剣と双頭の鷲』だ。

以前『本物のジェラリア王子』とされた偽物を擁《よう》していたアーヴィング辺境伯からジェイドが受け取った、『バルシュミーデ大公の紋章』が捺《お》された封書と同じものだった。

「こちらはその頃、私あてに届いていたものです。中身は以前王太子殿下から見せていただいたものと同じく、『お前の秘密を知っている』と書かれたものでした」

「なぜ今頃になってこのようなものを？」

「うちは人気商売ですから、脅迫状や嫌がらせの手紙がくることは珍しいことではありません。受け取った事務員もこの手紙を開けてはみたものの、内容を見てそういった類《たぐい》のものだと判断したらしく、なにかあった時のために証拠として保管はしていたのですが、私には報告しておりませんでした。ですが、最近になってまた同じような手紙が届いたために、ようやく私の知るところとなったのです」

懐から取り出したのはまったく同じ封書。兄上の許可をもらいそれを開けると、そこには『次はお前だ』と書かれた便箋《びんせん》が一枚入っていた。

「――最近届いたとおっしゃいましたが、それはいつ頃のことですか？」

「半月ほど前です。『ジェイド』のことを聞かれた劇団員が街に出ていた際、異国風の服装をした男から受け取ったと話していました。そして以前の情報提供の礼と団長である私に手紙を渡す手間賃として、かなりの金額を懐に収めていたそうです」

「その劇団員に話を聞くことはできますか？」

俺の質問にリヒターが首を横に振る。

「その者は大金を手にした翌日から行方不明になっています」

自主的に姿をくらませたのか。それとも消されたのか。真実がどちらなのかはわからないけれど、キナ臭いことに変わりはない。

それに異国風の服装の男が現れた時期と、ルイードがドルマキアに来ていた時期が同じというのも気にかかる。

「全然話が見えないんだけど、いい加減どういうことか説明してもらえないかな」

それまで黙って俺たちの話を聞いていたアルベールが、沈黙の合間を縫うようにそう聞いてきた。

兄上は苦笑いしながら、この件に関する経緯をかいつまんで話していく。

「じゃあここに捺《お》されているのは、バルシュミーデ大公の印章で間違いないと。イグニス公爵が所持しているとばかり思っていたのに、捜索しても出てこなかったのは、この手紙をよこした人物が持っているからってことか」

「その可能性が高い。それにアーヴィング辺境伯が『本物のジェラリア王子』からの手紙だと思っていたものは、イグニス公爵が用意したものだとばかり思っていたけど、どうやら違ったようだ」

「ジェラリアの身代わりになっていた者には確認したのか？」

「ああ。『偽者のジェラリア王子』に宛てて『自分』が書いた手紙だとアーヴィング辺境伯に説明するよう、イグニス公爵に指示されたと言っていた。ついでに言うならジェラリア王子の背中の秘密を『偽者の証拠』としてアーヴィング辺境伯令嬢に教えたのは、イグニス公爵の遣いを名乗る人物だったそうだ」

「イグニス公爵が情報を売り物にしていることはわかっていたけど、あえてそのような真似をした意図は？」

その問いに兄上がためらいがちに答えを返す。

「…………ウィステリア宮にいるジェラリア王子が偽者であると印象づけるため、かな」

「私もクラウスの意見に同意だ。でも手紙の内容から見るに、本物がどちらかということはわかっているのに、あえて脅迫状めいた手紙を送った理由がよくわからない」

アルベールの言う通り、こうして新しく出てきた情報を交えてあらためて考察してみると、なんだかやっていることに一貫性がないというか、チグハグな印象を受ける。だとしたら。

「――以前はともかく、ここ数カ月のイグニス公爵は、例の薬の影響を受けていたという可能性はありませんか？」

俺の考えに兄上が難しい顔で黙り込む。おそらく兄上も同じことを考えていたのだろう。

「……ないとは言えないが、今となっては証拠がない」

悔しさが滲《にじ》む声。もうこの世にいない人間に真相を確かめる術はない。

「自分がさんざん使ってきた手で、いいように操られていたのかもしれないとは、なんとも皮肉なものだな」

アルベールの呟きに兄上が同意する。

「そうだね。でも私たちが今話したことはあくまでも仮説に過ぎない。だからこれからは、言い逃れできないよう、裏に隠れて糸を引いている人間をちゃんとあぶり出して、追い落とさないと」

兄上はそこでガラリと表情を変えた。

「諜報《ちょうほう》部の報告によると、ジェラリア王子は今、ルイード王子の領地内に新しく建てられた屋敷に滞在しているそうだ。ひとつの部屋から移動する気配がないことから、彼は今その部屋で軟禁されている可能性が高い」

その報告に、ただでさえ重苦しい雰囲気だった室内の空気にピリピリとした緊張感が加わった。

「軟禁ということは、邸内に閉じ込められているだけで、酷い待遇は受けていないということでしょうか？」

俺の質問に兄上の表情が曇《くも》る。

「少し前に、ルイード王子お気に入りの宝飾師がとても珍しいアクセサリーを納品したらしい。素材はプラチナ。そこに大きめのガーネットが嵌《は》め込まれたものらしいが……」

ルイード王子の色を模しているとすぐにわかる組み合わせに、不快感が増大した。

「自分の色をジェラリアに身に着けさせるつもりで作らせたということか」

俺と同じように不快感を滲《にじ》ませたアルベールが忌々《いまいま》しげにそう呟く。

兄上は言いにくそうに言葉を続けた。

「……いや、そのアクセサリーは通常の用途で使うものではない。――ルイード王子が作らせていたものは、『足枷《あしかせ》』だという話だから」

それがどういう状況を意味するのかということを理解した途端、怒りのあまり目の前が真っ赤に染まった。

「あの野郎、フザけた真似しやがって！　すぐにでも乗り込んでいって叩き斬ってやるッ！」

エルネストは椅子を蹴飛ばす勢いで立ち上がると、拳を思い切りテーブルに叩きつけた。普段ならエルネストの直情的な行動を宥《なだ》めるアルベールも、さすがに今回ばかりはそんな余裕はないらしい。

「他国の人間を無理やり連れ去った挙げ句に、屋敷に閉じ込めて鎖に繋ぐ。そこまでイカれた男に執着されるなんて、あなたは一体ジェラリアになにをさせていたんでしょうか」

口調だけは穏やかなアルベールが、リヒターを睨《ね》めつける。

その目からは絶対に許すまいという意志が迸《ほとばし》っていた。

「……依頼の際の演技プランについては、すべて本人の裁量に任せています。あの時の依頼はルイード王子と親しい仲になることが必要不可欠でしたし、依頼主からの指名依頼ということもあって、彼に任せました」

「……誰だ？　そんなフザけた依頼をしてきたヤツは」

こんな状況になってもやはり依頼主や依頼内容のことを話すつもりはないのか、リヒターが口を噤《つぐ》む。

その態度にますます怒りを抑えきれないといった様子のエルネストと、それを止めるつもりはないらしいアルベール。

正直俺もリヒターに対して思うところがないわけじゃないが、これ以上はさすがにまずいことになりかねない。とりあえず一旦落ち着かせようと口を開きかけたその時、兄上の言葉が静かにそれを制した。

「依頼主は、ダンガイト王国の第一王子、シャハド・カミル・ダンガイト。依頼内容は、ルイード王子のサロンに出入りしている人物についての調査と報告ですよね」

「………………」

リヒターはなにも答えなかったが、沈黙は肯定ということだろう。

「実はルイード王子の件でダンガイトと連絡をとろうと思った矢先、こちらの動きを察知したかのようなタイミングであちらから情報の提供と協力の申し出がありました」

「その見返りは？　いくら身内の不祥事とはいえ、さすがに罪悪感やただの善意で協力はしないはずだ。しかもあそこの兄弟は仲が悪いことで有名だろう」

ダンガイト王国は、国王がハッキリした態度を示さないせいで、王位継承権を巡って水面下で兄弟が争っている真っ最中だ。

第五王子であるルイードだけは早々にその後継者争いから離脱しているが、兄弟同士の交流はないらしい。

「もちろんアルベールの言う通り、ただで、とは言ってはくれなかったけど、ドルマキアとマレニセン、大陸の二大強国の後ろ盾を得るチャンスにふっかけてくるほどバカじゃなかったよ。彼が王位に就《つ》くための協力と引き換えに、ルイード王子を排除するために積極的に動いてくれるそうだから」

「……なるほど、そういうことか」

「どういうことだ？」

納得した様子のアルベールに対し、いまだにその話の全容を理解していないエルネストが兄上に問いかける。

「そもそも第一王子がルイード王子の調査を依頼したのは、ルイード王子やその母方の家門がほかの王子に協力していないか探るためだった。ルイード王子の母方の家系は代々薬や毒の扱いに長《た》け、国内外の有力貴族たちとも太い繋がりを持っているところだからね」

「だったらルイード王子を排除することでそこを敵に回すのは、悪手だろ？」

「ところがそうでもないんだ。他人を意のままに動かすことが可能な薬をほぼ専売で扱っている一族なんて、王家にとっては目の上のたんこぶ以外のなにものでもないから。せっかく念願叶って国王の座に就《つ》けたのに、自分でも気づかないうちに操られていたのではたまらないだろう？」

「なるほどな。だからこの機会にルイード王子もろとも葬り去ろうって魂胆か……」

「シャハド王子は、これからは争いよりも他国と足並みをそろえて協力しておくことが自国の利益や発展にも繋がると考えてるんだろうね。他国をひっかきまわしたところで得るものは、一時的な満足感とずっと続く他者からの反感くらいのものだから」

「ハッ、さすが当事者は言葉に重みがあるなー」

「やめろ、エルネスト」

完全に嫌味でしかないエルネストの言葉は、すぐにアルベールによって止められた。兄上は気にしてないとばかりに口元に笑みを浮かべている。

俺は兄上の苦しみや背負ってきたものの重さを知っているだけに、エルネストの言葉には思うところがあるが、それを口にしたところで兄上の覚悟が伝わるとは思えなかったため、忸怩《じくじ》たる思いで口を噤《つぐ》んだ。

アルベールに窘《たしな》められたせいか、それとも俺たちがなにも反論しなかったからか、エルネストが急にバツの悪そうな顔をする。

室内に妙な沈黙が流れはじめたその時。これまで必要以上に喋ろうとしなかったリヒターが静かに口を開いた。

「シャハド王子と手を組むことは悪いことではないと思います。しかしあそこの王族は日和見的な考えをする者が多いため、本当に信頼に値するかどうかということが確信できない以上、完全にあてにするのは危険でしょう。並行して進められる独自策を用意しておくことをお勧めします」

経験則からくるアドバイスを聞き、どこかホッとしたような表情になった兄上を見て、俺は自分の未熟さを恥じた。

先日アルベールに指摘されたように、俺はまだ兄上の支えにはなれていないのだと、こういう瞬間に実感させられる。

そっと目を逸《そ》らすと、俺を見ていたらしいエルネストと目が合った。

「……ユリウス、お前単独行動には慣れているか？」

エルネストに声をかけられ、黙って頷《うなず》く。

どういうつもりでそんなことを聞いたのか疑問に思っていると、エルネストはなにかを決断したらしく、さっきとはあきらかに違った顔つきになった。

「だったら決まりだな。これから俺とユリウスで一足先にダンガイトに向かう。こちらの動きを察知されないよう兄上たちはシャハド王子と連携をとってルイード王子の目をそっちに向けるようにしてくれ。――クラウス、ユリウスを借りるぞ」

「わかった。早速シャハド王子に返事を出すことにしよう」

兄上は意味ありげな笑みを浮かべた後、上着の内ポケットから銀製の小さな笛を取り出した。

それがどのような目的で使われる物なのかすぐにわかったらしいアルベールが、感心したような反応を見せる。

「昼間だけでなく、夜間も飛べる鳥を買ったのか」

「希少な鳥も、この専用の鳥寄せ笛も、シャハド王子からの賄賂《わいろ》だよ」

兄上は事もなげに、そう答えると、小さな紙にサラサラとなにかを書きつけていく。

その様子をじっと見ていたエルネストが、再び俺のほうに向きなおった。

「ユリウス、念のためほかにも戦力になる人間を調達しときたい。できれば王宮の人間じゃないほうがいい」

あっという間に段取りを整えていくエルネストに少々面食らいながらも、人選ミスだと思われないよう、作戦に意識を集中させる。

「ダンガイトと接した場所にある国境警備隊に俺の元副官がいる。実力は俺が保証する」

「ああ、あの男か。――まあ、いいだろう。邪魔になるようなら容赦《ようしゃ》なく切り捨てればいいだけの話だし。じゃあこれで決まりだな」

これで話はまとまったということだろう。

あとは一刻も早く出発できるよう準備を整えるだけだ。

ドルマキアに帰還して以降、冷静にならなければと思う反面、ずっと焦燥感に駆られていた。

しかし、ジェイドを助けに行ける具体的な目途が立ったことで、空回りし続けているような焦《あせ》りはなくなった。

ここにいる者たちの視線が兄上に集まる。

兄上はそれを受けて軽く頷《うなず》くと、表情をガラリと変え、威厳《いげん》に満ちた声で言葉を発した。

「――では、作戦開始といこうか」

◇

リヒターとの面会を終え、出発の準備を整えるため、俺に与えられている王宮内の部屋へ戻った。

すると、まるで俺の行動を察知していたかのようなタイミングで、扉が軽くノックされた。

かなり夜も更けた時間帯。

よほどのことがない限り、部屋を訪ねてくる人間はいない。いたとしたらユーグかキリクか。いずれにしても緊急を要するようななにかが起きているということだ。

ダンガイトへの出発が差し迫っている状況で、時間をとられるのは正直痛い。しかし無視するわけにいかず仕方なく入室を許可すると、予想通りの人物が姿を現した。

「夜分遅くに申し訳ございません。ご報告したいことがあって参りました」

そう言ったユーグからは、普段の温厚そうな雰囲気は微塵《みじん》も感じられない。それほどの事態ということか。

「悪いがそれほど時間が取れない。手短に頼む」

「承知しております。――ユリウス様、これを」

手渡されたのは、退職願と書かれた書類。そこに記された名前に、ユーグのこの表情の理由を悟った。

「キリク・ラブレ……？」

有能すぎる秘書官の名前を目にし、俺も動揺を隠しきれない。

「先ほど私宛てに届いた手紙に同封されておりました。すぐに所在の確認に向かったのですが、すでに姿を消した後でした」

本人の意思なのか、それとも。

事前の相談も連絡もなしにこんな真似をする人間ではないという確信があるだけに、嫌な想像ばかりが頭をよぎる。

しかも王宮内にいる人間の調査を始めたこのタイミングで。

「……わかった。俺はもう行かねばならない。急ぎ王太子殿下にご報告にあがり、指示を仰いでくれ」

「――かしこまりました」

終始硬い表情を崩さないままのユーグの様子から、よくない方向に事が動いているのだということがわかる。

俺は手に持ったままだった退職願をユーグに返すと、視線だけで退出を促した。

第十章　終焉の足音

内通者の話を聞いた時から、嫌な予感はしていた。

ルイード王子と再会してからというもの、彼が俺を喜ばせるような真似をしたことなんて一度もない。むしろ俺を苦しみの感情で引き摺り落とし、絶望の淵へ叩き込むようなことばかりしてる気がする。

話を聞いてから数日後。

いつもの悍《おぞ》ましい朝のルーティンを終え、ベッドの上で半身を起こした体勢のままぼんやりしていると、上機嫌なルイード王子がベッドの脇にあった呼び鈴を鳴らした。

いつもなら誰ひとり立ち入ることを許さないこの場所に、誰かを入れようとしている。しかも上機嫌とくれば、嫌な予感しかしない。

そして案の定。

部屋に入ってきた人物を目にした途端、頭の中が真っ白になった。

ある程度の覚悟はしていたものの、予想よりだいぶよくない結果を突きつけられ、この事実がなかなか受け止めきれない。

言葉を失ったまま、目の前に立っている人物を信じられない思いで見つめる俺に、ルイード王子が笑顔で口を開いた。

「ロイ、紹介するよ。このあいだ話したドルマキア王宮にいたネズミ君。今日からここでキミのお世話をしてもらうつもり。ボクが嫉妬でうっかり殺しちゃわない程度に仲良くしてね。——ほら、挨拶して」

「『ロイ様』にお目にかかる機会をいただけて光栄です。ルイード殿下の許可をいただき、今日から身の回りのお世話をさせていただく、キリクでございます」

赤い髪にシルバーフレームの眼鏡がトレードマークになっている『氷の秘書官』こと、キリク・ラブレ。

相変わらずニコリともしないキリクは、俺と目を合わせてもなんの感情も見せず、淡々とした口調で挨拶してきた。精巧に作られた人形だと言われても納得してしまいそうなほど人間味のない表情に絶句する。

そんなに表情豊かというイメージではなかったけど、強い意思を感じる眼差しが印象的だったはずなのに、その瞳すらもただのガラス玉にすり替わったかのようだ。

「キリク……？　なんで……？」

思わずそう問いかけてみたものの、俺の声はまるで届いていないかのように、キリクからはなんの反応も返ってこなかった。

「驚いた？　それとも悲しい？　もし、人って簡単に裏切る生き物だから仕方ないとか、なにか事情があるのかもとか、そんな風に考えてるんだったら、意味がないからやめたほうがいいよ。だって彼はべつに裏切ったわけでも、深い事情があったわけでもなく、ただバカみたいに言われたことに従うようにされているだけだから」

「……どういうことですか？」

「彼はもともとイグニス公爵の子飼いでね、ボクが初めて会った時にはすでにだいぶ飼い慣らされていた様子だった。暗示にかかっている本人は、そんな自覚なかっただろうけど」

衝撃すぎる事実に目眩《めまい》すら覚える。

「それをボクが奪ってあげたんだ。――こんな便利な駒《こま》は、より賢い人間がちゃんと使ってあげてこそ意味があると思ったから」

まるで使い勝手のいい道具を手に入れたかのような言い草に、眉をひそめずにはいられない。

「しかもあのユリウス・ヴァンクレールの秘書官なんだって？　そんな人間を切り札として使えるとかさ、笑っちゃうくらい好都合だよね」

思った通りの反応が得られたことがよほど嬉しかったのか、さらに嫌な言葉を重ねてくるルイード王子に、嫌悪感が強まった。

もう一度キリクのほうに視線を向けると、俺たちの話を気にする素振りもなく、まるでベテランの侍従のように綺麗な姿勢を保ったまま、微動だにせずそこに立っている。

知り合ってまだ日が浅く、彼の人となりは噂程度にしか知らないけど、簡単に誰かの言いなりになるような人じゃないってことだけは知っている。

だからなんでこんなことになっているのか、その理由が気になるけど……

「言っておくけど、彼がイグニス公爵の子飼いになった経緯とかは一切わからないよ？　だって興味ないしさ。そんなことよりも、ボクが彼をここに呼んだ本当の理由が気にならない？」

本当に興味がないのか、それともこの会話に飽きたのか。もう話は終わったと言わんばかりの態度で話題を転換してくる。

その経緯が気になって仕方がないものの、ルイード王子が知らないことをいくら考えても無駄だと悟った俺は、早々に思考を切り替えることにした。

それにしても、ルイード王子がキリクをここに呼んだ理由か……

王宮内の情報をルイード王子に教えていた人間が誰か、ということを知られそうになって匿《かくま》った、というわけではないだろう。それなら、こんな面倒な真似をするより容赦《ようしゃ》なく存在を消すことを選びそうだ。

それに今まで俺に関することはすべてルイード王子自らがしてきたのに、急にキリクに任せる、なんて言い出したことも引っかかる。

「なんかいろいろキナ臭い動きがあってさ、そっちの対処をしなきゃならなくてしばらく忙しいから、そのあいだボクの代わりにキミの面倒を見てくれる人が必要でしょ？　だから、適任者を呼び寄せたんだ」

なるほど。ルイード王子の目をかいくぐって俺が逃げ出したりしないよう見張る人間が必要になったらしい。

監視するだけならほかの人間でもいいはずなのに、あえて面識のある相手をつけてくるあたりがいやらしい。

これは間違いなく、俺への気遣いじゃなく、牽制《けんせい》だろうな。

「要するに、万が一私がルイード殿下の意に染まぬ行動に出た場合、キリクを殺すと脅《おど》していらっしゃるのでしょう？」

ハッキリ意図を指摘してやると、ルイード王子は面白そうに口の端を上げた。

「なるほど。そんな風に思ったんだ。残念ながらちょっと違うかな。彼はキミに対する人質のようなものだから」

「……私が言ったことと同じことではないのですか？」

「全然違うよ。キミ、誰かが自分のために犠牲になるのを見るくらいなら、ためらうことなく自分を捨てる選択をするでしょ？　それを防ぐのが一番の目的だから」

確かに、そういう状況なら俺は自分が犠牲になることを選ぶだろう。

目の前で誰かが傷つけられるのを黙って見ている、なんてのは俺の性に合わない。

「ボクはキミ以外の人間がどうなろうと構わない。大事なのはキミだけだし。だからキミが少しでも自分を傷つけるような行動をとるのは許せないんだ。逆に言えば、それを防ぐためならなんでもするよ。――今回の彼の場合は、キミが少しでもおかしな真似をしたら、キミの目の前で自らの命を断つように暗示をかけてある」

「え……」

「それがキミを守る最も有効な方法だろう？」

確かに、俺の行動を止めるには、一番効果的で、……一番最悪な方法だ。

怒りなのか、怯《おび》えなのか、怖気なのか。身体が勝手に震え出す。

思わず自分自身を守るかのように、ギュッと身体を縮めてうずくまると、ルイード王子は、そんな俺の身体をそっと抱き締めてきた。

「大丈夫。キミのことはボクが守るよ」

優しい声音で囁《ささや》かれた言葉が、俺の耳元で虚しく響く。

本当に、なんて男だろう。

俺が大事だと言いながら、俺が深く傷つき絶望するさまを眺めて愉悦《ゆえつ》に浸り、ボロボロになった俺を憐れんでは、自分勝手な欲望をぶつけ、壊れない程度にいたぶってくる。

薄い布越しに伝わってくるルイード王子の温もりから逃れる気力もなくなった俺は、意識を手放すことで辛い現実から解放されるのを選んだ。

◇

あれからというもの、ルイード王子は本人が口にしていた通りだいぶ忙しくなっているようで、俺と一緒に過ごす時間はめっきり減った。

俺はというと、それまでギリギリのところで張り詰めていた糸が、キリクの登場でぷっつりと切れてしまったのか、これまで以上にぼんやりと過ごす日々が続いている。

いざという時のためにちゃんと体力を維持しておかなきゃと思っても、食欲も湧かず、無理に食べると身体が拒否するかのようにすべて吐き出してしまう。

最近は食事のたびにその苦しさを味わうのが苦痛すぎて、食べ物を見ただけで身体が過剰に反応し、呼吸が苦しくなったと思ったら、そのまま意識を失ってしまうなんてことも増えてきた。

そんな状態の俺を、キリクは無表情のまま淡々と介抱し続けている。

まるで七年前のウィステリア宮を彷彿《ほうふつ》とさせる状況は、確実に俺を蝕《むしば》んでいき、あの時植えつけられた精神的苦痛の記憶を克服できていない俺の気力と体力は、みるみるうちに削《けず》られていった。

ルイード王子はあきらかに様子がおかしくなっていく俺を見て、最初こそ満足そうにしていたものの、すぐに戸惑いの表情を見せるようになり。

一週間ほどが過ぎた今では、あの悍《おぞ》ましい儀式をするどころか、俺に触れることすらもせずに、暗い表情のままなにか言いたそうに俺を見つめるだけ、ということが増えてきた。

いっそ薬を使ってくれてたら、なにも感じずに済んだかもしれないのに。そう思わずにはいられないほど、今の状況が辛かった。

『一体いつまでこんな生活が続くのか』

ルイード王子にこの場所に連れてこられてからはずっとそう考えていたのに。

最近は。

『どうしたらこの生活を終わらせられるのか』

なんてことばかり考えるようになっていた。

◇

「ロイ、起きてる？」

夜もだいぶ更けた時間帯。紗幕《しゃまく》の向こう側からルイード王子が遠慮がちに声をかけてきた。

いつもなら当然のような顔をして入ってくるのに、今日に限って伺いを立てるような真似をするなんて。

ルイード王子のかつてない行動に違和感を覚えつつ、俺は「起きてます」とだけ答えた。

返事をしたのに、なかなかこっちに入ってくる気配を見せないルイード王子を不審に思いながら身体を起こすと、薄い布越しにキラリと光るものが見えた。

フワリと揺れた紗幕《しゃまく》。

ルイード王子が姿を現したのと同時に、その鈍い光の正体がわかり、心臓がドクリと跳ねた。

ルイード王子の右手に握られていたのは、柄の部分にダンガイト王国の紋章が刻まれた短剣。万が一の場合に備え、肌身離さず持っておくために作られた一点物だろう。鈍い光の正体は、鞘《さや》に埋め込まれた宝石がベッドサイドにあったランプの光を反射したものだったらしい。

俺を殺すつもりか……。

そう思ったけど、その割に殺意を一切感じない。

短剣を手に持ったままのルイード王子を見つめると、彼は自嘲するような笑みを浮かべながら口を開いた。

「どうやらキミのお兄さんたちが、やってくれたらしいね」

予想外の言葉に、どういうことかと首をかしげる。

兄上たちが俺の手紙を受け取った後、ドルマキアに行ったという話はすでに聞いている。でもそれ以降の話はなかったから、なにがどう『やってくれた』になるのかが、さっぱりわからない。

「ドルマキアやマレニセンがキミのために動くことは想定済みだった。でもまさかボクの首を餌《えさ》にダンガイトの王位継承問題をひっかきまわすなんて真似までするとは思わなかったよ」

どういうこと？

「しかもうちの兄たちをけしかけて潰し合いをするよう仕向けることで、自分たちの手は汚さずにカタをつけるつもりらしい。これって完全に、キミを奪ったボクへの報復ってことだよね？ ブラコンの執着を甘く見てたよ。当然のように兄弟同士で殺し合おうとしているうちの国とはえらい違いだね」

そう皮肉っぽく言ったルイード王子は、いつもよりも格段に苛立っているように見えた。

兄上たちが具体的になにをしたのかはわからない。けど、ダンガイト王国内の内輪揉めを誘発させるような提案をしたらしいことはわかった。

ダンガイト王国には五人の王子がいる。

現国王はまだ後継を誰にするか決めておらず、早々に王位継承権を放棄した第五王子ルイード以外の四人が、水面下で熾烈《しれつ》な後継者争いを繰り広げている状態だ。

その四人はそれぞれダンガイト国内の有力貴族の後押しを受け、各派閥の力関係は拮抗《きっこう》している。その中から頭ひとつ飛び出すには、ほかの派閥に属していないダンガイト国内の有力貴族を味方に引き入れるか、国外からの支援を受けるか。

だからダンガイト国内で大きな力を持ち、貿易関係で他国と太いパイプを持つルイード王子の母方の家門と繋がりを持てるかどうかが、勝敗の鍵だと言われてきたはず。

国内のいち家門と大陸の二大強国。そのふたつを天秤にかけてどちらを選ぶかというだけじゃなく、兄弟間の争いで勝利した者にその権利を与えるって感じになったのか……

忌々《いまいま》しそうに床を睨《にら》みつけながらなにかを考えはじめたルイード王子の顔は、これまで見てきた彼の表情の中でも一番余裕がなさそうだった。

ただでさえ危うい言動が多いのに、追い詰められたらなにをしでかすのか、まるで予測がつかない。

愛してると言いながら、俺を鎖に繋いで軟禁するようなヤツだ。次はこんなもんじゃ済まないだろう。

今以上に酷い目に遭う可能性を覚悟したその時、不意に寝室の扉がノックされた。

ルイード王子の返事を待って室内に姿を現したのは、相変わらずまったく表情が動くことのないキリク。

俺のほうには一切視線を向けることなくルイード王子のすぐそばに立つと、なにかを耳打ちして去っていった。

◇

「……ねぇ、ロイ。ボクは間違ってたのかな？」

キリクが退室した後、再び黙り込んでいたルイード王子が、ポツリとそう口にした。

ルイード王子は縋《すが》るような、なにかを懇願するような目で俺を見つめている。

俺はそれになにも答えることができない。

俺とルイード王子の関係は最初から偽りだらけだし、ルイード王子のやり方は決して正しいとは言えないものばかりだ。

さっきまでとはあきらかに違う様子に、キリクが耳打ちしてた内容がなんだったのか気になるが、それを聞く勇気も、深入りしようという気力も今の俺は持ち合わせていなかった。

「こんなことなら、薬を使って無理やりにでもキミを手に入れておくんだった。そうすればキミがこんな風に苦しむこともなかったし、ボクがこんなに苦い気持ちを味わうこともなかったのに」

自嘲気味に呟かれた言葉には、あきらかに後悔の色が滲《にじ》んでいる。

他人の気持ちなんてお構いなしに、強引な手段を使って、なんでも自分の思い通りにしてきたであろうルイード王子が、まさかそんなことを言い出すなんて思ってもいなかったから、正直驚いた。

あきらかに様子がおかしくなっていく俺の姿を目の当たりにして、さすがのルイード王子も感じるものがあったということなのか。

俺もこの一週間は、いっそ薬を使ってくれてたら楽だったのに、と何度も思わずにいられなかったけど。

「……なぜあの時、薬を使わなかったのですか？」

俺の問いかけにルイード王子が少しだけ考えるような素振りを見せる。

「さあ、なんでかな。ボクにもよくわからない。……けど、なぜかあの時、それじゃつまらないって思ったんだよね」

「つまらない？」

「簡単すぎてつまらないってこと。まあ、今さらそんなこと言ったってどうにかなるわけじゃないから、どうでもいいんだけど」

途端にルイード王子の顔からすべての感情が消え失せた。

「もうじきここに招かれざる客が大勢やってくる。たぶん邸内は相当慌ただしいことになるだろう。コレ、貸してあげるから、キミはここで大人しくしてて」

その言葉と同時に、ずっと手に持っていた短剣を、俺に差し出してくる。

「受け取って。どう使うかはキミの自由だ」

「…………」

なかなか受け取ろうとしない俺に焦《じ》れたのか、ルイード王子は軽く溜息を吐くと、その短剣を無造作にベッドの上へ放り投げた。そしてすかさずベッドの脇に跪《ひざまず》く。

「足を出して」

「え？」

「なにかあった時、逃げられないと困るでしょ。――ほら、早くして」

そう促され、俺は身体の向きを変え、おずおずと足を出した。

ルイード王子は俺の足を丁寧な手つきで持ち上げ、専用の鍵を留め金部分に差し込んでいく。

ものの数秒で、ここに来てから一度も外されることのなかったルイード王子の執着の証が取り払われた。

急に軽くなった足に思わず安堵《あんど》の溜息を吐くと、俺の足を持ったまま跪《ひざまず》いているルイード王子と目が合った。

ルイード王子は今までにないほど真剣な眼差しで俺を見上げている。

次の瞬間。ルイード王子は上体を屈《かが》め、持ち上げていた俺の足の甲に触れるだけの口づけを落とした。

「私、ルイード・ファルム・ダンガイトの心を『ジェラリア・セレナート・リンドバル』に捧げます」

足の甲への口づけは、隷属の誓い。

しかもいつも呼んでいた『ロイ』という名前ではなく、本当の俺の名前に誓ったことになる。

俺を無理やり隷属させようとしていたのはこの男のほうだったのに、ここに来てのまさかの展開。

なにが起こったのか、正直理解が追いつかない。

しかしその言動の意味を深く考える前に、ルイード王子は俺から離れていった。

「今なら簡単にボクを殺せたのにね、残念」

冗談めかして言われた言葉にハッとしつつ顔を上げると、ルイード王子がニコリと笑う。そして。

「勝手な真似をしたらどうなるか、わかってるよね？」

暗にキリクのことを匂わせたと思うと、さっきまでの出来事などなにもなかったかのように、あっさりとこの部屋を後にした。

◇

ルイード王子が去ってしばらく経った頃。

屋敷の中だけでなく、その周辺もにわかに騒がしくなりはじめた。

鉄格子の嵌《は》まった窓から外を見ると、少し離れた位置に、暗闇の中に浮かび上がる松明の灯りと、忙《せわ》しなく動く人影が見える。たぶん、あれがさっきルイード王子が言っていた『招かれざる客』なんだろう。

ルイード王子はその客についてなにも言ってなかったけど、さっきの話から推察するに、兄上たちがけしかけたっていうダンガイトの王子たちの手の者かもしれない。

一方、ルイード王子のほうもこういった事態を事前に察知していたのか、そこそこの人数で打って出る気でいるらしく、慌ただしく人が動きまわっている気配を感じる。

今までこの屋敷には俺とルイード王子、そしてキリクの三人しかいないんじゃないかと思うほど静まり返っていたのに、たった一日にしてまったく別の場所になったみたいに騒がしい。

キリクが持ってきた動きやすい服装に着替え、万が一邸内に侵入者が入ってきた場合に備えて、ルイード王子が置いていった短剣を手にする。段々と近づいてくる喧騒《けんそう》に、嫌でも緊張感が高まってきた。

神経を研ぎ澄ませ、周囲の気配を窺《うかが》う。

――もしもあの扉が開いて、入ってきた何者かが襲いかかってきたら。

そう考えるだけで、過去の光景が脳内で何度も蘇り、気分が悪くなってくる。

誰かに庇《かば》われたり、巻き添えにしたりしなくて済むだけマシだと考えることで、なんとか自分を奮い立たせようとするものの、ここ数日ですっかり弱ってしまった俺の心と身体が、いざという時役に立ってくれるのか不安でたまらなかった。

しかし、こういう時に限って思い通りにいかないのが俺の人生ってやつなわけで。

『侵入者だっ！』

遠くのほうから聞こえたその声が合図となり、邸内が一気に慌ただしくなった直後。

俺の願いも虚しく、部屋の扉が開いたと思ったら、人間味をすべて削《そ》ぎ落としたような表情のキリクが入ってきた。

「なんで……？」

理由を聞いても答えてくれるわけじゃないし、たぶんルイード王子から俺を守るように言われてきただけなんだろうけど、最悪のタイミングに頭を抱えたくなる。

しかもキリクは、もう二度と自分のせいで誰かが傷つけられる姿を見たくないと切に願っている俺の目の前に、ためらうことなく立ちはだかったのだ。

扉の外側からは慌ただしく人が行き交う音がする。たぶん侵入者を探しているのだろう。

もしかしたら、この部屋に入ってくる可能性だってあるし、そうなったら無事でいられる保証はないし、武器らしい武器を持っていないキリクが真っ先に犠牲になってしまうことが恐ろしい。

「どけっ！　俺を庇《かば》おうとするな！」

最悪の光景を目にするのを避けるために、まずは俺の前に立つキリクをどうにかしようと試みるものの、動く気配はない。それどころか、まるで外部の侵入者から俺を守るかのように、両手を広げて俺の身体を優しく包み込んだ。

俺は絶望的な気分で、至近距離にあるキリクの榛色《はしばみいろ》の瞳を見つめる。

すると、さっきまでまったく感情が宿っていなかったのが嘘のように、その眼差しには生気が宿り、優しげな色が浮かんでいた。

「え……？」

一瞬見間違えたかと思ったその時。

「ジェラリア殿下、これから私が言うことをよく聞いてください」

キリクが真剣な眼差しで、俺に語りかけてくる。

「キ、リク……？」

「はい」

「なんで……？　暗示は？」

「詳細を説明している暇はございませんが、私は大丈夫、とだけお伝えしておきます」

大丈夫だと言われても、今までの姿を見ているだけに、にわかには信じられない。

「侵入者は殿下をここから助け出すために来た、ドルマキアの人間です。今はとにかく時間がありません。私が囮《おとり》になります。その隙に殿下はこの部屋からお逃げください」

「でも！」

「大丈夫です。これでも私は諜報《ちょうほう》部と関わりがある身。それなりの訓練は受けております」

ユリウスの秘書官なのに諜報《ちょうほう》部と関わりがあり、イグニス公爵の子飼いとも言われ、ルイード王子の手先としてここに来たキリク。

一体どれが本当の姿で、どんな人間なのかさっぱりわからないし、全然理解が追いつかない。

もしかしたら『キリク・ラブレ』という名前や、この姿すら偽物なんじゃ……

そんな考えが頭をよぎる。

疑心暗鬼から完全に動きを止めた俺を見て、キリクは一度目を伏せると、意を決したように口を開いた。

「私のことが信用できないのはわかります。殿下の信用を得るには圧倒的に説明不足だということも。でもこれだけは信じてください。『チェリオス伯爵家は必ずや御恩に報います』」

「え……？」

聞き覚えのある言葉を聞き、思わず目を瞠《みは》る。

「父があなたにした約束を、私が代わりに果たします」

「まさか……」

七年前、ドルマキアに到着する直前、護衛の目を避けるようにして俺に近づきそう言ったのは、チェリオス伯爵。

その人物を父と呼べるのは……

「オランド・チェリオス……？」

ウィステリア宮に閉じ込められた俺の世話をしていた、俺の目の前で王妃によって傷つけられ、その後行方不明になっていた侍従。その名前を口にすると、キリクはこれまでのイメージをくつがえすような柔らかな笑みを見せた。

「あの時は殿下をお守りすることができませんでした。ですが今度こそ、この身を賭《と》してお守り致します」

その言葉と同時に、あっという間に扉の外に飛び出していった。

「待って……！」

ずっと捜してた人物がこんな近くにいたのに、あの時の礼も言えないまま、またしても彼を危険にさらしてしまっているのだと思うと、罪悪感でいっぱいになる。

それでも彼の行動を無駄にしないためにも、この場所から逃げなければ。

そう考え、扉を開けたその直後。ドサリという音とともに、俺の視界に信じられない光景が飛び込んできた。

「……やっぱりね。そういうことだと思ったんだ」

昏《くら》い目をしてそう呟いたルイード王子と、その足元に血だらけで倒れているキリク。

ルイード王子が手にした剣から滴る鮮血が、今ここでなにが起こったのかを如実に表していた。

またしても誰かが傷つけられている場面を目の当たりにして、あまりのショックに頭の中が真っ白になる。

なにを言えばいいのか、なにをするべきなのか……

早くどうにかしなきゃと思うものの、頭も身体も動かない。

ルイード王子はそんな俺に目もくれず、倒れたままのキリクを忌々《いまいま》しそうに睨《にら》みつけた。

「世の中に、絶対なんてものはないって知ってるからさ。もしかしたら、こういうこともあるかもしれないって思ってたけど、案の定だったね。——キリク・ラブレ。ボクは最初からオマエのことなんて信用してなかったよ」

ほとんど意識を失いかけている状態のキリクを足蹴にし、乱暴に身体を転がす。

「うぐ……ッ……！」

「やめろ!!」

あまりの蛮行と苦しそうなキリクの呻き声に、思わず我に返って制止の声を上げる。すると、ルイード王子はキリクの血がついたままの剣を手に、俺のほうへ歩み寄ってきた。

「なんで止めるの？　ボクはドルマキアとダンガイトの両国に混乱をもたらそうと画策していた人間を捕らえただけだよ。コイツは賊を邸内に引き入れ、王族であるボクやキミの身を危険にさらした。それだけでは飽き足らず、それがドルマキアの仕業であるかのように見せかけ、両国の関係にひびを入れようとしていたんだから」

「一体なにを……」

「だからそれを未然に防ぐために、やむを得ずボク自らが手を下した」

わけのわからないことを言い出したルイード王子に、いつも以上に得体の知れなさを感じ、無意識に一歩後ずさる。そんな俺を見て、ルイード王子は満足そうに口の端を上げた。

「信じられないって顔してるね。でもボクがそうだと言ってるんだから、それが事実になるんだよ。どのみちこの男は裏切り者として処刑されることになるんだから、苦しみが長引かなくて済む分、ここで殺してあげたほうが本人のためでしょ」

ルイード王子はれっきとしたダンガイトの王族で、ここでの裁量権はすべて彼にある。真実はどうあれ、彼が口にしたことが事実として扱われるのだと言いたいのだろう。

「だからさっき言ったでしょう？　『勝手な真似したらどうなるかわかってるよね』って。――アレ、口先だけの脅《おど》しだと思ってた？」

なんの反応もできずにいる俺を嘲笑《あざわら》うように、ルイード王子は剣の切っ先をキリクに向けた。

「ボクはこの男を本気で殺すつもりだよ。止めたければ、キミの手でボクを殺すしかない。さっきみたいにチャンスを逃したら、この男は死ぬよ？」

それは今俺がとれる中で、最悪の選択だった。

動けずにいる俺を急《せ》かすように、ルイード王子は言葉を続ける。

「さあ、その短剣でボクの胸を貫いて。――キミの手ですべてを終わらせて、ボクの存在をキミの身体に刻みつけて」

まるで最高の結末を夢見るようにうっとりした眼差しで見つめられ、息苦しさとともに、手に持っていた短剣が急に重みを増した気がした。

この場でルイード王子を排除するべきか、それとも……

数瞬の迷いの後、鞘《さや》に手をかけた俺を見て、ルイード王子の表情が歓喜に満ちる。

その刹那。

「ぐぁ……ッ……！」

突如ルイード王子の背後に人影が現れた。ガシャン、という剣が床に落ちる音とともに苦悶《くもん》の声が上がり、ルイード王子が膝から崩れ落ちる。

うずくまったルイード王子の右肩付近がみるみるうちに真っ赤に染まっていく。

慌てて視線を上げると、そこには冷たい表情でルイード王子を見下ろすユリウスの姿があった。

「ユリウス……」

思わず名前を呼んだ俺に、ユリウスは一瞬だけ視線を向けた後、剣先をルイード王子に突きつけながら、俺を背後に庇《かば》うようにルイード王子の正面に立った。

「遅くなってすまない。すぐに終わらせるから、もう少しだけ我慢してくれ」

俺の視界に映るのは、ユリウスの広い背中のみ。それでもユリウスの存在を感じられるだけで、さっきまでとは息のしやすさがまるで違う。

「――クラウド、キリクを頼む」

「かしこまりました」

いつの間に現れたのか、俺のすぐ後ろには、以前ウィステリア宮に滞在していた際に俺の護衛をしていた、クラウド・ワーグナーの姿があった。

クラウドはキリクに駆け寄ると、手慣れた様子で応急処置を済ませていく。命に別状はありません、というクラウドの報告に、俺は安堵《あんど》のあまりこの場にへたり込みそうになった。

「ッ、……ユリウス・ヴァンクレール……！　よくもボクたちの邪魔をしてくれたな！　もう少しでボクは、永遠にロイの中に残り続ける存在になれたのにッ！」

なにもかも自分の思い通りにならなかったからか、ルイード王子の怨嗟《えんさ》の声がこの場に響き渡る。

声を荒げるルイード王子に対し、ユリウスの口調は怖いほど淡々としている。

「望むものが得られなかったからといって逆恨みした挙げ句、相手の心に消えない傷を負わせることで自分の存在を主張し、承認欲求を満たす。――お前のやっていることは自己満足の犯罪行為だ」

「ハッ、ボクを裁くつもりか？　なんの権利があってそんなことを。ここではボクが法律だ。誰にも文句は言わせない！」

「残念ながら、お前はすでにその権利とやらを失っている」

「……………ああ、なるほど。……そういうこと」

断定的な言い方をしたユリウスに、なにかを悟ったらしいルイード王子が力なく呟く。

「つい先ほど、ダンガイト国王が譲位を宣言し、ドルマキアとマレニセンの支持を受けた第一王子シャハド・カミル・ダンガイトが次期国王の座に就《つ》くことが決まった。ほかの王子たちは全員、内乱を引き起こそうとした罪に問われることになっている。お前も例外ではない」

ルイード王子から、兄上たちがダンガイトの王子たちになにかしたらしいことは聞いていた。でもまさかこんな短期間で決着がつくとは……

しばしの沈黙の後。どういう考えに至ったのか、ルイード王子がクスリと笑った気配がした。

「だったら今ここでボクを始末したところで、誰も困らないってことだね」

「……なんだと？」

「ボクはキミの愛する『ジェイド』を奪い、欲望のままに辱《はずかし》めた。つまりはキミにとって憎くてたまらない存在のはず。そんなボクを、自分の手で葬る絶好のチャンスってわけだ。——ほら、ボクを殺さないのか？」

俺の位置からは、今ルイード王子がどんな表情をしているのかわからない。

でもあきらかにユリウスを挑発する意図が感じられる言葉に、ルイード王子がここまできてもまだ、死という手段によって自分の存在を俺の中に刻みつけようとしていることがわかり、ゾッとした。

しかしユリウスは、ただ呆れたように溜息を吐き。

「そんな真似をしたらジェイドが傷つく」

当然のようにそう言い放った。

そして、なにごともなかったかのように話を戻す。

「これからお前はダンガイト王国の法律に則って裁きを受けることになる。——連れていけ」

ユリウスの言葉で、ルイード王子を拘束するために待機していたらしい人間たちが一斉に動き出した。

俺の位置からルイード王子の姿はよく見えないが、抵抗する様子はなさそうだ。

呆気なくも感じる終わり方に、ただ立ち尽くすことしかできずにいると、ユリウスが俺のほうを振り返り、ギュッと抱き締めてきた。

「ジェイド……」

久々に感じるユリウスの鼓動と温もり。

そしてユリウスだけが呼ぶ、俺の特別な名前。

どうしてここにいるのか、とか、一体どういうことなのか、とか、聞きたいことは山ほどある。

でも、再び会えたことだけで胸がいっぱいで、なにも言葉が出てこなかった。

「……ユリウス」

なんとか名前を呼んで、抱き締め返す。ユリウスがホッとしたように息を吐いたのがわかった。

「迎えに来た。一緒に帰ろう」

「……うん」

ああ、終わったんだな、と思ったら一気に気が抜ける。

俺はユリウスに抱き締められたまま、静かに意識を手放した。

第十一章　新たな一歩

「あー、マジで疲れたー。なんもしたくねー」

「お疲れ様です。あとは祝賀パーティーだけですから、もう少しだけ頑張ってください」

白地に金糸で刺繍《ししゅう》が施された豪華な夜会服に身を包んだ直後、いきなりソファーにへたり込んだ俺を見て、ハウルが苦笑いしながら声をかけてくる。

俺は今すぐここで突っ伏したい衝動を必死で堪えながら、その『もう少し』が大変なんだよな、と遠い目になっていた。

ルイード王子の屋敷にユリウスが迎えに来てくれたあの日から、あっという間に一カ月が経ち、本日ドルマキアではクラウス・ネイサン・ドルマキアが国王に即位するための戴冠式が盛大に行われた。

俺もドルマキアの王位継承権を持つ立場として昼間は戴冠式に参列し、完全に日が暮れた今、王宮の大広間で行われる祝賀パーティーに出席する予定なんだけど……

もともと体力があるほうじゃなかったのに、ダンガイトでの軟禁生活で体力落ちまくりのせいか、それとも久々に人前に出るってことで神経をすり減らしているせいか、いつも以上に疲労の蓄積が早く、パーティーの仕度を終えた時点でかなりグッタリしていた。

「俺、このまま部屋で休んでちゃダメかな……」

ハウルが俺から離れたのをいいことに思わずそう呟くと、ちょうど部屋に入ってきた人物が、呆れたような顔をして近づいてきた。

「なにダラけてんだよ、ジェラリア。こんな姿をアルベールが見たら確実に一時間は説教コースだぞ。シャキッとしろ、シャキッと。それとも俺のエスコートが不満だってのか？」

戴冠式とパーティーに出席する俺のために用意された貴賓室に姿を現したのは、ブルクハルト・ヴァルター・マレニセン。言わずもがなのマレニセン帝国の皇帝陛下だ。

夜だと濃いグレーにも見える銀髪に、獰猛《どうもう》な獣のような印象を与える金色の瞳を持ったワイルド系イケメンは、アルベール兄上が用意した、俺と対になるデザインの黒地に金糸の刺繍《ししゅう》が施された夜会服に身を包み、面白がっている様子を隠そうともせずに俺を眺めていた。

慌てて立ち上がろうとした俺を視線だけで制し、そのまま俺の向かい側にドカリと腰をおろす。

その後ろには、マレニセン軍の礼装であろう紺色の軍服を身にまとったエルネスト兄上が、あきらかに物言いたそうな顔で立っていた。

◇

一カ月ほど前。

ユリウスと再会した直後に意識を失った俺は、気づくとドルマキアへ向かう馬車の中にいた。

しかも同乗していたのは、助けに来てくれたユリウスではなく、あの場にはいなかったはずのエルネスト兄上だった。

困惑する俺に対しエルネスト兄上は、真っ先に『ラリアが無事でよかった』と喜び、まるで俺の存在を確認するかのように強く抱き締めた。

俺は自分の行動で兄上たちに心配をかけてしまったことがただひたすらに申し訳なくて、謝罪の言葉を口にすること以外できなかったのだが、兄上は意外にも俺を責めたりはせず、事のあらましや、ユリウスがダンガイトに残り、事後処理にあたっていることなどを教えてくれた。

その後、ダンガイトとの国境付近までわざわざ迎えに来てくれたアルベール兄上と合流したのだが。

アルベール兄上は、あの手紙に込めたメッセージの件も含めて、俺がルイード王子と一緒にダンガイトに行く決断をしたことに対して、静かにお怒りだったようで。

『ねぇ、私の愛しいラリア。「俺のことは考えなくていい」とは、一体どういう勝算があって書いたことなのか、ちゃんと私にも納得できるように説明してごらん』

という言葉とともに、無茶苦茶素敵な笑顔を見せられた。

その直後。俺の行動の問題点を理詰めで解説され、俺は自分の甘さと無謀さと力不足と経験不足を嫌というほど思い知らされて、言い訳すらする気になれないくらいたっぷりと反省することになった。

そんなこんなでやっとドルマキアに戻ってきたわけだけど。

馬車が到着した場所はドルマキア王宮ではなく、アルベール兄上が新たに購入したというドルマキアの王都内にある屋敷だった。

俺はそこで戴冠式までの謹慎と外部との接触禁止を言い渡されてしまい、せっかく再会できたユリウスとも連絡すらとれない状態で、かなりもどかしい思いをしながら日々を過ごした。

それでも必要な情報は都度教えてもらえたし、謹慎っていうのも、心身ともに疲弊《ひへい》した俺を静養させようっていう気遣いで、俺も兄上たちにものすごく心配をかけたのを自覚していたから、あえてなにも言わずに兄上たちの決定に従った。

その後、多忙を極めるアルベール兄上はマレニセンに戻り、俺の護衛という名目で残ったエルネスト兄上と一緒に、その屋敷から一歩も出ることなく過ごしたのだった。

そして今日、ドルマキア入りしたブルクハルト陛下と、陛下の護衛任務に就《つ》くエルネスト兄上とともに、久方ぶりにドルマキア王宮に来たわけだけど……

客室棟の前で俺を出迎えてくれたのは、神妙な面持ちをしたハウルだった。

貴賓室に案内してくれたハウルは、部屋に入るなり俺の目の前で跪《ひざまず》くと、深く頭を下げ。

『ジェラリア殿下。兄のチェリオス伯爵に代わり、殿下に心からの感謝を申し上げます。そしてあらためまして、チェリオス伯爵家は必ずや殿下の御恩に報いると誓います』

前チェリオス伯爵やキリク・ラブレことオランド・チェリオスと同じ言葉を口にした。

今回の件については、クラウス陛下から現チェリオス伯爵とハウルに直接説明があったと聞いている。どこまで真実を話したのかは知らないが、チェリオス伯爵家にとっては衝撃の事実だったことは想像にかたくない。

七年前、俺をリンドバルからドルマキアへ連れていった前チェリオス伯爵。

そしてウィステリア宮のあの部屋で俺の世話をしていた侍従オランド・チェリオス。

けれど俺が側室としてウィステリア宮に連れていかれたことも、その後、生死の境をさまようほどの虐待を受けたことも、すべてはドルマキア国王と王妃によるものだ。

チェリオス伯爵家のふたりは逆らえない事情があってその場に居合わせただけだってわかってる以上、責めるつもりも、恩着せがましい態度をとるつもりもない。

だから俺はハウルに対し、『今まで通りに職務を全うしてくれればそれでいい』とだけ伝えておいた。

俺に事情を教えてくれたエルネスト兄上の話によると。

五年前のあの日、なんとか自力で逃げ出したオランドは、ユーグ・ダリエによって助けられ、一命を取り留めた。

そこからどういう経緯があったのかはわからないが、ユーグのもとで諜報《ちょうほう》部の協力者としての訓練を受けた後、『キリク・ラブレ』としての人生を歩みはじめたという。

イグニス公爵との接点を持ったのもこの頃で、自ら進んで二重スパイの役目を買って出たんだそうだ。

以前王妃のもとにいたことで、怪しい薬の存在を認識していたオランドは、薬を飲んだふりをしながらイグニス公爵の命令通りに動き、暗示にかかっていると思い込ませたらしい。

そして今回のルイード王子の件についても同じ方法を使っていたという。

相手に薬の影響を受けていると思い込ませるためには、自分の意志に反するような命令に従わなければいけない場面も多々あったに違いない。その精神的な苦痛は並大抵なことではないだろう。

だからこそ、彼には七年前からのことも含めて感謝しかない。

表向き、近衛騎士団で秘書官をしていた『キリク・ラブレ』という人物は、一身上の都合により自主退職した後、行方不明になったとされた。

もちろんキリクがオランドであることが公にされることもない。

今後、キリク・ラブレという人間は完全に姿を消し、彼は再びオランド・チェリオスの人生に戻ると聞いている。

今はクラウス陛下の庇護下でケガの回復に努めていて、まだ会える状態じゃないらしいけど、今度会える時が来たら、あの時のことも含めて感謝の気持ちを伝えられたらいいな、って思ってる。

◇

一応招待客として来てる以上、以前のように気ままに過ごすわけにもいかず、『ジェラリア王子』としての役割を全うしようと頑張ってはいるものの、蓄積されていく疲労感ばかりはどうにもならない。

その上、戴冠式で久々にユリウスの姿を目にしたせいか、情緒がかなりヤバいことになっている。

もしかしたら直接会うこともできないままマレニセンに戻ることになるのかもしれないな、なんて考えていたこともあったただけに、さっき見た近衛騎士団長の礼装姿のユリウスを思い出して切ない気持ちになる。

「なんだよ、そんな暗い顔して。やっぱり俺のエスコートに不満があんのか？」

「え？」

「俺だって充分イイ男だと思うんだがな」

完全にからかってることがわかる言葉に呆気に取られていると、そんな俺の様子が面白かったのかブルクハルト陛下が笑みを深めた。

ガッシリとした体躯に、どうやっても滲《にじ》み出る他者を圧倒するような絶対的王者感。

今まではチンピラみたいな格好の時にしか会ったことなかったけど、こういった姿を見るとやっぱり王族なんだなと実感させられる。

同じ男として羨ましいとは思うけど、俺的には見惚れるっていうよりかはコンプレックスを刺激されるほうが強いかもしれない。

「悪かった。そんなあからさまに対応に困ってます、って目で見るんじゃねぇよ。俺がお前の好みじゃねぇことくらいわかってるから」

その言葉になぜかエルネスト兄上が複雑そうな表情を見せる。俺はどう答えるべきか迷って、無言を貫くことにした。

「まあ、冗談はさておき、時間もないことだし、さっさと本題に移るとするか」

ブルクハルト陛下は大して気にした様子もなく、話を進める。

「以前お前に、俺のところで働く気はないかって聞いたよな？」

真剣な話が始まったことで、俺も即座に気持ちを切り替え、ブルクハルト陛下と向き合った。

「あの時と気持ちに変わりはないか？」

「もちろんです」

即答した俺にブルクハルト陛下がフッと口の端を上げた。

「実は少し前にクラウスから、あることを提案されてな。いろいろ協議を重ねた結果、それを受け入れることにしたんだが、その役割をお前に担ってもらいたいと思ってる」

「……身代わり屋関連のことでしょうか？」

「いや、まったく別の仕事だ」

さっぱり話が見えてこない。

「最初に言っとくが、話を聞いたからって絶対に引き受けろとは言わない。当初お前に持ちかけた話とはだいぶ路線が変わっちまったからな。以前と同様に受けるか受けないかはお前に任せる。どんな結論を出そうとお前の自由だ。その上で聞いてほしい」

「……はい」

なんかここまで前置きされると、どんなことをさせられるのか不安になる。

ところがブルクハルト陛下の口から語られた内容は俺にとってあまりにも意外なことで。悩む必要なんてどこにもないとばかりに、俺はすぐさま承諾の返事をした。

◇

ブルクハルト陛下とともにパーティーの会場に入ると、すでに集まっていた人々の視線が一気にこちらに向いた。

ドルマキアの大陸侵攻を阻《はば》んだ立役者である大国の皇帝にみんな興味津々《きょうみしんしん》といった感じだ。ブルクハルト陛下はそれをまったく意に介することなく歩いていく。

俺はというと、クラウス王太子殿下あらため国王陛下から、自分が貴族連中の結婚相手候補として人気急上昇中だと聞いていたこともあって、ある程度注目される覚悟はしていたものの、人々から向けられる視線の種類が以前とはあからさまに変わっていることに、ちょっとビビっていた。

前回、公の場に姿を見せた時の側室という立場を考慮した中性的な雰囲気の衣装とは違うからか、それともハウルが侍従の本領発揮とばかりにバッチリ整えてくれたからか。もともと見た目だけはかなり良い俺は、誰がどう見ても王子様、って感じの仕上がりになっていて、それがまた無駄に会場内の注目を集める要素になってるっぽい。

一部の男性陣からの舐《な》めるような不快な視線は通常通り。でも今回はそこに女性陣からの獲物を狙うようなギラギラとした視線が加わっている。

どうせ王位継承権を放棄したら見向きもされなくなるんだろうな、なんて考えながら熱い視線を送ってくる人間たちに笑顔を向ける。

見事な手のひら返しとしか言いようのない状況に、正直うんざりを通り越してドン引きだったけど、ブルクハルト陛下とエルネスト兄上っていう威圧感バリバリの人たちに囲まれた俺に近づいてこようとする奇特な人間がいなかったために、直接声をかけられずに済んだのは幸いだった。

ふと会場全体を見渡すと、俺と同じく結婚市場において最優良物件のユリウスが女性陣に囲まれている様子が目に入った。

無愛想なのは相変わらず。でも夜会服に身を包んだユリウスは、さっきまでの礼装とはまた違った格好よさがあり、目を奪われる。

惚れた欲目っていうのを差し引いても、すこぶるイイ男だと思う。

だからこそ彼女たちも自分を選んでもらおうと、ああやって必死にアピールしてるんだろうけど。パーティーにはダンスがつきものだし、王弟っていう立場上、踊らないなんてありえないことくらいはわかってる。

でも、それを面白くないって思っちゃう自分もいて。

そんなことを考えてしまう自分にモヤモヤする。

ユリウスと出会う前までは、独占欲とか、嫉妬する人間の気持ちとか全然理解できなかったのに、たったの数カ月でまったく別の心に入れ替わってしまった気分だ。

——なんか俺。スゲー情けないしカッコ悪い。

さっきブルクハルト陛下と話した直後は、新たな一歩を踏み出せる期待にワクワクしていたっていうのに、この急転直下。

人を好きになるって、こんなにままならないことの連続なんだって実感したら、疲労感が増した気がした。

これ以上気持ちをかき乱されたくなくてユリウスから目を逸《そ》らそうとすると、俺に気づいたらしいユリウスと目が合った。途端に、心臓が痛いほどにドクンと跳ねる。

それがユリウスだけを求めてるってことの証拠のようで切なくなった俺は、今度こそそっと目を逸《そ》らすと、ブルクハルト陛下と連れ立ってクラウス陛下のもとへ向かった。

◇

パーティー出席の目的である新国王への挨拶を済ませた俺は、体調が優れないという理由で早々に会場を後にした。

予定よりもずっと早い時間に戻ってきた俺に、ハウルはずいぶんと心配している様子だったけど、『まだ完全に体調が回復してないから念のため』と言うと、納得してくれたみたいだった。

浴室の準備だけ整えてもらい、後はひとりにしてほしいと頼んでからソファーへ倒れ込む。

せめて上着だけでも脱いだほうがいいというハウルの声に、『わかった』と答えつつも、指先ひとつ動かすのも億劫《おっくう》で、そのまま黙って目を閉じた。

——動けないほど眠いわけじゃない。

むしろ気持ちがザワザワしていて、意識だけが妙に冴えている。

このままじゃまた無限ループでウダウダするコースかな……

ホントに眠れたのなら、そのあいだだけでもなにも考えずに済むのに。

そんなことを考えていると、部屋の扉が開き、人が近づいてくる気配がした。浴室の準備を終えたハウルが戻ってきたのかと思いきや。

「ジェイド」

聞き覚えのありすぎる声に驚いた俺は、反射的に目を開けた。

「……ッ」

思っていたよりもずっと間近にあったアメジストの双眸に息を呑む。

なにが起こっているのか理解できずに目を見開いたまま固まっていると、口元にフッと笑みを浮かべたユリウスが唇を重ねてきた。

少しだけひんやりとした感触に、これが現実なのだと実感する。

久しぶりのユリウスとのキスを堪能しようと、もう一度目を閉じかけたところで、ふとあることに気づいて慌ててユリウスの口に手を当てた。

「ちょっと待った」

突然の制止にユリウスが不思議そうな顔をする。

「なんでここにいんの？　まだパーティーが終わる時間じゃないよね？」

ユリウスは自分の口に当てられていた俺の手をそっと掴むと、指先にチュッと口づけてから身体を起こした。俺もゆっくり起き上がり、乱れた髪を軽く手櫛《てぐし》で整えながら居住まいを正した。

「必要最低限の責任は果たしてきた」

そう言って俺のすぐ隣に座ったユリウスからは、いつものフレグランスだけじゃなく、胸焼けしそうに甘い花の香りがする。おそらくさっきユリウスを囲んでいた女性たちの香水だと思うけど。

その香りに、必要最低限の責任がなにを意味するのかをあらためて認識させられた気がして、胸がツキンと痛んだ。ところが。

「主要な賓客《ひんきゃく》との挨拶は済ませてきたし、兄上からもちゃんと退席の許可をいただいた。いくらお前に会いたいからってマナー違反となるような真似はしていない」

考えていたこととまったく違う言葉を返され、切ない気持ちが一気に吹き飛ぶ。

「え、ダンスは？　踊ってないの？　メッチャ囲まれてたじゃん」

思わず気になっていたことを口にすると、ユリウスはようやく合点がいったという顔をした。

「踊ってない。言っておくが、兄上やブルクハルト陛下だって踊ってないぞ」

ユリウスが誰の手もとらなかったと知ってホッとしたのと同時に、自分が思ってたよりもずっと嫉妬深い性格らしいということに気づいて、こっそり苦笑いする。

「じゃあファーストダンスは誰が……？」

普通は身分の高い人が踊ってからじゃないと、ほかの人間は踊れないんじゃないだろうか。

パーティーのマナーとかあんまり詳しくはないけど、そういうもんだってことくらいは知っている。

「ダンガイトのシャハド殿下夫妻だ。我々の事情を理解した上で、快く引き受けてくださった」

確かに。ドルマキアにしろ、同盟関係にあるマレニセンにしろ、ファーストダンスを踊れるほどの身分の人間はみんな独身でパートナーすらいない。

ブルクハルト陛下のパートナーは一応俺だけど、それが途中で退席してしまったわけだから、シャハド王子が適任だったってことか。

ダンガイトがドルマキアやマレニセンと良好な関係であることをアピールする狙いもあったんだろう。

シャハド王子といえば。

昨日、クラウス陛下とブルクハルト陛下の同席のもと、今回のルイード王子の件について、直接謝罪を受けた。

ルイード王子は自分の罪について否定も肯定もせず、沈黙を貫いているらしい。でも、状況証拠だけでもかなりの罪に問えるため、今後俺の前に姿を現すことはないだろうという話だった。

そしてルイード王子の母方の家門がやっていた薬関係の研究と製造の事業は、今後シャハド王子が引き継ぎ、国王の直轄機関としてドルマキアやマレニセンとも情報を共有していく方針らしい。

シャハド王子はだいぶ前から例の薬についての危機感を募らせていて、自分でも秘密裏に情報を集め、予防策を講じたりしていたそうだ。その情報をドルマキアに提供してくれたのも、ルイード王子の動きを警戒して独自にクラウス陛下に連絡してくれたのも、シャハド王子の独断だっていうからポイントが高い。

そういう話を聞くと、あのルイード王子と半分血が繋がっているとは思えないほどまともな人に感じたけど、実際顔を合わせてみると、なるほど。ふたりの大国の王を前にして、必要な情報を出しつつ、したたかに立ち回っていた。

やっぱりあの人も一国の王になる人って感じ。

そのシャハド王子は、ルイード王子のことだけでなく、かつて王妃が俺に飲ませた『子種を作る機能を失わせる赤い丸薬』についても教えてくれた。

どうやら以前、結婚に関する話題になった時に俺が口にしたことを、クラウス陛下はずっと気にかけていたらしく、なんとかできる方法がないかとシャハド王子に相談していたらしい。

彼の説明によると、あの薬は絶対に機能を失わせるというものではなく、造精機能に障害を起こしやすくするものなんだそうだ。

子種を作る器官は高熱や病気や毒などの影響を受けると弱ってしまう。あの丸薬はそういう症状を引き起こす成分の塊《かたまり》で、運が悪ければ機能に影響が出るだけじゃなく、最悪死に至る場合もあるっていう。

出どころは例の薬と同じくルイード王子の母方の家門だそうで、シャハド王子がそこと手を組むより潰そうと思った理由がわかった気がした。

いくらなんでも危険すぎるもんな。

シャハド王子からは、その件についても謝罪され、ダンガイトで子種を作る機能が正常かどうかの検査が受けられると言われたけど、俺は笑顔で『お気になさらず』とだけ言っておいた。

飲ませたのはあくまでも王妃だし。それにぶっちゃけた話、今さらそんなことを調べたところで、なにか変わるわけじゃないし。

セックスすんのに支障があるとかだったら気にもしたけど、勃つモンは勃つし、快感も得られる。今の状態でも好きな人と抱き合うのに不自由してないからいいかな、って。

シャハド王子の退席後、ふたりの陛下から再度意志の確認をされたので素直にそう答えたら、ものすごく微妙な顔をされてしまった。

普通なら気にするべきなのか。王族の血を引く身としては、次代を残すことは義務みたいなもんだから、俺も当然そう考えてるだろうって感覚なのか。

だったらユリウスも個人の感情と王族としての役割は別だって思ってる可能性もあるのかなー、なんて思ったら、ものすごくモヤモヤしてきた。

「どうした？　浮かない表情をして」

すぐ隣から超至近距離で顔を覗き込まれ、我に返る。

ユリウスの気持ちとか、自分の感情とか、そういうことばっか考えて、こういう問題を二の次にしてきたなってことをあらためて気づかされた感じだ。

「……ユリウスってさ、王族の義務とかそういうの、どう考えてんの？」

ふと気になって、思わずそう口にすると、ユリウスが怪訝《けげん》そうな顔をする。

「中途半端にパーティーを抜け出すような真似をしたことを責めてるのか？」

「え？」

黙り込んだと思ったら、唐突にそんな質問をした俺の意図をはかりかねているようで、考えていたこととまったく別方向から質問を返され、マヌケな反応をしてしまった。

確かに、さっきの話の流れだとそういう受け取られ方をされても仕方がないか。

俺は自分の説明不足と唐突な話題転換を反省した。

「え～と。そういうことじゃなくて。結婚して次代に繋げるっていうのも王族としての立派な役割でしょ。パーティーとかってそういう相手と知り合ったりする場でもあるんじゃないの？」

俺の説明にユリウスの眉間に深い皺《しわ》が寄る。俺は俺で、思ってたことを口に出したはいいものの、急激な不安に襲われた。

頭では理解してても、本人に肯定されんのはちょっとキツい。たとえそれが義務だとしても、気持ちは俺にだけあると言葉を尽くされても、そういう状況になったら俺はたぶんユリウスを信じ続けることも、気持ちを求めることも、自分の気持ちすらも放棄してしまう気がする。

ユリウスを誰かと共有する未来とか、……………俺にはないな。

ユリウスは俺を真っ直ぐに見つめると、真剣な眼差しで言葉を返した。

「少し前なら、そういうこともやむなしと考えられたんだろうが、今は無理だ。俺はお前以外の人間との未来など考えていないし、考えるつもりもないからな。今までも、これから先の人生においても、俺が愛を捧げる相手はお前だけだ」

「…………ッ……」

今まで何度も同じような台詞を聞いてきたはずなのに、俺もユリウスと同じ気持ちだと気づく前と後とでは、言葉の重みというか、心に響く度合いがまるで違う。

以前は同じ言葉や想いを返せないことに罪悪感のようなものを感じたりして、なにも答えられないでいたけど、今はただ、胸がいっぱいで言葉が出てこない。

そんな俺を見て、ユリウスが少しだけ不安そうに目を細める。

俺は言葉の代わりに、腕を伸ばして隣に座るユリウスの首の後ろに回すと、ありったけの想いを込めて、唇を重ねた。

◇

頭ン中、蕩《とろ》けそうなくらい深くて気持ちいいキスを堪能した後。盛り上がった気分そのままにユリウスの膝の上に跨《また》がり、綺麗に着つけられた夜会服に手をかける。その時。

「そういえばさ、今さらなんだけど、いくら陛下の許可をとったって言っても、近衛騎士団長が離席するのはさすがにマズくない?」

ふとそんなことが気になってしまい、念のため、上着のボタンを外しかけていた手を止めた。

本当に今さらすぎる質問に、ユリウスがクスリと笑う。

「クラウドに任せてきたから大丈夫だ」

その言葉と同時に伸びてきた手が、あっさりと俺の上着を脱がせていった。

このままじゃ主導権を奪われてしまうと感じた俺は、手の動きを再開させながら会話を続ける。

「あ、そうか。クラウド、近衛騎士団に復帰したんだっけ」

「エルネストのおかげでな」

クラウド・ワーグナーは、以前身代わり屋の仕事でウィステリア宮にいた時に、俺の護衛を担当してくれていたユリウスの部下だ。

護衛対象である俺を守りきれなかった責任をとって、ダンガイトとの国境付近にある辺境警備隊に異動になっていたが、今回ユリウスやエルネスト兄上に随行したことで大きな成果を上げたらしく、近衛騎士団への復帰が許されたと聞いている。

「じゃあ、ユリウスはここにいても問題ないと」

「当たり前だろう。やっとお前とふたりきりの時間を過ごせるんだ。誰にも邪魔はさせない。――それがブルクハルト陛下でもな」

「……なんでブルクハルト陛下？」

「今日のお前のパートナーだろ？　対のデザインの夜会服を見た時、本気で嫉妬した」

自分以外の人間がそばにいる光景を見せられて面白くないって思ってたのは俺だけじゃなかったことに、妙にホッとした。

いち早く俺の素肌を露わにしたユリウスが、胸の尖《とが》りにチュッと口づける。

「ん……ッ……、まだダメだって……」

髪を軽く引っ張って制止を促し、そのままユリウスを上向かせると、噛みつくようなキスを仕掛けてやった。

どうやらユリウスは俺のやりたいようにさせてくれる気らしく、これ以上余計な手出しをしてくる様子はなさそうだ。

俄然やる気が出た俺は、上がった気分そのままにユリウスの舌の感触を堪能した。

こうしてユリウスの上に跨《また》がり、カッチリ着込んだユリウスを脱がしていくシチュエーションに無茶苦茶興奮してる。

俺だって早くユリウスが欲しいって思うけど。

今日はユリウスに最初から主導権を渡すつもりはさらさらなくて、実は密かに、以前ひとりでした時に想像したことをやってみようと思ってるのだ。

舐《な》めてしゃぶってガチガチに勃たせた後、ユリウスの上に跨《また》がって、この余裕そうな表情が快感に染まっていく様子を眺めたい。そしてユリウスが我慢できず俺に懇願したところで主導権を渡してやるっていうアレ。

シャツのボタンを外し終わったところで唇を離し、ソファーに座っているユリウスの足のあいだに身体を沈ませる。

絨毯の上に膝を突いた体勢で、ためらうことなくズボンに手をかけ、前をくつろげた。

平常時でもずいぶんな存在感のユリウスのモノを取り出し、かたちを確かめるように指でなぞると、一度顔を上げてユリウスの表情を確認してから、その先端に口づけた。

俺がこんな真似をするとは思っていなかったのか、少し焦《あせ》った表情のユリウスに気分が上がる。

「今日は俺の好きにさせて」

わざと上目遣いにおねだりすると、ユリウスは軽く息を吐き、諦めたように力を抜いた。それを了承と受け取った俺は、遠慮することなく口淫を開始する。

自分を悦ばせてくれるモノを育てていく過程は存外楽しい。

全体に舌を這わせてから口内に含み、入りきらない部分を手で扱《しご》いていくと、あっという間に芯が通る。

大きさに比例するように硬さが増していく様子に、この先の展開を期待して俺の身体も反応を見せていた。

ヤバ……。触ってもいないのに、俺のもガチガチ。

俺の場合はそこだけじゃなく、目の前にあるユリウスの剛直を受け入れる部分まで切ないくらいに疼《うず》きだしているのだから相当だ。

早くコレを奥まで受け入れて、滅茶苦茶に腰を動かしながら、ユリウスのことも気持ちよくしたい。それでもって、ユリウスにも同じくらい俺のことを求めてほしい。

手と口を使い、ユリウスのモノを育てながら、この後訪れる最高の瞬間を想像して、これまでにないほど興奮していた。

舌先に独特の味を感じ、俺の我慢もそろそろ限界を感じたところで、まるでタイミングを計っていたかのようにユリウスが俺の頭を軽く撫《な》でる。

「ジェイド」

名前を呼ばれ視線を上げると、ユリウスのアメジストの瞳に情欲の色が宿っているのが見てとれた。

「ベッドに行こう」

余裕のなさそうな表情と直接的な誘い文句に内心ほくそ笑みながらも、俺は素直に頷《うなず》いた。

◇

寝室に入るなり、ユリウスは身に着けていたものを脱ぎ捨て、鍛え上げられた男らしい肉体を惜しげもなくさらしていく。

俺も一糸まとわぬ姿になると、ヘッドボードにもたれかかるようにして座るユリウスの身体を跨《また》ぎ、向かい合う体勢になった。

深い口づけを交わしながら、身体を密着させる。甘い疼《うず》きと燻《くすぶ》り続ける熱が全身を熱くする。

どうやら、まだ好きにさせてほしいという俺の意向に従う気があるらしく、積極的に舌を絡ませる以外、ユリウスから仕掛けてくることはない。

俺はベッドの脇にあるサイドチェストから取り出しておいたものを手にとり、その中身を手のひらに出した。そしてその粘液を指で掬《すく》うと膝立ちの体勢になり、迷うことなく自分の後孔に手を伸ばす。穴の周辺を何度か指でなぞり、蕾《つぼみ》が綻んだところで指先を侵入させた。

「……ん……ッ……」

受け入れる準備とはいえ、はしたなくも目の前で自慰行為のような真似をする俺の様子を、ユリウスは獰猛《どうもう》さすら感じさせる眼差しで見つめている。

こういう、すぐにでも俺のすべてを喰らい尽くしたいって感じの視線。貪欲に求められてるみたいでたまらない。

指の本数を増やして内部を広げながら腰を動かすと、ユリウスのモノと俺のモノが触れ合って、快感の度合いも一気に上がる。

「ん……ッ……、ふ……ぅ……、はぁ……ん……ッ、めっちゃ、きもちぃい……」

けど、これでイクのはもったいない。

「……ココ、……口で可愛がって……」

さっき少しだけ触れられた胸の尖《とが》りを、空いているほうの指先で弄りながら愛撫《あいぶ》をねだる。ユリウスはさんざんお預けをくらわされた後の犬のように、俺の乳首にむしゃぶりついた。

「あん……ッ……！　それ……っ……、んっ、いい……っ……！」

乳輪ごと口に含まれ、先端を舌で転がされ、あまりの気持ちよさにうっかり当初の目的を忘れそうになる。

このままじゃ今回の目標でもある『ユリウスの懇願』を聞く前に、こっちのほうが耐えられなくなりそうだと感じた俺は、自分の準備を強制終了すると、ユリウスの髪を乱すことで俺に視線を向けさせた。

「ねぇ、どうしたいか、言って」

そう言いながら身体を少しずらし、粘液に塗れた蕾《つぼみ》をユリウスの先端にあてがう。すると、ユリウスはせつなそうに眉根を寄せた。

「……ッ……挿れてもいいか？」

完全に俺が誘導したかたちとはいえ、望む言葉を得られたことで、テンションがブチ上がる。

ユリウスのモノに手を添え、ゆっくりと腰を落としながら浅いところで数度抽挿を繰り返していると、焦《じ》れた様子のユリウスが下からズンと突き上げてきた。

「あぁ……ッ……！」

一気に深まった結合に、一際大きな声が出る。

ユリウスは満足そうに息を吐くと、一見無理とも思えるこの体勢のまま、ストロークを開始した。

「んッ、あッ、ぁんッ、ぁあッ、はぁんッ、あぁ……ッ……！」

俺もユリウスの肩に手を置き、ユリウスの動きに合わせてなんとか腰を動かそうと頑張ってはみるものの、いいトコばかりを刺激され、ちっとも思ったようにはいかない。

挙げ句にずっと欲しかった奥のほうまで隙間なく埋められ、最奥を穿《うが》たれて、俺は完全にユリウスのなすがままにされていた。

強い刺激に目の前がチカチカして、力が抜ける。

ユリウスは繋がったまま俺をベッドに寝かせると、足を抱えるようにして再び抽挿を開始した。

ここまでくれば後はもう、ひたすらユリウスが与えてくれる快感を享受するのみだ。

激しさを増すユリウスの動きに連動するように、跳ね上がっていく快感。

射精感よりも、身体の奥からなにかが湧き出てくるような感覚に少しだけ戸惑いはするけれど、それもすぐに圧倒的な快感の波によってさらわれていった。

「あぁ……ッ……、ぁん……ッ……、んんッ、ダメ……ッ……、もうっ、……イクッ……！」

「……ッ、……このまま、出すぞ」

深い快感に身体をビクビクと震わせたのと同時に、深く繋がったユリウスの動きが止まる。

後ろでイッただけでなく、ユリウスの腹筋で擦《こす》れて、なし崩し的に白濁を吐き出していたらしい。

あまりの快感に、一瞬意識が飛びかけた。

ユリウスは大きく息を吐くと、繋がったままの体勢で俺に口づける。

俺は酩酊したようなふわふわと心地よい感覚に包まれたまま、幸せな気分でユリウスを見上げていた。

ユリウスのアメジストの瞳が俺を見つめる。

あらためて告げられた愛の言葉。

「――ジェイド、愛してる」

俺はそれを歓喜とともに受け入れた。

そして。

「……俺も。――俺もユリウスを愛してるよ」

ようやく口にできた、素直な俺の想い。

俺からの言葉がよほど意外だったのか、ユリウスは目を見開いたまま固まっている。

その反応に、なんだか妙にくすぐったい気分になって。

俺は情けない表情を見られないようにユリウスの首の後ろに腕を回すと、強引に顔を引き寄せ、唇を奪ってやった。

◇

「王位継承権放棄の手続きは一週間後に行うそうだ」

「ん、了解。じゃあ、それが終わり次第、マレニセンに戻るって感じかな。後でブルクハルト陛下とエルネスト兄上に日程の確認をしておくよ」

身体だけでなく心も通じ合った俺たちは、名前のない曖昧《あいまい》な関係から、無事に『恋人同士』になったわけだけど。

関係に名前がついたところで俺たちの置かれている立場や状況が劇的に変わるなんてことがあるわけもなく、限られた時間を惜しむかのように、情報交換に勤しんでいた。

せっかく特別な関係になったんだから、もっと恋人らしい時間を過ごすべきだとは思う。

でもさー、今度いつ会えるかマジでわかんないから、ここでちゃんと話をしとかないと。

ドルマキアを訪れた本来の目的を果たせば、俺はマレニセンに戻るわけで。残された時間は少ない上に、お互いの立場的にも気軽に会うのは難しいため、この機会を逃すわけにはいかない。

ユリウスも俺と同じ気持ちなのか、久々の行為で疲れ果てている俺を心配しながらも、話を進めていく。

ピロートークにしてはずいぶんと色気のない話だけど、今の俺たちには必要な時間だ。

「ブルクハルト陛下は明日帰国される。エルネストはお前と留まるそうだ」

「あ、そうなんだ。兄上は皇帝陛下の護衛をしなくていいのかな……？」

「もともとエルネストが今の地位にいるのは、お前を守るためにした努力の副産物のようなものだという話だから、いいんじゃないか」

似たような立場であるユリウスがそんなことを言い出したことに、正直ビックリだ。

ユリウスはいつだって自分の職務に忠実で、個人の感情よりクラウス陛下やドルマキアっていう国のことを優先するのが当然って感じだったのに。

いつの間にそんなにわかりあえる仲になったんだろう？

ルイード王子からは、ユリウスと兄上たちが揉めたっぽいと聞いたけど。

「……もしかして兄上たちとなにかあった？」

俺の問いかけにユリウスが苦笑いする。

「まあな。エルネストとは、今回のダンガイト行きの道中で話す機会もあったし、アルベールからもためになる助言をもらった。いろいろと教えられることが多かったよ」

一体どういうことなのか気になるところだけど、多分俺に関することが含まれてるだけに、なんとなく聞きづらい。

話題の方向を変えるかどうか迷っていると、予想外すぎる話の展開に驚くことになった。

「その結果と言ったらなんだが、これから先のことを考えて、俺は近々、近衛騎士団長の職を辞《じ》すことにした」

「……え⁉」

思わずガバリと身体を起こし、ユリウスの顔を覗き込む。

「俺がすべきことは命を賭《と》して兄上を守ることじゃない。俺は俺にしかできないかたちで、兄上の支えになるべきだと気づかされたからな」

すでに進むべき道を決めたユリウスの表情に、迷いの色は微塵《みじん》も見えなかった。

「ドルマキアはこれからようやく、他国と足並みをそろえて進んでいこうとしている段階だ。兄上の治世がよりよいものとなるよう、最大限の努力をするつもりでいる」

「そうなんだ……。具体的にどんなことをするか決まってるの？」

「ああ、詳細については今検討を重ねている最中だが、今後はあまり国から離れることのできない兄上の代わりに外交を担当することで、ドルマキアと周辺諸国との折衝役になれたらと思っている」

今までとはまったくといっていいほど路線が違う。でも。

「――実は俺もさっきブルクハルト陛下から、俺の出自を最大限に生かして、マレニセンとドルマキア両国の絆《きずな》を強固にするための役割を担ってほしいと言われてさ」

俺がブルクハルト陛下から提案された仕事は、まさかのユリウスが担う役割と関係がありそうなものだったらしい。

その内容は、ドルマキアとマレニセンの繋がりを深めるために、相手の国に自国の人間を常駐させようというもので、俺はマレニセン側の大使としてドルマキアに派遣されることが決まったのだ。

「アルベールは、ジェイドが俺と一緒にいることを望むのなら、ジェイドのために方法を考えると言っていたが……。――なるほど。そういうことか……」

どうやらユリウスは、クラウス陛下の発案で両国のあいだにそういう計画があることは知っていたようだが、まさか俺に白羽の矢が立つとは思ってなかったらしい。

ひとりで納得している様子のユリウスの言葉から、アルベール兄上がなにか気を回してくれたらしいことを知り、胸の奥が温かいような、むず痒いような不思議な感覚になった。

アルベール兄上は俺がユリウスと一緒にいる未来を望む可能性があると思って、その方法を模索してくれていたってことか……

俺は自分のことでありながら、そんな未来のかたちまで具体的に考えたことはなかったというのに。

そもそも俺にとって『愛』というものは、なにかを犠牲にしなければ得られないもので。その犠牲の末に生まれた俺に『誰かと幸せになる未来』なんて訪れるはずはないと当然のように思ってた。

なのにいざこういう展開になってみると、俺を苦しめ続けた原因であったはずの『愛』は、驚くほど俺に優しい未来をもたらそうとしている。

『波乱』が標準装備の俺の人生において、こんなことが本当に許されるのか。

――なにか大きな代償が必要になりそうで、怖い。

ふと胸をよぎる不安。

ユリウスはそんな俺の気持ちを察したのか、そっと俺の髪に触れると、俺を安心させるかのように優しい手つきで何度も撫《な》でてくれた。

俺はユリウスの胸に身体を預け、その鼓動と温もりを享受する。

「俺はずっと、お前だけを選ぶと言えないことに、罪悪感や焦燥感のようなものを感じていた。なにかを選ぶには、ほかのものを捨てなければならない。これまでの俺は、そんなやり方しかできなかったからな」

ユリウスが俺とのことをそんな風に考えていたなんて、想像もしていなかった。

「でも、それはいざという時の覚悟の問題であって、普段からの行動すべてに関わる問題じゃない。その時優先すべきものがなにかを見誤らないことこそが重要だということに、やっと気づくことができたんだ」

頭を撫《な》でていた手が俺の背中に回り、俺の存在を確かめるかのように抱き締める。

「本音を言えば、四六時中こうして一緒にいられたら幸せだとは思うが、無責任に愛を囁《ささや》くだけの男じゃ、お前の隣にいる資格はないからな」

確かに。そんな口先だけの男は嫌だし、なによりユリウスらしくない。

「俺は、俺の存在がユリウスの枷《かせ》になるのは嫌だ。一緒にいたい気持ちはあるし、一応独占欲とかもあるけど、なにがなんでも俺を優先してほしいとか、そういうの、思ってないよ？」

気恥ずかしいけど、紛《まぎ》れもない本音を口にすると、ユリウスがクスリと笑った気配がした。

「お前ならそう言いそうな気がした」

「……薄情なわけじゃないから」

「わかってる。俺だって同じ気持ちだ。俺たちは、俺たちらしく歩んでいければそれでいい。それに、たとえ離れていても、どこにいても、お前への想いは変わらない自信があるからな」

きっぱりと言い切ったユリウスに、さっきまでの不安が消えていく。

俺もなにか言わなきゃ、と思ったその時。

「ジェイド」

「なに？」

「――愛してる」

一拍おいた後、紡ぎ出されたのは、何度も聞いたはずの言葉。

でもそこに込められた気持ちが俺の中に浸透していく速度は、やっぱりこれまでとは段違いで。

自分の意志とは関係なしに、勝手に溢れ出しそうになる涙のせいで、俺はまたなにも言うことができなかった。

◇

一週間後。無事に王位継承権放棄の手続きが終わり、俺は今日、波乱に満ちたドルマキアでの日々に別れを告げ、エルネスト兄上と一緒にマレニセンに戻ることになった。

ユリウスと一緒にドルマキアに来た時は馬での移動だったが、帰りはエルネスト兄上と一緒に馬車で移動することになる。

しかも、ここでもアルベール兄上がバッチリ気を回してくれたおかげで、なんと俺専用の馬車が用意されていて、なにも聞かされていなかった俺は、若干遠い目になった。

屋敷といい、馬車といい、アルベール兄上の金の使い方と過保護さ加減が豪快すぎて、ちょっとヤバい。

「ジェイド」

馬車に乗り込む寸前。忙しい中、わざわざ時間を作って見送りに来てくれたユリウスが、俺を呼び止める。

そして俺の腕を掴んで自分のほうへ引き寄せると、周囲から死角になるような角度で不意に口づけた。

エルネスト兄上が滅茶苦茶睨《にら》んでいるのがわかったけど、両想いになったばかりな上に、しばらく会えないことが確定しているんだから、これくらいのスキンシップは大目に見てほしい。

触れるだけのキスに物足りなさを感じていると、ユリウスが俺の手を掬《すく》うように持ち上げ、手のひらになにかを乗せた。

「？」

こんな別れ際になってなにを渡してきたのかと不思議に思いながら手の中の物を確認する。

そこにあったのは、チェーンに通された指輪だった。

細いリングが幾重にも重なったように見えるデザインのプラチナ製の指輪の中央には、ユリウスの瞳の色と同じ、濃い紫色のアメジスト。

これがどういう意味を持つ物なのかわかった途端、じわじわと喜びが湧いてくる。

『ドルマキアの王族は成人すると、自分の伴侶に贈るための特別な指輪を作る慣習がある』

以前アルベール兄上に言われた言葉を思い出しながら顔を上げると、ユリウスが再び俺に顔を寄せた。

「返事は次に会った時に聞かせてくれ」

誰にも聞こえないよう、耳元でそっと囁《ささや》かれた言葉に、俺は黙って頷《うなず》き返す。

――俺の答えは決まってる。

でもこんなところで口にするつもりはない。

「じゃあ、気が変わらないうちに急いで戻ってこないとね」

茶目っ気たっぷりにそう答えながらウィンクすると、手の中にあった物を首にかけてから、馬車へ乗り込んだ。

ひとりになったところで、チェーンから指輪を外し、こっそり左手の薬指に嵌《は》めてみる。

俺の指にピッタリのサイズで作られた指輪。

俺はそれをしばらく眺めた後、言えなかった返事の代わりにありったけの想いを込めて、ユリウスの瞳の色の宝石にそっと口づけた。

番外編　プロポーズの行方

王位継承権放棄の手続きを済ませ、ドルマキアを去ってから約半年。

マレニセン皇帝ブルクハルトの命を受け、在ドルマキア大使に就任することが正式に決定した俺は、様々な準備と手続きを経て、十日ほど前にようやくドルマキアに戻ってきていた。

俺はもともとこの国の人間じゃないし、所属する国も違うから、『戻る』っていう言い方は少し違うのかもしれない。

けど、半年ぶりに足を踏み入れたドルマキアは妙な懐かしさと安心感があって、自然と『戻ってきた』っていう感覚になれたから不思議だった。

母親の心情をちょっとだけ理解できた今、リンドバルに対しても一応それなりの思い入れみたいなものはあるし、あそこは一応俺の故郷でもあるけど、『ただ生かされていただけの場所』と、『自分で生きてきた場所』とじゃ馴染《なじ》みが違うっていうか。

父親のことを聞いて、いろいろと思うところはあるけど、それでもジェイドとして過ごしてきた五年間は、俺にとって特別な時間だったんだなって、今さらながらに実感できた。

それにこれからは『ジェイド』としてだけじゃなく、『ジェラリア』としても、ちゃんと地に足を着けて生きていく場所になるんだから、なおさらそう思えたのかもしれない。

今はアルベール兄上が購入した屋敷で暮らしながら、一カ月後に迫った大使館の完成披露パーティーに向けて慌ただしく準備をしている真っ最中だ。

今回は初の試みを任された上に、俺が自分で主催する初めての公式行事。圧倒的に経験不足な感は否めないけど、慣れないながらもなんとか懸命に業務をこなしている。

これまで王子も側室も名ばかりで、王族としての義務や責任なんてものとも無縁に生きてきただけに、今さらながらに人の上に立つことの大変さを実感する毎日だ。

正直言って、この半年間マジで滅茶苦茶忙しかった……

国の要職に就《つ》いている人ってみんなこんな生活してんの!?　自分の時間なんてほぼないじゃん、って感じ。

おかげで、ユリウスから指輪をもらった後、『返事は今度会った時に』なんてもったいぶったことを言ったはいいけれど、その『今度』はいまだに来ていないっていう。

まあ、これは俺のせいだけじゃないんだけどさ……

実はユリウスも俺と同じく多忙を極めているらしく、本人がいくら会いたいと思っていても、とてもじゃないがそんな時間なんてとれない状態らしい。

しかも外交っていう役割上、ドルマキア国内にいないことも増えてきていて、今回も俺が戻ってきたのと入れ違いにドルマキアを出発してたっていう見事なすれ違いっぷり。

近々ダンガイト王国の国王となることが決まっているシャハド王子から、ルイード王子の一件のお詫びとして、手紙のやりとりが迅速かつ簡単にできる手段を提供してもらっていなかったら、ろくに連絡すらとれないまま不安な気持ちを抱えて過ごしていただろう。

その通信手段である特殊な訓練をされた鳥は今朝、ユリウスからのメッセージを運んできてくれた。

そこに書かれた内容によると、大使館の完成披露パーティーまでにはドルマキアに戻ってこられるらしい。

もうすぐ会えると思ったらガラにもなくちょっと浮かれてしまったけど、その後すぐにあることに気づいてしまい、頭を悩ませる羽目になっている。

ここは邸内にある俺の執務室。

大使館が稼働できる状態になるまで、仮の仕事場として使っている部屋だ。

次から次へとやってくる書類に目を通しながら片っ端からさばいている真っ最中で、確認しなきゃならない書類がまだ山のようにあるのに、内容がちっとも頭に入ってこない。

どうしよう……

ユリウスからプロポーズされた件については、返事は今度会った時にするって宣言済みだから問題ない。

あの時出した答えに変わりはないし、この半年で、ユリウスに対する俺の気持ちは前よりずっと大きくなってる。

だから特にそこで悩んでるわけじゃないんだけどさぁ……

プロポーズを受け入れる礼儀っていうか正式な作法みたいなものがあるのかはわかんないけど、ここに来てようやく、相手から指輪をもらったんだからただ返事をするだけじゃなく、俺もユリウスになにかを贈るべきだって気づいたんだよな。

ユリウスと再会するまであと一カ月。

用意するにもそれなりの時間がかかるっていうのに、なにを贈るかすら思いつかない。

「うーん、どうしよう。マジで悩む……」

左手の薬指に嵌《は》まっているユリウスの瞳の色の石がついた指輪を眺めながらそう呟いていると、ちょうど部屋に戻ってきた人物が心配そうな表情で近づいてきた。

「なにか問題でもございましたか？」

そう聞いてきたのは、ミルクティー色の髪に榛色《はしばみいろ》の瞳を持った、涼やかな顔立ちの俺の補佐官。

ドルマキア王都にマレニセンの大使館を設置するにあたり、俺の補佐をしてくれる有能な人材を探していたところ、ドルマキア国王クラウスからの推薦があり、現地採用した人物だ。

彼の名前はオランド・チェリオス。

オランドは、クラウス陛下の元側近候補で、ユリウスの元秘書官。そこで培《つちか》われた能力と彼が本来持っている優秀さを遺憾なく発揮し、至らないところばかりの俺をあらゆる面で補佐してくれている。

あの一件の後、クラウス陛下の庇護下で療養していた彼は、『キリク・ラブレ』としての生活に終止符を打ち、本来の名前と姿に戻ることになった。

でもさすがに侍従や秘書官として復帰させるわけにもいかず、かといってこんなに優秀な人材をみすみすチェリオス伯爵領に帰らせるのはもったいないってことで、クラウス陛下が俺に声をかけてくれたのだ。

オランド本人も俺の役に立てるのならとふたつ返事で補佐官を引き受けてくれた。

俺はいつもオランドに助けられてばかりだ。

マジでありがたい。

「仕事のことじゃないから大丈夫。オランドのおかげでそっちは順調。俺のところに来てくれて本当に感謝してる」

心からの感謝を口にすると、オランドは柔らかな笑みを見せた。

「いえ、私のほうこそジェラリア様のお役に立てて光栄です。なにかお力になれることがあったら、いつでも気軽におっしゃってください。私はジェラリア様の補佐官なのですから」

キリクの時の見るからに有能そうな『氷の秘書官』モードも頼もしい感じだったけど、今のオランドは『頼れるお兄さん』って感じで話しやすい。

そんなオランドに『気軽に話してほしい』なんて言われたら、ついなんでも話したくなってしまい……

——俺は実にあっさりと、自分の悩みを打ち明けていた。

その結果。

「ジェラリア様もドルマキア王族の血筋でいらっしゃるのですから、受け入れる側になるだけではなく、慣習を踏襲した物を贈る側になるのもよろしいのではないでしょうか」

目からウロコの助言に、俺の悩みは一気に解決の方向に向かった。

さすがは頼れるお兄さん。

さらに。

「すぐに宝飾職人を手配致します。せっかくの機会ですから、指輪だけにこだわらず、ジェラリア様が気に入った物を贈れるよう職人と相談してみましょう」

そんな提案までしてくれ、俺はさっきまでのお悩みモードから一転、軽やかな気持ちで仕事を再開することができた。

◇

そして迎えたパーティー当日。

「え、マジで……？」

この日のために用意した衣装に身を包み、会場となる広間へ向かうところだった俺は、突如もたらされたオランドからの報告に、思わずそう呟いた。

数日前のユリウスからの連絡に、『トラブルで予定に遅れが出ていて、もしかしたらパーティーに間に合わない可能性がある』と書いてあったから、ある程度の覚悟はしていた。でも、いざ本当に間に合わないとなると、想像していたよりもショックだ。

今日の俺の衣装は、白のロングコートに黒のシャツ、首元にはシャンパンゴールドのレースで作られたクラバット。それを留めているアメジストのピンブローチは、ユリウスからもらった指輪に合わせて作ったもの。

ユリウスを意識したコーディネートだったので、本人に見せられないことが残念で仕方ない。

「大丈夫ですか？」

よほど情けない表情をしていたらしく、オランドが心配そうに声をかけてくる。

ずっと準備してきた完成披露パーティーの開始はもうすぐだ。今は私事に囚《とら》われている場合じゃないと自分に言い聞かせる。

俺はこの大事な場面で自分の感情を優先させてしまったことを反省すると、すぐに表情を取り繕い、なにごともなかったかのように歩き出した。

そんな風に始まった完成披露パーティーは、波乱が標準装備の人生を送ってきた俺にしては珍しく、ビックリするほど順調だった。

ドルマキア国王クラウスが出席してくれたおかげもあって、これからのマレニセンとドルマキアの関係は良い方向に進んでいくんだってことをバッチリとアピールできたと思う。

パーティーも終盤に差しかかり、そろそろ最後の挨拶を、なんて考えていると、大使館の職員のひとりが俺の後ろに控えていたオランドに近づき、そっと耳打ちした。

ここに来てまさかのトラブルか？

事情がわからず内心焦《あせ》る俺に、オランドは意味深な笑顔を見せた後、会場脇に控えていた別の職員に目配せをした。

すると側面の扉が開き、見覚えのあるシルエットが現れたのだ。

黒のロングコートに黒いシャツ。光沢のある白いクラバットに留められているのは、ゴールドの台座にエメラルドが嵌《は》め込まれたピンブローチ。ここからじゃ見えないけど、たぶん袖口には同じ組み合わせのカフスボタンがついていることだろう。

パーティーには間に合わないって聞いてたのに……

しかもユリウスが姿を見せたことだけじゃなく、まさかの俺と色違いの組み合わせの衣装に身を包んでいることがわかり、なにも知らされていなかった俺は、驚きすぎて完全に固まってしまった。

一方、会場に入ってすぐ俺の姿を見つけたらしいユリウスは、真っ直ぐに俺のほうへ歩いてくる。

その胸元には、俺が贈った蝶《ちょう》と蔦《つた》の形を模したラペルピン。これは俺が自分らしい意匠はなにかと考えてオーダーし、ほかのアクセサリーと一緒にあらかじめオランド経由でユリウスに贈ってあったものだ。

俺の背中に隠されているものが、着飾ったユリウスの胸元を彩っているってシチュエーション。オーダーした時は、俺らしさのほかに、ふたりだけの秘め事を象徴するものっぽくてすごくいいなと勝手に思ってたんだけど……

――これはヤバいでしょ。

今さらながらに自分の独占欲を自覚して恥ずかしくなる。

惚れた欲目なのか、ますますイケメンぶりに磨きがかかって見えるユリウスは、声をかけたそうにしている女性たちに視線を向ける素振りすらなく、俺だけを見つめている。

結局一回も立ち止まらずに俺のところまで来ると、優雅な仕草で胸に手を当て、軽く頭を下げた。

「本日はお招きいただきありがとうございます。諸事情により到着がこのような時間になってしまいましたこと、深くお詫び申し上げます」

久々に聞いたユリウスの声に胸の鼓動が大きく跳ねる。おかげで返事が一拍遅れた。

「――お忙しい中、こうして足を運んでくださりありがとうございます。わずかな時間ではありますが、記念すべきこの日を楽しんでいただければ幸いです」

なんとか平常心を装って挨拶を交わすものの、待ちわびたユリウスとの再会に、なかなか気持ちが落ち着かない。そんな俺の様子を知ってか知らずか、ユリウスは別れ際、唇が俺の耳に触れるくらいの距離まで近づくと。

「お楽しみは後でな」

艶が混じった囁《ささや》きだけを残して、主賓席にいるクラウス陛下のところへ歩いていった。

この場に残された俺は、パーティーが終わるまでのあいだ、もどかしい思いを抱えながら過ごすことになったのだった。

◇

自分の役目を終わらせた後、ユリウスと一緒に迎えの馬車に乗り込んだところで、どちらからともなく唇を重ねた。

いつもより性急に深まっていく口づけに、あっさり快感が引き摺り出される。

――早く繋がりたい。

そんな欲望に駆られるが、ふたりきりとはいえ、まさかこんなところでコトに及ぶわけにはいかず、俺は後ろ髪を引かれる思いでなんとかユリウスから身体を離した。

屋敷までは十五分もかからない。普段は近くて便利だなって思ってたのに、今日はこの距離がやたらと遠く感じる。

隣に座っているだけでも、ユリウスのフレグランスに刺激されておかしな気分になりそうだ。

「あー、マジでヤバい……。この匂いだけでどうにかなりそう」

思わずポツリと呟くと、ユリウスに驚いたような顔をされた。俺だけガッついてるみたいでちょっと悔しい。

「……あのさ、さすがに半年も離れてたわけだし、そういう感じになるでしょ。好きな相手の匂いなわけだし」

「俺もお前の匂いにたまらない気持ちにさせられてるから、その気持ちは理解できるが、お前も同じものを使ってるのに今さらじゃないのか？」

その問いかけに、俺は自分の事情を素直に告げた。

「最近はたまにしか使ってない。俺、もともとそんなに性欲強いほうじゃなかったのに、この匂いを嗅ぐとなんかムラムラしちゃって落ち着かなくてさー。おかげで今までの人生で一番自分の右手と仲良くする羽目になったから、ちょっと自重してるんだ」

俺の赤裸々な告白を聞いて、ユリウスがフッと笑う。

余裕かよ、なんて思ってたら。

「俺も同じだ」

思わぬ告白に、今度は俺のほうが驚いた。

「うっそ。マジで⁉　ユリウスってひとりでしたりすんの⁉」

「俺だって普通の男だぞ。そういう時もある」

うわー。ユリウスがどんな風にひとりでしてんのか滅茶苦茶興味ある。

俺あんまひとりで、とかなかったし、今自分がしてるやり方が普通じゃないのはわかるから、見せてくれるんだったら見てみたい。

俺を気持ちよくしてくれてるユリウスの手が、俺自身も知らない奥のほうまで満たしてくれるアレを自分で慰める姿。

想像しただけなのに、身体がジンと痺《しび》れたようになり、最奥が物欲しそうに疼《うず》き出す。

「ジェイド」

名前を呼ばれ顔を上げると、ユリウスの紫色の瞳が俺をじっと見つめていた。そこに宿るのは紛《まぎ》れもない情欲の色。

それを感じ取った瞬間、実にあっさりとなにも考えられなくなった俺は、あんなに自重しようと思っていたにもかかわらず、引き寄せられるように口づけていた。

「……ん」

こうなってしまったら、自分で自分が止められない。

正面から抱きつくようにしてユリウスの膝の上に乗り、ユリウスの唇と舌の感触を享受する。大きく足を広げたこの体勢だと、布越しにユリウスのモノが俺の敏感な部分に当たるから、なおさら気分が盛り上がる。

「さすがにここではなにもできないぞ」

「……っ、ん、わかってる」

わかってると言いながら、キスだけじゃなく、はしたなくも腰が動いてしまうのをやめられない。

結果、馬車が屋敷に到着する頃にはすっかり恥ずかしい状態になっていた俺は自分の足で歩くこともままならず、ユリウスに横抱きにされて屋敷に入る羽目になり、使用人たちにいらぬ心配をかけた。

部屋に入るなり、着ているものを脱ぐのももどかしく、下半身だけを脱ぎ去った状態ですぐにユリウスと繋がった。

一回達して、ある程度気持ちに余裕ができたところで身に着けていたものをすべて脱ぎ去り、今度はじっくりとお互いの存在を確かめ合うようなセックスをした。

やっと訪れた満ち足りた時間。

自然と幸せだなって気持ちが溢れてきて。

——こんな時間がずっと続けばいいなと、思わずにはいられなかった。

◇

うっすらと目を開けると、アメジストの瞳が俺を見つめていた。

優しい眼差しに、俺の表情も自然とゆるむ。

出会ったばかりの頃は、いけ好かないヤツだと思っていたのに、そんな相手を好きになり、一緒にいて幸せだと思える日がくるなんて、想像すらしていなかった。

そっと手を伸ばすと、ユリウスの顔が近づいてきて啄《ついば》むようなキスをくれる。

ごく自然に俺のしてほしいことを察して実行してくれるとか、無愛想で他人の都合なんてお構いなしだった頃とは別人みたいだ。

上体を起こしてユリウスにギュッと抱きつくと、ユリウスが優しく抱き返してくれた。

「目が覚めたか？　朝食の準備ができたらしい」

優しく髪を撫《な》でてくれる手が心地よすぎて、ずっとこうしていたくなる。それにパーティーの主催に久々の行為も重なって、疲れで身体を動かすのが億劫《おっくう》だ。以前よりもずいぶん健康的になったし、体力もついたけど、ユリウスに比べたらまだまだ体力不足の感が否めない。

でも今日は休日でもなんでもなく、お互い仕事は通常モード。また夜に会えるけど、昨日はろくに話もできなかったし、なにより離れがたい。

「……もっと一緒にいたい」

叶わないことだと知りつつも、あえてそう口にすると、ユリウスがクスリと笑った。

「俺も同じ気持ちだ」

以前の俺たちじゃ想像もできない甘いやりとりに、自然と頬がゆるむ。

なんか、これだけで頑張れそう。

愛が一日の活力になるとか、おとぎ話の中だけだと思ってた。

「そういえば、昨日はそれどころじゃなかったから言えなかったけど、パーティーに来てくれてありがとう。無理したんじゃない？」

「ジェイドが主催する初めてのパーティーだったからな。ほんの少しでも顔を出せたらと思って、急いで戻ってきたんだ。せっかくオランドに頼んでお前と対になる衣装を用意させたのに、俺が着られなかったら意味がないと思っていたから」

「あれ、ユリウスの提案だったんだ。全然知らなかったからビックリした」

「前にブルクハルト陛下とジェイドが色違いの組み合わせのものを着ているのを見せられて悔しかったからな。次は絶対にそうしようと決めていたんだ。俺のほうこそ、お前からの贈り物に驚かされたんだが」

俺が贈ったラペルピンを思い出しているのか、俺の背中に回った手が蝶《ちょう》のタトゥーがある部分を優しく撫《な》でていく。

「俺がお前のものだって主張してくれているようで、嬉しかった」

期待以上の反応と、ちゃんと意図を察してくれたことに俺のほうが嬉しくなる。

だからってわけじゃないけど。

話を切り出すタイミングとか、シチュエーションとか、指輪を渡す方法とか、いろいろと考えてたはずだったのに、今この瞬間に想いを伝えたくてたまらなくなって。俺は顔を上げると、真っ直ぐにユリウスを見つめた。

ユリウスの濃い紫色の瞳が俺を映す。

なんかこういうのも幸せだな、って思っちゃうあたり、俺は相当愛に溺《おぼ》れそうになってるらしい。

「愛してるよ。これから先の人生、ユリウスとずっと一緒にいたい」

突然の俺からの告白に、俺を撫《な》でていたユリウスの手が止まる。その隙に俺はユリウスの腕から抜け出すと、サイドチェストの中に入れておいた物を取り出し、ユリウスに差し出した。

ビロード張りの小さな箱の中に納められているのは、ゴールドにエメラルドが嵌《は》め込まれたシンプルなデザインの指輪。

どういうデザインにするかさんざん迷ったけど、剣を扱うこともあるユリウスの邪魔にならなそうなものにした。

気に入ってくれるといいんだけど……

ドキドキしながら反応を待っていると、ユリウスは指輪と俺に交互に視線を向けた後、指輪を手にとり、左手の薬指へ嵌《は》めた。そして。

「ありがとう。まさかジェイドが指輪まで用意していてくれたなんて思っていなかったから、ものすごく驚いた」

その言葉とともにユリウスが優しい手つきで俺の顎を掬《すく》い上げる。

「あらためて俺から言わせてくれ。俺もお前を愛してる。——一生、俺と一緒にいてほしい」

もう一度告げられたプロポーズ。俺はその言葉に大きく頷《うなず》いた。

「もちろん。俺が幸せにするとか、幸せにしてとかじゃなく、俺らは俺ららしく、ふたり一緒に、幸せでいよう」

「そうだな」

「これからもよろしく」

「ああ、こっちこそ」

朝の柔らかな陽射しの中、どちらからともなくそっと重なった唇。触れるだけのそれはまるで誓いのキスみたいで、幸せだな、なんことをぼんやりと思いながら。

近い将来、リンドバルの母親のところにふたりでこの幸せを報告に行くのもいいかもしれない、なんて、そんなことを考えていた。

この作品に対する皆様のご意見・ご感想をお待ちしております。

おハガキ・お手紙は以下の宛先にお送りください。

【宛先】

〒150-6008 東京都渋谷区恵比寿4-20-3 恵比寿ｶﾞｰﾃﾞﾝﾌﾟﾚｲｽﾀﾜｰ 8F
（株）アルファポリス　書籍感想係

メールフォームでのご意見・ご感想は右のＱＲコードから、
あるいは以下のワードで検索をかけてください。

アルファポリス　書籍の感想　検索

ご感想はこちらから

本書は、「アルファポリス」（https://www.alphapolis.co.jp/）に掲載されていたものを、
改稿・加筆のうえ、書籍化したものです。

典型的《てんけいてき》な政略結婚《せいりゃくけっこん》をした俺《おれ》のその後《ご》。2

みなみ ゆうき

2023年 11月 20日初版発行

編集－渡邉和音・森 順子
編集長－倉持真理
発行者－梶本雄介
発行所－株式会社アルファポリス
〒150-6008 東京都渋谷区恵比寿4-20-3 恵比寿ｶﾞｰﾃﾞﾝﾌﾟﾚｲｽﾀﾜｰ8F
TEL 03-6277-1601（営業）03-6277-1602（編集）
URL https://www.alphapolis.co.jp/
発売元－株式会社星雲社（共同出版社・流通責任出版社）
〒112-0005 東京都文京区水道1-3-30
TEL 03-3868-3275
装丁・本文イラスト－aio
装丁デザイン－AFTERGLOW
（レーベルフォーマットデザイン—円と球）
印刷－中央精版印刷株式会社

価格はカバーに表示されてあります。

落丁乱丁の場合はアルファポリスまでご連絡ください。

送料は小社負担でお取り替えします。


ISBN978-4-434-32915-9 C0093